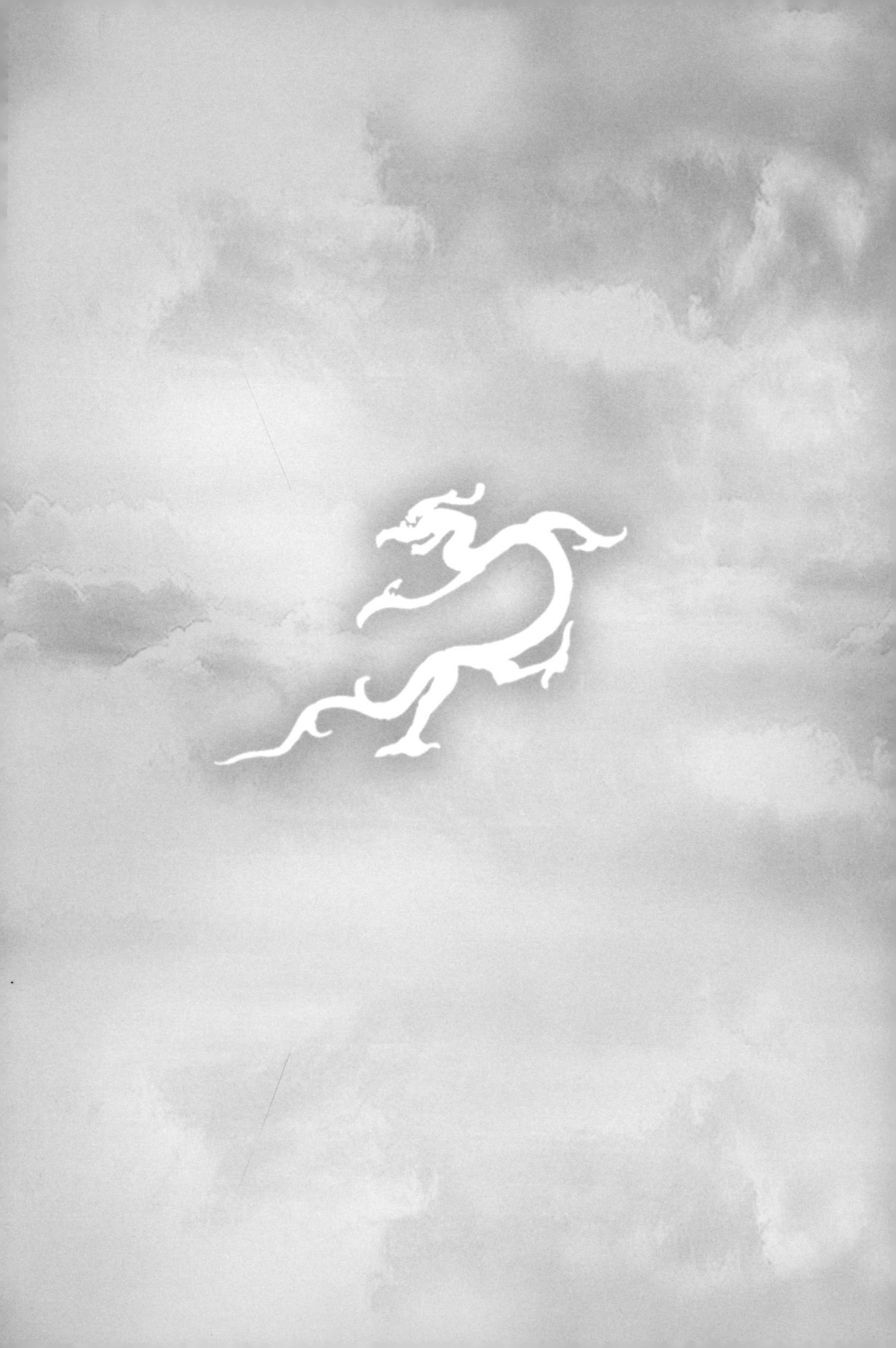

有華人的地方就有

龍人的作品

滅秦
8

滅秦內容簡介

大秦末年，神州大地群雄並起，在這烽火狼煙的亂世中。
隨著一個混混少年紀空手的崛起，他的風雲傳奇，拉開了秦末漢初恢宏壯闊的歷史長卷。
大秦帝國因他而滅，楚漢爭霸因他而起。
因爲他——霸王項羽死在小小的螞蟻面前。
因爲他——漢王劉邦用最心愛的女人來換取生命。
因爲他——才有了浪漫愛情紅顏知己的典故。
軍事史上的明修棧道，暗渡陳倉是他的謀略。
四面楚歌動搖軍心是他的籌畫。
十面埋伏這流傳千古的經典戰役是他最得意的傑作。
這一切一切的傳奇故事都來自他的智慧和武功……

滅秦五閥簡介

入世閣

閣主大秦權相趙高，身懷天下奇功「百無一忌」，又借助官府之力，使得入世閣漸漸強大至有力壓其他四閣的趨勢。而克制他的皇道武學「龍御斬」又消失江湖，故更令其橫行無忌。

流雲齋

西楚最強大的門派，在其齋主項梁的經營下，統一了西楚武林，將各門各派的人才盡歸入旗下，在萬里秦疆烽火四起之時，趁虛而入想一舉奪得大秦江山。鎮齋神功「流雲真氣」霸道無比，其侄項羽憑此功而搏得西楚霸王的英名。

知音亭

亭主五音先生是亂世武林中修爲最高的幾位強者之一，門下高手無數，紀空手就是得其之助，才能在亂世中立足，鎮門神功「無妄咒」可以控制天下任何絕學導氣時的經脈流向，使其敵不戰自敗，唯一弱點是不能駕馭中咒者的思想。

聽香榭

一個神秘而又古老的組織，當代閥主呂翥是一個不達目的勢不罷休又有著很強征服慾的女人，其門中的「附骨之蛆」、「生死劫」、「紅粉佳人」三大奇毒，控制著無數的武林高手。天下最可怕的殺手主使人。

問天樓

春秋戰國衛國亡國後的復國組織。當代閥主衛三公子，一個怪物中的怪物，雖身懷上古絕學「有容乃大」奇功，橫行天下稀有敵手，但其性格反覆無常讓人捉摸不定，他可以爲達目的而不擇手段，又可爲復國獻出自己唯一的生命。劉邦的親生父親，紀空手的強敵。

主要人物簡介

最聰明的女人——紅顏

知音亭的小公主，擁有著高貴典雅的氣質，空谷幽蘭般的容貌。音律與武學修爲都已達到很高的境界，性格平和堅強，其聰明之處便是在亂世眾雄中選擇了紀空手，而一代霸主項羽卻爲搏其一笑擁兵十萬，相迎十里。反而樹立了紀空手這位宿命中的強敵。

最可悲的女人——張盈

「入世閣」閣主趙高唯一的師妹，天生媚骨，媚術修爲之高已達到媚惑天下眾生之境。因趙高修練鎮閣神功「百無一忌」自閉精氣，冷落了她，使其成爲了秦末武林中最可怕的魔女。終死在扶滄海的「意守滄海」的奇功之下。

最可愛的女人——鳳影

「問天樓」刑獄長老鳳五之女，是位惹人疼愛的小美人，溫婉嫻靜，清純可愛。在韓信危難中與其結緣，成爲韓信的至愛，江湖傳言韓信背叛兄弟、助劉邦爭奪大秦疆土都是爲了此女。

最幸運的女人——呂雉

「聽香榭」真正的主人，是位有冒險精神，性格堅毅果斷的美女。因修練鎮榭神功「天外聽香」需保住處女元陰，而無法享受魚水之歡。後聽香榭發生內亂，她受其姐暗算，與紀空手有了合體之緣。得到了補天異氣之助，不但將神功修練到至高境界，還成爲了紀空手的妻子。

最善良的女人——虞姬

大秦美女，容貌清麗脫俗，是位惹人憐惜的嬌弱美人。性格外柔內剛，堅信緣由天定，對紀空手一見鍾情，爲救情郎情願被劉邦充當禮物送給項羽。劉邦也因此事而鑽進了紀空手布下的圈套，不但痛失至愛，還差點在鴻門宴中身陷萬劫不復之境。

最不幸的女人——卓小圓

「幻狐門」當代門主，性格如水般變化無常，媚功床技天下無敵，由於此門是問天樓中的一大分支，她自然而然成爲了劉邦的情婦，後被紀空手以偷天換日的手法易容後送給項羽，變成一個媚惑項羽的工具。

最成功的英雄——紀空手

一位混混與無賴眼中的神，一段段傳奇中的人物。他身具龍形虎相，偶得補天異寶，踏足江湖後在項羽的十萬大軍前，奪走他心中的美人——紅顏。又從劉邦的陷阱中將他送給項羽的禮物——「虞姬」據爲己有。江山美人讓他樹敵無數，戰爭與血腥使他明白世間的殘酷。仁義二字讓他變得強大無比，這只因他堅信——仁者無敵！

最無情的君主——劉邦

衛國的皇室後裔，身具蓋世奇功「有容乃大」。但名利使他仍容不下身旁具有高才智的兄弟，爲搏強敵的信任，他可以送上心愛的女人與父親的生命。「一將功成萬骨枯」，是他一生奉行的箴言。這只因——帝道無情！

最霸氣的男人——項羽

其天生神力，加之家族的至高武學「流雲道」，更使他身具蓋世霸氣，縱橫大秦疆域所向無敵。然而，爲搏紅顏一笑，樹下了紀空手這位宿世之敵。西楚的疆土毀在其一意孤行，四面楚歌、十面埋伏各種奇計使其在楚漢相爭中敗得無回天之力。烏江之畔，橫劍脖頸只表達心中的霸意——「霸者無懼」！

最危險的敵人——韓信

亂世中的將才，紀空手兒時的好友，因能忍別人不能忍之事，使他很快在亂世中崛起。卻因抵不住名利的誘惑，出賣兄弟。霸上一戰他爲保存實力，親手放走他今生「宿命之敵」。爲自身的利益，他可出賣一切可以利用的東西。可惜等其擁有爭霸天下的實力時，卻得不到任何的支持力，這是他一生中最殘酷的打擊。但他至死仍不明白這是否是——「宿命之意」！

最聰明的隱士——張良

知音亭五音先生放入江湖中的一枚隱子，此人精通兵法，又足智多謀，是亂世中不可多得的謀士，在劉邦身旁盡心盡力助其發展勢力，紀空手復出後，因他之助，不費一兵一卒得到大漢所有的軍隊。此人唯一弱點——不懂絲毫武學。

最倒楣的鑄師——軒轅子

天下三大鑄劍師之一，因受人之託隱於市集鑄練神刃，刀成之際，因定名「離別」實屬凶兆，身受數大高手圍攻而血戰至死。後此刀在紀空手之手力戰天下知名高手威揚天下。

最可怕的劍手——龍賡

天生爲劍而生的人，因身具劍心，故能將劍道練至無劍的至高境界——心劍。五音之死令其復出，紀空手得其之助，才棄刀進入至高武學的殿堂——無我武道。

最富有的棋手——陳平

夜郎國的世家子弟，在夜郎陳家置辦賭業已有百年，憑的就是「信譽」二字，創下了無數財富，是各大爭奪天下勢力眼中不可多得的財力支柱。

最失敗的盜神——丁衡

五音旗下的五大高手之一，偷盜之技天下無敵，雖盜得天下異寶「玄鐵龜」，卻無緣目睹其寶讓紀空手成為一代霸者的機會。

目錄

第一章　異功天成

煙塵散滅，地道又歸於寧靜，但呂雉的臉上依然驚魂未定，眼睛直直地盯著紀空手，半天沒有說話。

紀空手回過頭來，深深地吸了口氣，眼中流露出一絲詫異，道：「你怎麼了？」

呂雉並沒有說話，只是快走幾步，撲在紀空手的懷裡，帶著一陣哭腔道：「我好怕！」

紀空手頓時明白了她的心跡，心中好生感動，輕輕地拍了一下她的香肩，柔聲道：「你根本就無須為我擔心，有句古話道：『好人活不長，禍害一千年。』像我這樣的無賴，就算活不到一千年，滿打滿算，也有百年好活！」

呂雉的胸脯不住地起伏，「哧」地笑道：「你就會插科打諢，逗人開心，你知道剛才那一刻我有多麼的擔心，那變天劫本是我聽香榭中的三大絕陣之一，一旦發動，受困之人不死即傷，難以全身而退。」

紀空手微微一笑道：「你說得這麼兇險，其實剛才我在陣中之時，並沒有感到像你說得那麼可怕，我已經將自己渾身的功力提聚，只要他們敢進入到我七尺範圍，真正不能全身而退的也許就是他們！」

呂雉搖了搖頭，白了他一眼道：「你太小看我們聽香榭了，如果你真的這麼做了，你只會和這變天劫同歸於盡。」

「那豈不是又要讓你傷心了！」紀空手嘻嘻一笑道。

呂雉幽然歎道：「雖然我們相識未久，但不知爲什麼，每當我和你在一起的時候，我總是好開心好歡喜，就好像我們已經認識了多年一樣，在我的記憶之中，從來就沒有任何人值得我去牽掛，而唯有對你，我總是有一種道不清、說不明的感情，剛才的那一刻，我只有一個念頭，那就是你若死，我也不要活了！」

紀空手心神一凜，將她擁入懷中，沈聲道：「美人恩重，叫我如何消受得起？」

呂雉柔聲道：「但願你不要嫌棄呂雉，呂雉就心滿意足了，呂雉此身，唯君消受！」

紀空手心中一蕩，吻在呂雉那嬌豔欲滴的紅唇之上，長吻之中，他的鼻尖聞到了一種淡淡的女兒幽香，讓他驀然想到什麼，道：「呂翥臨死之時說了一句話，你是否還記得？」

呂雉點了點頭道：「她說的是天外聽香！」

紀空手的眼中閃出一絲詫異道：「難道你在無意之中已經練成了天外聽香？若非如此，她看到你施展武功之時就不會叫出這四字了！」

呂雉的臉上也閃出一股莫名的神情，搖了搖頭道：「我也不知道，自從我和你有了那種事情之後，我總覺得自己的身體有明顯的變化，難道說這和你體內的異力有關？」

紀空手聞言，心中頓生一股玄奇之感，總覺得所發生的一切太匪夷所思。

「難道說這個世界上真的有什麼天意不成？難道說我真的是先生所說的那位應運而生的亂世之主？若非如此，何以我總是能在絕境之中驀現生機，更能化險爲夷？」紀空手暗自忖道。

他無法找出答案，也不想找出答案。

走出地道，只見眼前現出一片偌大的花園，花木叢叢，環繞在一片假山流水之中，而地道的出口，就設在一方岩石之下。

紀空手爲之一驚，他突然發現這並非是漢王府中的花園，而是五芳齋。

此時夜色漸暗，華燈初上，從花園前方的樓台之間傳來陣陣笙歌管弦之樂，誰又曾想在這歌舞升平的景象之下，剛剛才經歷了一場大的屠殺。

「呂翥的確是一個聰明的人，她能將你們聽香榭的總壇設在煙花之地，其心智就已經高人一等，誰也不會想到，身爲聽香榭閥主的呂雉竟然會藏匿在這種地方！」紀空手由衷地感歎道。

說者無心，聽者有意。呂雉的俏臉微微一紅，辯白道：「我還以爲這是一個官宦人家的花園，她如此欺瞞於我，當真是該死！」

紀空手笑了一笑道：「這又何妨？想當初我在淮陰之時，倒是這種地方的常客，只不過不是喝花酒、找姑娘，而是一時技癢，順手牽羊，施展我的妙手空空之絕技！」

「哎呀！」呂雉叫了起來道：「莫非你『空手』之名就是由此而得來的？」

她這一說，就連紀空手也不好意思地笑了起來，大手一揮道：「英雄莫問出處，就算我是個妙手空空兒，也是個神偷大盜，因爲我這個小偷不偷人錢財，專偷少女芳心，這麼算來，你也該是一件贓物！」

呂雉笑得花枝招展，半晌方歇，深深地看了他一眼道：「你豈止是偷人芳心，這不過是你的雕蟲小技，你真正的絕技是要盜得這天下而歸，從古至今，普天之下，第一神偷之名非你莫屬！」

「哈哈哈……」紀空手大笑三聲，憑添一股豪氣，笑聲驟起於花樹之間，驚起一群寒鴉飛去。

◆

經過地道一戰，呂翥的死終於讓呂雉從幕後走上了前台，行使她聽香榭閥主的威儀，並以漢王后的身分進入漢王府中，名正言順地相伴在紀空手左右。

樊噲和七幫弟子雖然覺得有幾分詫異，然而有了附骨之蛆的震懾，使得他們無人敢多說一句話，而那些聽香榭的弟子，明知呂翥只是呂雉的替身，見到閥主親臨主事，心中高興還來不及，誰又去想其中的蹊蹺？

一切都在順利中進行，一如紀空手的想像，然而眼看東征在即，紀空手的心上卻有一塊石頭始終放不下來，那就是——虞姬母子的安危以及鳳影的下落。

此時的漢王府中，燈火通明，熱鬧喧天，隨著遠赴上庸的十萬大軍回歸南鄭，有關湖底神跡的消息不脛而走，迅速傳遍了巴、蜀、漢中三郡，但凡是漢王子民，無不群情振奮，奔相走告，結合到江湖上流傳甚廣的劉邦乃「赤帝之子」的傳說，沒有人會對這湖底神跡提出質疑，而是堅信此時的劉邦雖然偏居於蠻荒之地，但有一日，必將逐鹿中原，一統這亂世天下。

而與此同時，陳平代表夜郎王出訪南鄭，不僅帶來了數百萬兩黃金，而且還帶來了可供二十萬大軍裝備使用的鋒銳兵器（這些黃金和兵器來源於登龍圖寶藏，被紀空手的洞殿人馬取出之後，一部分運至齊國，由車侯、扶滄海用來扶植田橫，而另一部分，則由紅顏派人將之送往夜郎，然後由夜郎王的名義借陳平之手，送往南鄭，幾度易手之後，這寶藏最終歸於紀空手所用），這些東西正是大漢軍隊急需之物，所以運抵兵營之後，頓時引起大軍轟動，數十萬將士鬥志空前高漲，爲即將開始的東征奠定了堅實的基礎。

而今夜的漢王府內，名義上是爲了宴請陳平，實際上卻是紀空手召集群臣，商議東征事宜。

在王府花園的御事台前，數百名精兵列隊而站，百步之內不容有任何閒雜人等走近，戒備森嚴，猶如鐵桶一般，而在台上，上百盞大紅燈籠高掛，亮如白晝，聚集了大漢王朝最重要的九名人物，除了張良與陳平之外，餘者全是劉邦在位時的心腹重臣。

這是紀空手以劉邦的身分第一次在群臣面前亮相，他深知，要想不讓任何人引起懷疑，這首次見面至關重要，在座的諸位都是這天下中最精明的人物，只要自己稍有破綻，就很可能洩露天機，功敗垂成，爲了預防萬一，他甚至將陳平帶來的家族高手盡數埋伏於花園之中，以作不測之需。

而且爲了突出自己身爲漢王的威儀，起到震懾群臣的作用，他故意在群臣之後登上御事台，雙手背負，踱步而來。

隨著他的到來，群臣無不肅立一旁，屏聲息氣，唯恐打擾了他的思緒，等到紀空手緩緩地入座之後，說了聲「請坐」，群臣方敢依序落座。

紀空手雙目電光隱現，冷冷地從每一個人的臉上掃過，這九人之中，張良、陳平除外，蕭何、曹參、樊噲這三人都是紀空手的舊識，而另外四人都是漢軍將領，紀空手雖然從未謀面，但他們的大名早已如雷貫耳，乃是周勃、劉賈、孔熙、夏侯嬰，這四人追隨劉邦已久，驍勇善戰，戰功顯赫，劉邦得以登上今日漢王之位，這幾人功不可沒。

當群臣坐定之後，紀空手環視眾人一眼，然後將目光盯注在張良身上，看見張良微微點頭，這才放下心來，淡淡一笑道：「雖然上庸之行，本王空手而歸，然而今日，陳平受夜郎王之命特意送來黃金與兵器，以資我軍東征，也算是解了本王燃眉之急！」

陳平站將起來道：「這是我夜郎國理所應當的本分，只是在微臣臨行之前，我王再三囑咐，希望漢王不要忘記了當日的夜郎之約。」

紀空手示意陳平坐下，沈聲道：「這是當然，本王自起事之初，能夠走到今日這一步，全仗對信譽二字十分看重，人無信而不立，治國也無非如此，我豈能失信於你們大王！」

「如此最好！」陳平微笑而道。

「不過，本王還有一事相求，不知你們大王是否允准？」紀空手道。

陳平一臉驚詫道：「若是漢王要向我國借兵，此事只怕難以答應，畢竟我夜郎乃是蠻荒小國，又有滇臥、大理等國虎視眈眈，一旦兵力北上，勢必造成國境空虛。」

紀空手擺了擺手道：「本王的確是想向你們大王借兵，不過，本王但求一將，不求千軍！」

「哦？」陳平奇道：「不知漢王所求之人是誰？」

紀空手笑了笑道：「遠在天邊，近在眼前！」

陳平一臉惶恐道：「陳平有何德何能，怎能蒙漢王如此看重？」

紀空手深深地看了他一眼道：「你無須自謙，本王既然認為你是一個難得的人材，當然就有用你之道！」

他頓了頓道：「本王已經修書一封，用八百里加急送呈你們大王，估算三天之後必有回音，你只需安心追隨於我，倘若東征有成，異日封侯拜相，你定名列其中！」

「如此多謝漢王！」陳平抬起頭來，慷慨激昂道。

紀空手安撫了他幾句，轉頭望向張良，剛才的那一幕只是他與陳平唱的一齣雙簧，唯有如此，才能讓陳平名正言順地追隨自己左右，接下來，就應該看張良的了。

張良緩緩站起來，踱步離開座席，先向紀空手行了個禮，然後雙手抱拳，與眾人打了個招呼，這才沈聲道：「今日漢王召集各位，想必大家心中也隱隱猜到了些什麼，不錯！今日的聚會就是為了東征大計，各位都是我大漢的棟樑之材，不妨各抒己見，共商國事！」

蕭何首先站了起來道：「東征自然是勢在必行，但所謂『三軍未動，糧草先行』，我巴、蜀、漢中三郡乃是苦寒之地，民間貧弱，官庫空虛，以我之能，只能保證我數十萬大軍半年用度，就算加上夜郎國送來的數百萬兩黃金，即使精打細算，也未必能維持太長的時間，所以這東征之戰，只能速戰速決，一旦戰事拖得太長，後勤軍備就難以維繫！」

蕭何乃漢之丞相，他之所以能受到劉邦如此重用，就在於他深諳經濟之道，扶持農工，鼓勵商業，對於治理國家有其獨特的一套，如果連他也這麼說的話，可見此時的大漢國力的確貧乏。

張良微微一笑道：「蕭丞相所言俱是實話，若是以巴、蜀、漢中三郡的人力財力來支持東征，那麼東征未行，就已然敗了，還不如安守南鄭，何況我們的對手乃是西楚霸王項羽，戰事一起，必將是一場持久之戰，沒有三五年的工夫，根本不可以結束，所以，我們只有另闢蹊徑，才能完成整個東征大業！」

蕭何聞言一怔，奇道：「子房的算計謀略一向是我所敬仰的，然而治理國家畢竟與行軍打仗不同，巴、蜀、漢中三郡乃是我大漢立國之本，只有三郡穩定，才能使東征進行下去，退一步來說，萬一東征有失，那麼至少我們還有一個退守之地，倘若讓我為了東征而搜刮民間，這殺雞取卵之舉，請恕蕭何不為！」

張良道：「我所說的另闢蹊徑，並非是要在巴、蜀、漢中三郡上打主意，而是目標直指關中地區，關中富甲天下，民間殷富，以一地之財力可以抵其他地方十郡之財力，而最重要的一點，就是我軍進入關中，可以名正言順，因為當年漢王與項羽約定，誰先入關中，誰就在關中稱王，而項羽最終卻失信於漢王，這足以讓我們東征師出有名。」

蕭何的眼睛陡然一亮，拍掌道：「若能得到關中，以我蕭何的能力，別說東征只打三五年，就是打個十年八年又有何妨？」

曹參的眉間卻閃現出一絲隱憂，道：「攻下關中，談何容易，項羽三分關中，封章邯為雍王，坐鎮廢丘；封司馬欣為塞王，坐鎮櫟陽；封董翳為翟王，坐鎮高奴，這三王都是秦朝舊將，手握重兵，根基深厚，只怕攻入關中，就要花費數年時間，哪裡還談得上和項羽的西楚軍正面作戰。」

紀空手站了起來，沈聲道：「你可知道，當年本王退出關中，進入巴、蜀、漢中三郡之時，何以要燒毀棧道？」

曹參愕然道：「燒掉棧道無非是向項羽明志，我大漢軍隊志不在天下！」

紀空手微笑而道：「既然志不在天下，何以本王今日還要率部東征，本王燒掉棧道只是迷惑項羽之舉，其實我軍若要出師關中，不必經過棧道也行，從陳倉有一條不爲人知的小路，雖然艱險難行，卻可以直達關中，深入其腹地！」

他此言一出，周勃、劉賈等一干將領無不爲之一振，神情頓時亢奮起來，將目光盯注在紀空手的臉上。

「你們也許都不知道，當年退出關中時，我受命於漢王，曾經在關中秘密安插了一批耳目，通過這批耳目，關中的情況已無一遺漏地掌握在我們的手中，只要我們的行動迅速、隱蔽，那麼最多在三個月之內，我大漢軍隊就可以完全佔領關中，幾乎可以不用吹灰之力！」張良微微笑道。

樊噲、周勃、劉賈等人紛紛站起，道：「既然如此，那還等什麼！我們這就回營準備，明日即可動身起程，直奪關中！」

紀空手搖了搖頭道：「此事還不能太急，因爲本王還要等待一個時機，那就是等待田橫攻下城陽的消息，唯有如此，才可以將項羽的數十萬大軍拖留在齊國境內，讓他無力派兵增援關中。」

◆

城陽，當項羽的數十萬大軍剛剛撤出、還師西楚之時，田橫率領著數萬舊部，離開琅琊郡，向城陽逼近。

此時的城陽城中，西楚守將任石，率領著八千將士還在鞏固城防，他做夢也想不到，項羽前腳剛走，田橫後腳就跟了上來，用兵之神速根本讓人措不及防，然而讓任石奇怪的是，當田橫的大軍只距城陽不過百里之時，卻突然沒有了消息。

這的確是一件十分奇怪的事情，畢竟對方有數萬之眾，就算要玩「失蹤」，又談何容易？這讓任石的心頭彷彿懸了一塊大石，根本無法測度對方的用意，他唯有嚴令屬下加強戒備，不敢有半點的懈怠。

帶著沈重的心情，他回到了城守府，連美婢送上的晚膳也無心享用，一個人靜靜地坐在書房之中，考慮著是否要向項羽稟告城陽此刻的軍情，他之所以這般顧慮重重，實在是不想在項羽面前自討沒趣，畢竟項羽離開城陽還沒幾天，此時若是報上軍情，項羽未必就能相信，然而倘若知情不報，萬一城陽失守，自己就是罪人一個。

就在他面臨兩難選擇之時，門外突然響起一陣敲門聲，令他心生無名之火。

他進房之前，已經嚴令下人不准打擾，卻想不到還是有人這般不識趣，這讓他驀感煩躁不已。

「滾進來！」他大罵一聲道，門外卻突然沒有了動靜。

這讓任石心生警兆，似乎感到了一種危機的存在，他本就是流雲齋有數的高手，也是項府十三大家將之一，閱歷之豐富，觸覺之敏銳，縱觀江湖也不多見，這使他得逃過無數劫難。

他屏住呼吸，側耳傾聽，並沒有發現什麼異樣，然而，這並未讓他放鬆警惕，他緩緩地站起身來，順手提起了他手邊的一把長劍，向門邊逼去。

等他小心翼翼地開門來看，門外哪裡有半個人影，倒是遠處的廂房裡有幾個人影在晃動，一看便知是他府中的奴婢。

「難道是我聽錯了？」任石搖了搖頭，苦笑了一下，這並非沒有可能，此時此刻他的神經繃得太緊了，實在是因爲大戰在即的消息讓他感到了那種緊張的氛圍。

任石重新關上了門，回到座位，想了一想，決定還是提筆修書，向項羽稟報軍情，就在他剛剛寫了兩三個字時，陡聽門外再次響起敲門聲，這一次，任石毫不猶豫提劍向外衝去，可是門開處依然不見半個人影。

這讓他感到莫名心驚，等他再一次關上門時，驀然回頭，卻見在自己的座位上，已經多出了一個人影！

這的確是一件非常恐怖的事情，就算是曾經殺人無數的任石，也嚇了一跳，幾疑自己見到了鬼魂，然而這種驚慌並未在他的臉上停留多久，因爲，他聽到了對方那悠長而沈穩的呼吸聲。

只要對方是人，就不足以讓任石恐懼，他對自己手中的劍從來就很有自信。

「你是誰？」任石冷冷地道，他的眉間已然貫滿殺氣，雖然他非常清楚，對方能夠在自己毫無察覺的情況下進入房間，功力自然不凡，可是，他還是起了必殺之心。

那人不答反問道：「你就是任石？」

任石冷哼了一聲道：「你明知道是我，還敢找上門來，可見你的膽子實在不小！」

那人的臉上似有一絲不屑之意，淡淡笑道：「你算個什麼東西，要找你隨時都可以找，何必還要看膽量大小！」

任石氣極反笑，手中的骨節一陣爆響道：「我的確不算一個什麼東西，我手中的劍更算不了什麼，若是你有膽量，不妨就和我比試比試！」

「好！」那人只說了一個字，聲落人起，一片刀芒已然如潮湧至。

任石心中一驚，沒有想到此人說打就打，沒有絲毫徵兆，倉促之間，他的腳步一滑，連退數尺，手中的劍斜出虛空，封鎖對方刀芒的來路。

「噹……」

刀劍悍然碰擊，形成強勢氣流，將這房內的雜物捲向四壁，而兩人的身形只晃動了一下，便又交織在一起。

任石只感到手中一麻，被對方強大的勁氣一振，手中的長劍幾欲脫手，他強定心神，在剎那間提聚全身的功力，驀然在手心中爆發。

劍尖一顫，如鮮花綻放，幻出一道詭異的色彩，直罩向對方的刀芒，劍未至，銳利的劍氣疾蕩空中，已然將這段空間壓迫得緊密無縫。

那人的眼中似有一股驚奇，輕咦了一聲，旋身一扭，轉換了一個角度，陡然間，雙手互握刀柄，以一種最簡單的方式由上而下將刀劈出。

這動作之拙劣，猶如山間伐木的樵夫，刀鋒所指，卻能將這虛空一破兩斷，夾雜著隱隱風雷之聲，有高山滾石般勢不可擋的氣勢。

這種刀法的確是聞所未聞，它的精妙之處就在於它將這拙劣的動作稍加變化，使得出手的角度略有改變，卻能憑添出不可一世的霸氣。

「你就是田橫？」任石滿臉驚悸，驚呼道，他從來沒有見過田橫，可是此人刀中的霸氣讓他的心中驀然產生出一種直覺。

「嘿嘿……」

那人冷哼兩聲，傲然而道：「不錯！正是區區在下！」

此人的確就是田橫，在他率領數萬將士趕赴城陽的途中，他採納了車侯和扶滄海的建議，那就是爲了保全自己的實力，改強行攻城爲偷襲，這雖然略顯得有點冒險，也顯得不那麼光明正大，但所謂兵不厭詐，這無疑是田橫此時可以選擇的最正確的方法。

所以，他和扶滄海率領那三千神兵營戰士搶在天黑之時，越牆入城，目標直指任石的城守府，只要能將任石擊殺，城陽守軍便群龍無首，自然會不戰而潰。

事實也正如他們所料，幾乎是在神不知鬼不覺的情況下，他們就在片刻之間完全控制了整個城守府，此時的任石就像一隻困獸，陷入田橫他們所布下的羅網之中，這其實只是以其人之道還治於其人之身，項羽用兵，就最愛在大戰將即之時，派殺手行刺對方將領，而此刻田橫只不過是如法效仿，居然也一試奏效。

此刻任石心中的驚駭已無法用語言來形容，他已明白，當田橫出現在自己的城守府之時，他就已經大勢已去，而他現在唯一的懸念，就是能否在田橫的長刀之下全身而退。

對於這一點，他還是有自己的自信，因爲他手中的這把劍曾經擊殺過無數的高手，而他的自信正是建立於這個基礎之上。

「呼……」

在避過田橫驚天動地的三刀之後，他開始了反擊，他的劍從一個匪夷所思的角度刺出，劃出一道半弧，就在弧光最強之時，那凜凜的劍鋒破入虛空，直刺田橫握刀的手腕。

他無疑是一個高手，他以劍的靈動，來應對刀的霸氣，只此一點，就證明了他對劍道的理解遠勝於常人，然而就在此時，驚人的一幕陡現。

田橫手中的刀有如風車般滾動，刀只有一面刃鋒，但在他的手中使來，卻飆射出萬千寒芒，帶著一種狂野的氣勢，直劈向任石劍身的中心。

「咔嚓……」

那精鋼所鑄的長劍爲之而斷，而田橫手中也只剩下了一柄斷刀，刀雖斷，而刀氣不斷，帶動著那截斷的刀鋒，如閃電般直射向任石的眉心。

無論任石的想像力如何的豐富，無論他的判斷力如此的正確，他都絕對沒有想到，田橫竟然會以斷刀制敵，這絕非是田橫應變奇快，而是因爲他本來就是有意爲之。

「哧啦……」

就在任石還沒有感到恐懼的剎那，那刀芒自他的眉心而入，竟然將他的頭顱一分兩半，血如噴泉湧出，直沖房頂，擊得那青瓦也「嗡嗡」直響。

田橫緩緩地步出房門，門外早已佇立著兩條人影，透過暗黑的夜色，可以看到這兩人正是扶滄海與車侯。

「一切俱已搞定！」扶滄海看著田橫滿是血跡的臉，微微一笑道：「我們未傷一兵一卒，就將城陽完全控制在我們的手中，相信不到三五日的時間，城陽失守的消息就會傳到項羽的耳中！」

田橫非常信任地望著他：「接下來我們應該怎麼做？」
扶滄海顯得胸有成竹地道：「我們就在城陽休整三天，三日之後，退出城陽！」
田橫心中一驚道：「我們何必對城陽先取後棄呢？這豈非是多此一舉！」
扶滄海搖了搖頭，道：「不！唯有如此，我們才可以將項羽牢牢地拖在齊國境內，堅定劉邦與韓信出兵伐楚的決心，要不然我們又何必攻佔城陽，以我們的數萬人馬，安能與數十萬西楚軍爲敵！」
田橫沈吟片刻，霍然明白了扶滄海的戰略意圖，在他的心裡，他不得不佩服扶滄海此計之妙遠勝自己，因爲無論怎樣，他都不可能想出這種以數萬人馬來吸引西楚軍主力的妙方來。
「如果項羽看出了我們的意圖，不爲所動，那我們又該如何？」田橫想到了另一種可能。
扶滄海顯得非常沈著地道：「沒有這種可能，他一定會回到城陽，因爲他是戰無不勝的西楚霸王，他容不下在他的這一生中，出現『失敗』這兩個字！」
「你何以會這般自信？」田橫心服道。
扶滄海道：「這就叫知已知彼，百戰不殆，如果我們不能了解項羽的性格爲人，我們根本就無法把這場戰爭進行下去，畢竟，雙方的實力實在太懸殊了，只有等到劉邦與韓信同時出兵，這爭霸天下的序幕便會就此拉開！」

◆

當第一縷陽光照進窗前，紀空手就醒了過來，他伸手一摸，卻發現床的另一邊已然是空空如也。
當他睜開眼睛時，才發現呂雉已經坐在了銅鏡前，正在輕抹淡妝。聽到身後的動靜之後，她回過頭來，嫣然一笑，眼神裡似有一種神秘的氣息。

「這是否就是人們所說的『女為悅己者容』？」紀空手伸了個懶腰，充滿愛意地道。

呂雉似笑非笑地道：「你豈止是我的『悅己者』，早已是我的如意郎君，莫非你還想賴賬不成？」

紀空手笑了起來，道：「我雖然是一個無賴，唯獨這種賬我從來不賴，我倒是恨不得它多多益善！」

「對於你這一點癖好，我倒是十分的清楚，所以你現在趕快起床，等一下我帶你去一個地方，有人自會找你算賬！」呂雉的眼中閃出一絲笑意道。

「莫非是有了虞姬母子的消息？」紀空手跳將起來道。

呂雉顯得十分的神秘，搖了搖頭道：「我現在可不能說，等到了地頭之上，你自然會心知肚明。」

紀空手不由詫異起來，心中暗道：「如果不是虞姬母子，會是誰呢？難道是娜丹？」

這的確是除了虞姬母子之外最有可能的人選，娜丹身為苗疆公主，對於中蠱之術當然不是外行，而聽香榭精於製毒用毒，兩者之間有著必然的聯繫，保不准娜丹就是呂雉的閨中密友也說不定。

他之所以有這樣的推測，是因為娜丹那充滿野性的個性，當日她可以離開苗疆，來到夜郎，今日就未必不能從苗疆來到南鄭，想起娜丹對自己的深情和那份恩義，紀空手有些迫不及待了。

踏馬南鄭城郊，進入到一個莊園之中，在一座小樓前停下，呂雉帶著一種神秘的笑意道：「我先進去，你在這裡等著，待會兒我自會叫人來引你進去。」

紀空手奇道：「何必如此麻煩呢？我隨你一道進去吧！」

呂雉笑道：「你若是想見這個人，就一定要有點耐心，否則的話，她可不會見你！」

紀空手感覺自己就像是一顆任人擺布的棋子，苦笑著揮揮手，讓呂雉去了。

幸好這園中的風景不錯，使得紀空手並不寂寞，自他踏足江湖以來，四處奔波，難得有這般的悠閒，今日遇上了這種機會，倒也不想放過，而是靜下心來，盡情享受。

眼前的花樹蔥蘢，那枝葉上晶瑩的露珠閃爍著一種金黃的色彩，爲這美麗的清晨增添了一種優雅和生動，樹下有一簇傲梅已然綻放，那淡淡的幽香滲入鼻間，讓紀空手有一種怡情山水的感覺。

唯一讓人感覺不太舒服的是，在這美麗的風景之中，依稀可以感覺到森嚴的戒備，這看似寧靜的莊園，一旦有敵人踏入，就會馬上變成一個殺機漫天的空間。

水從假山間流出，緩疾有度，那種悠然的感覺讓紀空手心中變得十分寧靜，他彷彿從這流水中看到了自己，那種隨遇而安的心態有一股恬靜，與世無爭，正是紀空手一生所追求的那種理想的境界。

他很容易把自己融入這大自然山水之間，這只因爲他像這水，無論經歷多少艱難險阻，他總能在曲折迂迴中不折不撓，始終如一地向目的地前進。

他有時候又像這山，有山的剛毅，任憑風暴吹打，他總能傲立於這天地之間，更有一種大山的包容和靈氣。

所以在一剎那間，他忘了自己，將自己置身於這世外，去尋求著自己思想的放飛。

一陣悠揚的笛音從小樓緩緩而起，顯得那般的安詳和恬靜，似乎在闡述著自然之道，又似那女兒的相思，絲絲縷縷，讓人陷入一個溫馨甜美的世界，不能自拔。

紀空手有一種說不出的感覺，只覺得記憶有如閃電般劃過腦海，他想到了紅顏，想到了虞姬，想到了呂雉和娜丹，他總覺得男女之間的事情就是這般的微妙，他們本不相識，卻總是能在一個偶然的機會裡相遇，然而將自己的一生一世毫無保留地托付給對方，彷彿上天真的有一雙命運之手，你若有情，縱是相隔萬里，終有相會之期；你若無情，縱是相距咫尺，也如陌路行人。

那笛音很輕，似是從遙遠的蒼穹深處傳來，又似從這地底的極處流出，那種玄妙讓紀空手感到有幾分詫異，隨著這笛音滲入到自己的心中，他漸漸地進入到這音韻的美妙之境。

終於，一陣輕盈的腳步聲將他從這超然的音律中拉了回來，他驀然回首，卻見一張笑臉出現在傲梅之上，正是紅顏。

紀空手的心中一陣狂喜，但他的臉卻顯得十分的平靜，他只是深深地看著紅顏，一步一步地走將過去，牽起了她的柔荑。

「笛音很美，就像這流水，伊人在對岸的一方，總是讓我孤獨地在這裡翹首以盼！」紀空手隨口說出了他家鄉俚曲中的一句歌詞，其實正是他此時心裡的寫照。

紅顏的美眸中流淌著一種感動，深深地體會到了紀空手對自己的深情，其實愛一個人本就不必開口，情到深處，已在不言之中。

「我想你再也不會孤獨了，不僅有我，虞姬，你還有呂雉，這一生一世沒有什麼東西可以再讓我們分離！」紅顏悠然而道。

「你莫非是在怪我多情？」紀空手臉上露出一絲尷尬，望著紅顏道。

紅顏淡淡一笑，道：「你若不多情，你就不是紀空手，我又怎會怪你呢？能成爲你生命中的一部分，我已經十分的滿足，我又何必在乎太多的東西！」

紀空手沒有說話，只是緊緊地將紅顏擁在了懷裡，他的眼神裡似有一股專注，那專注中帶出一絲柔情。

良久良久，紀空手才從這種溫情中跳出，似乎想到了什麼道：「你怎麼會出現在這裡？」

「因爲我答應過你，我一定要替你找回虞姬母子，所以我就來了。」紅顏淡淡笑道：「想不到見不著虞姬母子，我卻看到了呂雉，當我看著她沒有拔出腰間之劍，卻朝我嫣然一笑時，我就已經知道，她已經是你的女人。」

紀空手臉上露出一絲驚詫道：「我彷彿在聽一個神話！」

「不是神話，這只是女人獨有的一種直覺！」紅顏微笑道：「其實當呂雉對我說，要帶我去見一個人的時候，我的心裡就已經知道，這個人就一定是你。」

她的話似乎顯得非常平靜，但就在這平靜的話語之中，卻無處不透露出她對紀空手的那份深情。

紀空手擁著紅顏向小樓走去，拾階而上，門開處，呂雉已悄然站在門邊，衝著紀空手皺了皺鼻子道：「這是不是一份驚喜？」

紀空手笑了起來，道：「我不知道這是不是一種驚喜，然而在此時此刻，我有一種回家的感覺，從來沒有感覺到這麼的溫馨。」

呂雉道：「一個完整的家，還應該有孩子，我現就帶你去，你會看到一個更大的驚喜！」

紀空手已然明白這驚喜將會是什麼，他雖然還沒有看見自己的孩子，卻已經感受到了自己的生命在延續，他的心中湧出一種感動，而這種感動與他見到紅顏時的那種感動不同，更多的是一種成熟，是一種關愛，更是一種不可推卸的責任。

他只是感激地看了呂雉一眼，然後與紅顏緊隨著呂雉步入小樓，未走幾步，他的心中一顫，分明聽到了一個嬰兒「咯咯」的笑聲，笑聲是那麼的無邪，那麼的天真。

呂雉和紅顏已然佇立不動，讓紀空手一個人繼續向前，當他踏上小樓之時，眼前驀現一幅溫馨的場面。

虞姬的風韻依舊，憑欄而坐，在她的懷中緊擁著一個粉琢玉雕般的嬰兒，她的臉上洋溢著一種無限的愛意，那愛是無私的，彷彿可以爲了這懷中的生命獻出自己的一切，當她的纖指輕點在那嬰兒的鼻尖之上，嬰兒那燦爛的笑容不僅感染了她，也感染了這小樓中的一切。

紀空手深深地吸了一口氣，感覺到天是那麼的湛藍，陽光是那麼的燦爛，他緩緩向前，腳步輕盈，生怕驚動了沈浸於這溫馨之中的母子。

虞姬沒有抬頭，卻柔聲而道：「不管發生了什麼事情，我始終堅信，你一定會來，你可以捨棄一切，卻捨不下我和孩子！」

紀空手微笑而道：「不錯！我的確是無法捨棄，因爲我可以捨棄一切，卻無法捨棄我自己的生命，在我的心中，我早已把你和孩子當作我生命中的一部分！」

第二章　無計可施

紀空手的聲音很輕，生怕驚動了孩子那燦爛的笑臉，他只是悄然地來到虞姬身邊，大手輕撫在虞姬香肩之上，輕拍了兩下，順著虞姬那柔滑而烏黑的髮梢，去窺望這個曾在心裡想像過千百遍的孩子。

這孩子的確很美，美得就像是虞姬的翻版，如果說在他的身上還能找出一點紀空手的影子，就只有那一雙滴溜轉動的、烏黑的眼睛。

「這小傢伙叫什麼？」紀空手忍不住笑了起來，問道。

虞姬回過頭來，白了他一眼道：「他的名字當然得由他的父親來取，你想好了嗎？」

就在這時，紅顏與呂雉也走上樓來，聽說要給這小傢伙取名，大家的興致頓時高了起來，你一言我一語，竟然在片刻之間說出了十幾個名字。

紀空手深深地看著虞姬懷中的孩子，沈吟半晌，悠然而道：「我早已想好了他的名字，他姓紀，就叫他『紀無施』吧！」

他此言一出，三大美女無不皺眉，異口同聲道：「『紀無施』？好難聽的名字，乍然一聽，還以爲是『無計可施』，這可不行！」

紀空手憑欄而站，雙眼望向藍天之上那悠悠的白雲，沈聲道：「我之所以給他取這個名字，是因爲我希望他這一生不要太聰明，聰明其實是一種累，當你勘破世情，能夠預知自己人生中的每一步時，這樣的生活豈非無趣得很？」

他似是有感而發，又似在總結自己，但他的臉上分明有一種滄桑和蕭索，更有一種疲憊和倦意。

◆

千里之外的淮陰城，已處在一種戰備狀態下，大街上隨時可見列隊而過的軍士，一座座軍營駐紮在城郊之外，軍旗飄飄，馬嘶聲聲，顯得異常緊張，卻又井井有條。

在淮陰府中，卻洋溢著一種與外面的緊張絕然不同的寧靜。

韓信獨自坐在書房之中，在他面前的書案之上，放著一張錦箋，從錦箋的表面來看，已是汗跡斑斑，略呈米黃，顯然已被韓信翻看多次，也顯示著此時他的心境並不平衡。

這是一封來自於漢王劉邦的密信，信中所言乃是密議雙方出兵的約定日程，對於韓信來說，這是一個很難決定的選擇。

此時他的江淮軍已然極具規模，從最初的數萬人到今天的二十萬之眾，這中間所付出的心血，只有韓信自己知道，所以他不想貿然行事，他相信在自己的調教之下，這二十萬人已成精銳之師，更是他爭霸天下的本錢，他希望選擇一個恰當的時機，進入爭霸天下的行列，而不是像現在這樣，受人擺佈。

然而，他的心中還有一個更大的結，而這個結就是鳳影。

這是一個無法解開的心結，對於韓信來說，那更是自己感情的全部寄託，他曾經試著想過要忘掉鳳影，爲此他整日泡在酒中，夜夜踏入那煙花之地，等到酒冷人去之時，他卻發現自己的心裡更是空虛，更是無法控制自己對鳳影那至真至誠的相思。

所以他明白，他不能捨棄天下，也無法捨棄鳳影，正因爲要讓他在這兩者之間做出選擇，他才會感受到一種艱難。

他心裡非常清楚，劉邦東進已是勢在必行，此時的項羽被田橫的數萬兵馬牢牢地拖在齊國境內，要想爭霸天下，這無疑是一個最佳的時機，但無論是劉邦，還是他自己，都視對方是一種威脅，都想踩著對方的肩膀奪得這個天下。

對於韓信來說，既然劉邦東進已是勢在必行，那麼他此時最佳的選擇就應該是觀望，然而，因爲鳳影，他唯有放棄這種選擇。

一陣腳步聲從門外響起，將韓信從沈思中驚醒，他略微遲疑，已然聽出了門外之人是李秀樹。

此時的李秀樹經過了夜郎和南鄭之戰後，他的實力已然銳減，手下的精英高手損失大半，在韓信的眼中，他已不足爲患，但是韓信畢竟是韓信，他在表面上依然對李秀樹十分的尊敬，言聽計從，這只因爲他還必須要仰仗李秀樹背後的王國高麗。

這是韓信必走的一步棋，他此時所在的江淮各郡中，還沒有足夠的財力來支付他二十萬大軍的用度軍需，更缺銅少鐵，難以保證軍隊對兵器的需求，而高麗王國偏安一隅，財力豐厚，更盛產銅鐵，只要獲得他們的支持，江淮軍就完全能夠保證自己的戰力。

所以，他沒有猶豫，起身迎出門外，將李秀樹恭迎至書房，雙手遞上了劉邦的錦箋，道：「王爺來得正是時候，本候正爲此事煩心，想找個人商議商議！」

李秀樹接過錦箋，仔細地看了一遍，整個人頓時亢奮起來。

他無法不激動，因爲他從高麗不遠千里來到淮陰，就是爲了等待這樣的一個機會。爲了這個機會，高麗王國幾盡傾國之力，扶植起韓信這二十萬大軍；爲了這個機會，他遠赴夜郎、南鄭，幾乎命喪他人之手；爲了這個機會，他損失了他所率領的三大江湖組織中的大半精英，當他眼見這個機會終於降臨到自己的面前時，他才覺得自己所付出的一切終於開始有了回報。

他深深地吸了一口氣，平緩了一下自己激動的心情，將錦箋還到韓信的手中，沈聲道：「照侯爺的意思，應當如何處理此事？」

韓信笑了笑道：「擺在我們面前只有兩條路，不進則退，進則出兵伐楚，爭霸天下；退則坐地觀望，按兵不動。這進路雖然兇險，然而兇險之中總是蘊藏著真正的機會；而退路雖然可以保存實力，卻也能錯失奪取天下的最好時機，這雖然是兩條不同的道路，卻各有利弊，讓人同樣難以選擇，這也是我難以下定決心的原因！」

他的分析不無道理，就連李秀樹聽了，心中也難以決斷，猶豫了片刻，道：「有一句話老夫不知當講不當講，然而藏在心中，如鯁在喉，讓老夫不吐不快！」

「王爺但講無妨！」韓信顯得十分的謙恭道。

李秀樹道：「所謂養兵千日，用在一時，侯爺可知要供給二十萬大軍每日所需，我高麗王國雖然財力豐厚，但畢竟地小物稀，土貧山瘠，全仰仗這數十年來國運亨通，才有了一定的積蓄，所以老夫並不想看著這二十萬大軍無謂地消蝕我高麗王國的國力，江淮軍若要爭霸天下，就必須做到自給自足！」

韓信並不因此而惱怒，不動聲色地道：「王爺所說的話雖然刺耳，卻出自一片至誠，也是我一直在考慮的一個問題，我倒不是擔心這二十萬大軍的每日用度無法保證，大軍所到之處，自可向民間索取，攻下一城，掠過一地，總能維繫我江淮軍十天半月的用度所需，而是在想，區區二十萬大軍還不足以去和項羽、劉邦這兩大勢力爭霸天下，你我若想成功，就必須壯大聲勢，兵力至少要達到五十萬以上才有實力與項、劉二人抗衡下去！」

李秀樹的眼睛陡然一亮，沈聲道：「侯爺何必擔心兵力不足，你可知道此刻在我高麗國中的數十萬高麗將士，早已是士氣高漲，蓄勢待發，大軍已經壓至齊國邊境，只要侯爺率這二十萬江淮軍北上，我們就可以對整個齊國形成夾擊之勢，一旦齊國為我所得，那麼高麗、齊國、江淮各郡就已然連成一片，可以成為我們爭霸天下的根本之地！」

韓信搖了搖頭，淡淡而道：「王爺的構想的確很有誘惑力，然而放在今日，卻並非明智之舉，此時的齊國正是天下禍亂的中心，項羽挾數十萬西楚軍縱橫其中，以劉邦的才智尚且懂得避之，我們不避反進，與引火燒身又有何異？所以北進齊國，雖是早晚之事，卻不是我們現在應該可以考慮的問題！」

李秀樹聞言，沈吟半晌，不得不承認韓信的這一番話頗有道理，正是結合了天下大勢而得出的一個精闢論斷，細細想來，如果真的是照自己所言，讓江淮軍北上齊國，雖然在戰略上對高麗王國有著切身利益，但面臨與項羽正面為敵的風險，這未嘗不是得不償失。

「那麼照侯爺來看，出兵既是大勢所趨，而我們的主攻方向將會在哪裡？」

不知不覺中，李秀樹的思緒開始在圍繞著韓信的思路轉動，表面上看，似乎是韓信在向李秀樹求計，而事實上這種談話已經開始圍繞著韓信在繼續下去。

韓信微微笑道：「用兵的策略在於權變，而權變又分三種，所謂權變，其最根本的東西就蘊含在一個故事之中！」

李秀樹怔了一怔道：「一個故事？」

「是的！」韓信淡淡笑道：「王爺可曾聽說過田忌賽馬的故事，數百年前，也是在齊國，有一位叫田忌的宰相，他經常與齊王賭馬，屢戰屢敗，不得其法。突然有一天，他手下有個名叫孫臏的謀臣，站了出來道：『我有一計，可以讓相爺在賭馬之上贏了大王。』田忌大喜，向他求計，孫臏道：『用你的下等馬，同對方的上等馬比賽；用你的上等馬，與對方的中等馬比賽；然後再用你的中等馬，同對方的下等馬比賽，三場之中，我們故意放棄一場取勝的機會，卻能從容地贏得另外兩場的勝利，從總體上來看，我們得勝的次數，就自然比失敗的次數多，這樣相爺就可以贏得整個比賽的勝利！』」

李秀樹奇道：「此乃賽馬之道，和用兵似乎沒有太大的關係，侯爺何以會想到這樣的一個故事？」

韓信沈聲道：「賽馬之道與用兵之道，其實並沒有太大的分別，馬分三等，士兵也同樣可分上、中、下三等，所以在用兵的策略上，也自然會出現三種權變，而所謂三種權變，就是用放棄一次勝利的辦法來達到三次交鋒總的勝利的目的，或許說，就是贏得整個戰役！」

李秀樹似乎無法理解韓信話中的深奧玄理，目光直直地盯在韓信那剛毅而沈穩的臉上，眼中帶出一股疑惑。

韓信緩緩地站將起來，踱步於房中，顯得胸有成竹道：「兩軍對壘，如果你選擇攻擊對方堅固的地方，那麼對方相對薄弱的地方也就變得堅固了；如果你攻擊對方相對薄弱的地方，那麼對方堅固的地方也就自然變得薄弱，當今天下，敢稱作精銳之師的唯有項羽的西楚軍主力，如果我們一開始就選擇與之作戰，那麼，我們未及北上，就已經在戰略上有所失算！」

李秀樹聽得暗然心驚：「然而我們既然爭霸天下，終究會與項羽一戰，這是無法避免的事！」

「不錯！」韓信點了點頭道：「我們當然最終會和項羽有一場決戰，但卻不是現在，時勢不同，它所造就的結果也就自然不同，當時機成熟之時，項羽也就不會顯現得如現在這般可怕！」

他頓了頓道：「當年始皇一統六國，他顧忌的強敵就是楚國，而蜀國最為偏僻，最為弱小，根本不足為患，大秦卻最先攻滅了它，而將強楚留到了最後，無非也是同樣的道理，所以，我們最終出兵的方向只能先打擊西楚的週邊。」

李秀樹極是佩服地道：「那麼侯爺決定在何日起兵？」

韓信淡淡一笑，眼中閃過一絲詭異之色，道：「要想不成為項羽主攻的目的，我們就只有等待，等到劉邦攻佔關中之後，就將是我們起兵北上之時！」

他很聰明，他在進退之間選擇了中庸之道，因為他心裡明白，全然進攻，或是全然觀望，都不是這亂世之中的生存之道，唯有如此，他才可以在既保存自己實力的情況下，又不錯失爭霸天下的良機。

◆

大漢元年的一個冬日，南鄭。

在漢王府前的校兵場上，數十萬大軍列隊而立，旌旗獵獵，矛戟如林，數十萬人的目光同時聚焦在閱兵台上的那一點之上。

紀空手雙手背負，意氣風發，卓然而立於台前，他偉岸的身軀就像是一座巍然不動的山嶽，傲然挺立於這廣袤的天地之間。

他的神情裡有一股自信，更有一股霸氣，當他雄立在這數十萬人之上時，他已明白，自己已從一個江湖進入到了另一個江湖，而這個江湖就是天下，在他親手製造了兩個不同版本的神話之後，他不僅完成了自己角色的轉換，更將自己在百姓和將士心中的聲望推向一個極致。

他所面臨的將是一個他從未涉足的領域，然而，他沒有驚悸，而是無畏的面對，沒有絲毫的擔心，因爲他十分的清楚，五音先生生前爲他奠定了堅實的基礎，無論是張良、陳平，還是龍賡，他們都是人中豪傑，蓋世奇才，足以面對任何危機。

更何況，在他的身邊，還有蕭何、曹參、樊噲等人，這些人的才幹和能力足以讓他們獨當一面，有了他們的襄助，他才能最終步入這爭霸天下的行列。

三聲炮響之後，「蓬——」地一聲，閱兵台兩端置放的兩個高達數丈的青銅巨鼎陡然衝出團團烈焰，濃煙滾滾，如蒼龍躍空，向那廣袤的空際飛騰而去。

整個校兵場頓時寂靜無聲，數十萬人同聚一起，竟然沒有發出一絲聲音，無不被紀空手此時的威儀所震懾。

當紀空手那森冷的寒芒緩緩地在眾人頭頂的空間橫掃而過時，他的臉上沒有任何的表情，他所看到的是一張張戰意正濃的臉，每一張臉上都分明帶著一種意欲征服一切的殺氣。

他深深地吸了一口氣，氣沈丹田之後，這才舒緩吐聲：「數年之前，本王只是沛縣城中的一個小吏，從來沒有夢想過會像今天這般站在眾人面前，去感受著這種大場面給我帶來的激情和豪邁，然而，當這種看似不可實現的夢想正一步一步地變爲現實時，驀然回首，本王只記起了當年陳勝王說過的那句話──『王侯將相，寧有種乎？』」

他頓了一頓，陡然提高了聲量：「是的！誰也不是天生就注定能成爲王侯將相，誰也不是天生就注定該是窮人乞丐，所謂謀事在人，成事在天，只要你們放手打拚，誰也說不準你們之中就不會出現將來的王侯將相，開國元勳，而此時此刻，就有這樣的一個機會放在你們的面前，本王很想知道，你們是甘居於巴、蜀、漢中這等彈丸之地苦守一生，還是願意追隨本王東征而去，去吒咤風雲，問鼎天下！」

他的聲音渾厚而悠遠，猶如深山古剎中的暮鼓晨鐘，寧靜中帶出天馬行空的意境，深深地進入了每一個人的心中，莫名之中，彷彿在每一個人的心裡都湧動出一股激情，一種感動，使得他們無不有一種吶喊的衝動。

「漢王至尊，一統天下！」千百萬人同時吶喊，歡呼聲如潮水般漲退起落，整個南鄭城的上空彷彿響起一道驚雷，久久縈繞不去，氣氛熱烈，幾近極點。

也只有在這時，紀空手的臉上在不經意間流露出一絲落寞，其間的味道也只他自己才能明白！

◆

熱烈的氣氛一直延續到南鄭的大街小巷，當紀空手的王駕在眾多的護衛簇擁之下，行至長街之時，長街兩邊的人流猶如過江之鯽，摩肩接踵，有如過節一般。

在王駕之中，紀空手面對張良，微笑而道：「今日校場閱兵，聲勢之大，定將傳遍南鄭市井，也許用不了三五日的時間，這消息就將傳到章邯的耳中。」

章邯乃大秦舊將，受降於項羽，被項羽封作雍王，建都廢丘，與大漢比鄰，乃是大漢軍隊此時東征的首要目標，紀空手此時提起他來，自然是有關東征事宜。

張良淡淡笑道：「此次東征，我軍若要順利攻下關中，只有一個要訣，那就是以迅雷不及掩耳之勢，速戰速決，如果我所料不差，此時樊噲的先鋒軍已然抵達故道縣城，等到章邯探知我校場閱兵的消息之時，只怕樊噲已然攻下陳倉。」

紀空手道：「子房何以這般自信？」

張良一臉肅然道：「我的自信從來都是建立在精心謀劃、苦心經營之上，這明修棧道，暗渡陳倉之計，早在劉邦受封漢王之時，就已經著手準備了，此時用來，才能不緩不急，從容自如！」

紀空手心生佩服道：「子房不愧爲天生的兵道家，怪不得當日在霸上，劉邦只和你相見一面，就對你如此重用，他想必知道，他所見到的人乃是百年不遇的軍事奇才，這可真是得子房者得天下！」

張良臉上難得紅了一紅，擺了擺手道：「公子將我抬得太高了，讓人好生不習慣，只怕摔下來時，會跌得慘不忍睹！」

兩人相視而笑，過了半晌，張良的神情似有一股神往，悠然而道：「當年我從師先生，先生曾對我言，所謂兵者，做人必須低調，這不是兵者的清高，而是兵者應有的本份，無論你是一個多麼傑出、多麼優秀的兵者，你終歸是出謀劃策者，因此，你永遠是大軍之中的配角，只能藏身於統帥的幕後，當你的鋒芒勝過你所襄助的統帥，你不僅不是一個合格的兵者，反而成了禍亂之源。」

紀空手道：「在你我之間，應該不存在這種問題，因爲我們之間存在的不是王侯與輔臣的關係，而是朋友！」

說到這兩個字的時候，紀空手的眼中閃現出一絲異樣的色彩，眸子裡湧動著一股真誠，雖然他曾經被自己最好的朋友出賣，但是他堅信，在這世上，終究有友情存在。

張良深深地被紀空手的真情所感動，半晌沒有說一句話，然而就在這時，王駕驀然一震，竟然停了下來。

這似乎是一件不可思議的事情，意味著這長街之上，一定發生了什麼意外，然而紀空手的臉上並沒有一絲的驚訝，反而淡淡一笑，似乎這一切早在他的意料之中。

長街之上，數千王駕護衛已然停住，圍觀的人群也停止了喧嘩，他們的目光在剎那之間同時望向了前方，似乎看到了一件令人驚詫的事情。

的確，就在百步之外的十字街口的一座高樓之上，一條人影腳踏青瓦，卓然而立，眸子裡射出森寒的眼芒，向下俯望，衣袂飄飄中，他手中的長刀橫在胸前，氣勢沈凝，如高山嶽峙，有一種說不出來的霸氣。

在護衛之中，蕭何、曹參等一干將領俱在其中，當他們看清此人的面容之時，無不倒吸了一口冷氣，暗呼道：「天哪！他終於出現了！」

能讓蕭何、曹參爲之色變的人，這普天之下唯有紀空手，但人在王駕之中的紀空手，又怎會在眨眼之間站到那高樓之上，這其中的玄機有誰知道？

「劉邦！出來！」一聲暴喝從高樓響起，猶如一道驚雷乍起在半空之中，那「隆隆」之聲震得瓦礫也為之顫慄。

王駕的簾門隨著這聲響而動，一點一點地向上帶起，當紀空手以劉邦的面目出現在這簾門之後時，就連張良也感覺到了一種困惑，分不清這二人之中到底誰才是真的紀空手。

「昔日在霸上一戰，你已是本王的手下敗將，想不到數年未見，你依舊陰魂不散，重新找上門來，當真是活得不耐煩了！」那王駕之中的紀空手聲音顯得非常平靜，但那平緩的語調如洪鐘般可以及遠，一時間響徹整條長街。

「生死對於我來說已不重要，我只想在今日對你我之間的恩怨作一個了斷，你敢應戰嗎？」那高樓之上的紀空手一臉無畏，傲然而道。

「以本王的身分地位，若要想了斷你我之間的恩怨，根本無須親自動手，只要大手一揮，這裡成千上萬的勇士便可以在頃刻之間將你剁成肉醬，然而，我佩服你的勇氣，更敬重你是個英雄，所以，本王不想假手於他人，只想將你我的命運交付於天，讓天來決定我們的生死，讓天來決斷我們之間的是非！」那王駕之中的紀空手淡淡而道。

此言一出，整條長街為之而動，引起了百姓和將士的一陣歡呼，因為在他們的心中，劉邦既然秉承天意來到這亂世，自然是無所不能，沒有人可以構成對他的威脅，但在那些深知劉邦與紀空手之間恩怨的人心中，非常清楚，如果說在這個世界上，劉邦還有一個對手的話，那麼這人就一定會是紀空手。

這是一個無庸置疑的事實，自紀空手踏入江湖之後，他的每一次出現，都會伴隨著一段傳奇的誕生，而這一次，又將是個怎樣的結局？

也許只有此時身在王駕之中的紀空手心裡明白，這一戰他將必勝，因爲這本是他導演的一部戲，無論對方有多麼形似自己，甚至於神似自己，他都絕不會是紀空手——他只能是龍賡。

對於紀空手來說，這是勢在必行的一齣戲，因爲無論他的易形術有多麼的成功，無論他的模仿能力有多麼的出色，他都不可能將自己完全複製成一個劉邦，多少都會留下一點破綻，這點破綻在別人的眼中算不了什麼，但紀空手卻知道，它卻可能隨時成爲自己致命的隱患。

要想彌補這點破綻，唯一的辦法就只有讓紀空手和劉邦同時出現在眾人的面前，只有這樣，才可以消除一些人心中的懷疑，使得他這取而代之的計劃趨於圓滿。

長街爲之而靜，當紀空手踏出王駕之時，這天地彷彿都爲之定格，他那懾人的目光如鋒刃般透向虛空，直凝前方，似乎完全漠視這四周的人群，進入他眼眸之中的只有龍賡那傲然的身影。

「砰砰——」之聲響起，隨著紀空手踏步而前，長街之上頓時響起了一陣驚人的腳步聲，他的步伐其實非常的輕盈，卻舉輕若重，猶如一座山嶽緩緩地移動。

沒有人看到他騰空的動作，也沒有看到他的身影從這虛空中劃過，然而在刹那之間，他的身影已然佇立在那高樓之上，相對龍賡三丈而立。

風乍起，吹動衣袂飄飄，猶如幻滅不定的陰影，長街的每一個人看到這一幕時，心中都頓生一種玄奇之美，他們明明知道這高樓不過在百步之外，然而在刹那之間，彷彿已成了一塊世人無法步入的天地。

當紀空手與龍賡的眼芒在虛空中一錯而過時，一個聲音緩緩地在紀空手的耳邊響起：「我突然間改變了主意，因爲我始終覺得，當一戰的成敗被人爲的事先鎖定之時，這無疑是對武道的一種褻瀆。」

紀空手的心裡一驚，緩緩地望向龍賡那肅然的臉，束氣凝聲道：「你將如何？」

龍賡的臉上沒有任何的表情，道：「我必將全力以赴，所以，你要小心了！」

紀空手中的眼中閃現一絲笑意，淡淡而道：「對於朋友，我無法做到全力以赴，這對我來說豈不是太不公平了！」

龍賡的眼中也同樣地閃現出一絲淡淡的笑意道：「那我們就以三招爲限，在這三招之中，我以你的刀法，你以我的劍法，來一較高低！」

他頓了一頓道：「我真的很想知道，你是否真的學會了捨棄，做到了心中無刀！」

紀空手心中頓時湧出一種感動，似乎明白了龍賡的用意，他無非是要讓自己知道，這是一個亂世，也是一個江湖，當你置身其中時，你就只能用自己的拳頭說話，捨此之外，別無他法。

紀空手沒有說話，只是「錚」地一聲，撥出了腰間三尺青鋒之劍，劍出長鞘，猶如龍吟，直衝向頭頂之上的亂流雲層，而龍賡的大手空空如也，緩緩向虛空探出，不知何時，他的五指之間突然多出了一把刀，一把唯有七寸的飛刀，飛刀在他指間急劇的旋轉，那森森寒芒，在虛空中構築了一個「圓」！

「圓」是這個世界上不顯鋒銳的東西，沒有強弱疏密之分，所以總是顯得無懈可擊，當「圓」到極處時，它更是一種完美，而龍賡此時無疑是將這種完美推向了一個極致。

就連紀空手也感到了一種莫名心驚，直到此刻他才知道，龍賡的悟性之高的確是這百年之中難遇的奇才，他完全是以自身的稟性和後天的努力去超越前人，一步一步地登上那劍道的極巔。

紀空手深深地吸了一口氣，讓自己的心靜到極處，因爲他明白，在這三招之內，只要他出現任何的疏忽，他就有可能死在龍賡的劍下，即使他們是朋友，也不例外，這也許就是作爲一個劍手畢生所追求的「道」！

在陡然之間，紀空手覺得自己所面臨的是一場在武者之間進行的求「道」之戰，道本無情，這一戰自然無情，這只因爲當龍賡在他的面前不經意地一戰時，自他的周身便湧現出一股沛然不可禦之的霸殺之氣，肅殺無邊的氣勢便如這刀芒構築的「圓」，讓人無可揣度，更無從入手。

龍賡的眉間似有一股悠然，仿若在高山之巔仰望蒼穹，看風雲變幻，意欲悟出其中的玄理，他的飛刀依然在指間轉動，依然在劃著圓弧，似乎根本沒有出手的意思，然而，紀空手卻知道，隨著飛刀轉動的速度愈來愈慢，那無形的殺氣已將侵入了自己的七尺範圍。

如此奇異的出手方式讓紀空手的心裡感到了一絲莫名的驚悸，這氣機雖然無形，但它所帶出來的實質，猶如大山將傾，有一種勢不可擋之勢，讓人有一種無法撼動的感覺。

高樓上的氣息突然變得沈悶起來，就像是暴風雨將臨的前兆，所有旁觀者的臉色無不爲之一變，似乎在百步之外，已經感受到了這種驚人的變化。

而身在局中的紀空手已然將身外的一切置之度外，心如古井，不生一絲波瀾，去感受著對方給自己施加的無窮壓力。

當這種壓力升至極限之時，紀空手緩緩地抬起頭來，他手中的劍有一種奇慢的速度一點一點地對準了那圓的中心。

三丈的距離，對於這兩人來說，實在是算不了什麼距離，然而在這一刻間，時間與空間的概念已然模糊，他們的眼裡只有那刀那劍。

劍已出，不知什麼時候，已然橫亙在這廣闊的虛空，猶如一道厚實的山樑，如此簡單的一劍，既然出自於紀空手之中，就連龍賡的眼中也驀閃一絲詫異。

這一絲詫異只閃現出一瞬的時間，然而這點時間已足以讓紀空手的劍跨過這三丈的距離，剛才還是那麼簡單的一劍，突然間切入虛空，使得整個空間裡，到處充滿著這一劍的幻影，這一劍的風情，就連紀空手本身也彷彿融入了這幻影風情之中，化作了一道無形的鋒芒。

龍賡的眉鋒一揚，似乎沒有想到紀空手會用詭道之術來演繹這第一劍，然而他微一沈吟，卻為之釋然，因為對於以智計名滿天下的紀空手來說，智慧已成了他的招牌，更成了他生命中的一部分，這二者之間根本不能分開。

沈吟的同時，他的刀陡然一立，那漫動的「圓」彷彿突然下沈，周圍的空氣好像被什麼東西一下子抽開了般，在他與紀空手之間，形成了一個無底的黑洞，那巨大的吸納之力彷彿可以摧毀這空間中的一切。

紀空手幾欲站立不穩，直此這緊要關頭，他的心裡出奇的冷靜，面對這詭異的一切，絲毫無忌，體內所存在的玄鐵龜異力在剎那之間提聚至極限，而他的眼神是那般的明亮，猶如那月夜之下的寒星，在幻變莫測的局勢之下，去洞察著龍賡出手的每一個細節，去測度他最有可能出現的每一個變化。

他甚至感受到了生，感受到了死，他突然明白，何以龍賡會以三招爲限，因爲在這三招之間，連龍賡自己也無法控制自己的出手，這求道之戰本就只有勘破了生死之後，才能如從涅磐中重生的火鳳凰一般，登上那劍道的極處。

這無疑也是生死對決的一刻，當紀空手感到了這種沈沈的危機感和無窮的壓力時，他也同時感到了自己的潛能如靈蛇般在體內不斷遊移，不斷變化，以裂變的形式完成了一次又一次的提聚和運行。

「呼……」

紀空手有若驚濤駭浪的劍勢一觸黑洞的邊緣，便爲之飛散，星星點點，在有無之間化作了一股散漫，這散漫好似流水，又若行雲，越過這黑洞的上空，飛襲向龍賡那靜立不動的身軀。

「叮……」

刀影驟起，寒芒森然，刀出虛空，就像是天邊那幻變無窮的流雲，在悠然中透出一股深沈的力量，刀劍未觸之際，這空中已驟響一陣驚天動地的裂帛之聲，而刀劍相交的那一刻，天地卻驟然無聲。

這如此玄奧的一幕，看得長街眾人無不膽顫心驚，若非他們親眼目睹，他們還以爲這是傳說中的神鬼之戰。

「這是第一招！」紀空手緊緊地盯住龍賡那近在咫尺的眼睛，淡淡而道。

「好！」龍賡只說了一個字，兩人的身影驀然乍飛，分立三丈而站，就在眾人以爲這又將是一個漫長的等待之時，突然從紀空手的口中響起一股龍吟般的長嘯，那聲起之時，細不可聞，仿似在九天之外遙不可及，霎時間，又若那隆隆風雷，響徹了這整個空間。

觀者無不掩耳避走，如潮退般開始退去，蕭何、曹參都以爲這是紀空手將要出手的先兆，然而只有龍賡心裡清楚，其實紀空手已然出手，他的聲音帶動起這數丈內的所有氣流，急疾旋轉，有如一股股如刀劍般的銳鋒，向龍賡所站之地滾滾而去。

龍賡此時就好像置身在一團颶風的中心，臉色肅然，一陣鐵青，不敢有任何的動作，他不動尚可，只要貿然行動，這氣流中所帶出的強勢壓力，就會將他的肉身擠壓著粉碎。

他似乎已全無退路，難道說像這樣一位幾達劍道極巔的高手，竟然會因爲求道而斃命於斯？

他亮刀而出，唯有劃圓，那圓弧從最初的一點慢慢擴大，竟然將他的肉身內斂其中，在這一剎那之間，整個空間出現一種動靜的對比，有一種玄得不能再玄的感覺，令觀者不無心驚。

這是兩人交鋒的第二招，也是根本沒有任何接觸的一招，他們相距三丈，始終還是那三丈，然而他們感受到的兇險卻遠比刀劍相觸更可怕，無論是紀空手，還是龍賡，此刻的他們都仿如置身於在一種氣流漩渦的中心，那從四面八方湧來的壓力，就像暴風雨般狂瀉而來，讓他們幾乎難以承受其重。

天地爲之一靜，而這一靜只存在於剎那之間，突然間，兩人同時暴喝，那氣流崩散，殺氣漫天，整個虛空亂到極處。

也就在此時，劍出，刀出，都以一種玄奇而曼妙的軌跡出現，就像天上劃過的兩顆流星。

「轟……」

刀劍尚距三丈，卻引發了一陣驚天的爆炸聲，身起之時，在這虛空中陡然出現了一團亮麗無比的氣團，是那麼的驚心動魄、刻骨銘心，就像是一幅絕美的畫面，永遠存留、在每一個人的記憶之中。

每一個人的臉上都充滿了驚訝與震憾，似乎根本就不會相信在這個世上還會有如此可怕的武功，無論是攻者，還是防者，他們都將攻防之道演繹到一種致極處，彷彿再難有人超越。

紀空手的身影隨著那圓弧急旋，愈旋愈快，剎那之間，他的整個人也在狂旋中突然湧入了那團耀眼的氣芒之中。

一道強光爆盛於這虛空，就像是一朵聖潔的蓮花綻放空中，而此時，幻象俱滅，出現在人們視線之中的依然是紀空手與龍賡那兩道傲立的身影。

紀空手的衣袍盡鼓，呼呼生動，衣袂盡飄，眼眸之中耀動著狂野的戰意，他的劍依然在飛舞。而龍賡此時的刀卻突然凝固於虛空不動，沒有一絲的徵兆，更沒有一絲的聲息，甚至讓人無法感覺到他的刀是何時變得這般的寧靜。

也只有在這時，紀空手的眼神才感到了一種濕潤，他終於明白了龍賡的用心。

這的確是求道的一戰，龍賡此舉卻是爲了讓紀空手以一種獨特的方式去領悟武道的至境，他知道這一戰十分的兇險，所以他選擇了守的一方，而讓紀空手盡情的演繹那劍術的精華，唯有如此，他才可以保證讓紀空手毫髮無傷，他這麼做是將生的希望留給了紀空手，而卻讓自己去面對死亡的威脅，像這樣的人他的確是無愧於「朋友」這個稱號。

所幸的是，紀空手本就是一個重情重義的真漢子，即使他明知這三招之內不能容情，面對朋友，他依然無法做到無情，所以，這終究是一場勝負未決、未分生死的一戰。

這是一個雙方都可以接受的結局，但在觀者眼中，卻根本看不到這一戰誰勝誰負，更無法看出，這一戰為何就如此的結束了!

當龍賡一步一步地向後退去之時,數千名將士已然張弓持矛,一步一步地圍了上來,那陣形之密,猶如鐵桶般堅固。

「退下!」紀空手猛然一揮手道:「本王早已說過,這是我與他之間的一戰,絕不假手於他人,誰若出手,就是與我劉邦為敵!」

他此話一出,數千將士無不僵立當場,不敢越雷池半步。

眼看龍賡的身影消失在自己的視線範圍之內,紀空手這才大笑了三聲,從高樓之上飄然而下,逸入王駕之中,沈聲道:「起駕回府!」

即使是數百年之後,這一戰在武林中始終是一個不解之謎,誰也無法斷定,這一戰究竟是誰勝誰負,更無法理解,生懷殺父之仇的劉邦何以會在占盡優勢的情況下放走紀空手,也就是在這一戰之後,名滿天下的紀空手從此消隱江湖,江湖之上再也沒有他的任何消息。

然而,有關紀空手的一個個故事,就像是不朽的傳奇,流傳於這江湖之上,更激勵了一代又一代的血性男兒,為了自己的理想,去打拚,去奮鬥!

◆

夜色沈沈,在故道縣通往陳倉的山路之上,一條火龍在山林間蜿蜒起伏,行動疾速,長達數里的隊伍竟然沒有一絲生息,只有那嘩嘩的腳步聲,驚起林間的宿鳥「噗噗」地向天空飛去。

在隊伍的中間,有一彪鐵騎,馬行路上,並沒有發出應有的「的的」之聲,每一匹馬的馬蹄上都被厚厚地裹上了一層絨布，在馬嘴之上，都用一根粗索緊緊地箍牢，不容健馬有任何嘶聲發出。

赤紅的火光照在樊噲剛毅的臉上，顯得那麼的鎮定和嚴肅，望著眼前這數萬將士，井井有條地向前開拔。

他的眉尖沒有顯露一絲的得意，心裡反而有一種緊張和贖罪的感覺，作為漢王劉邦所依重的重臣，他自起事之初時，就緊緊追隨劉邦的軍隊，從內心上來說，他已經將劉邦當作了自己效忠的主人，然而，每當他想到自己的體內被聽香榭種下附骨之蛆時，他又不得不背對劉邦，做出一些違心之事。

這種矛盾使他的心始終在一種痛苦的煎熬之中，不能自拔，自那一夜他將劉邦即將進入小樓的消息透露給呂雉之後，他就深深地沈浸在自責之中，所幸的是，劉邦最終安然無恙，全身而退，這多少減輕了他內心的疚意。

更讓他感到奇怪的是，一向與劉邦為敵的呂雉竟然改變了態度，一心一意地做起了漢王后來，他當然無法知道這其中的內幕，更不知道呂翥只是呂雉的化身，而他所效忠的劉邦竟然是紀空手，他一直以為劉邦會為此事報復於他，然而，劉邦好像居然忘記了這件事情一樣，不僅隻字未提，還一如從前，依然認命他為東征的先鋒大將軍，這讓樊噲有一種士為知已者死的感動。

他所率領的先鋒軍，早在七天之前就已經從南鄭悄然出發，當他的軍隊抵達故道縣城時，故道縣城仿若一座不設防的城池，兵不血刃，就在片刻之間，被他拿下，然而，他不敢稍作停留，只留下一千軍士把守城池，安撫百姓，而他率領先鋒大軍繼續向陳倉挺進。

陳倉是漢中與關中交界的一座重鎮，一向是兵家必爭之地，在張良的東征計劃中，它以地勢的險要佔據著非常重要的地位，一旦攻下陳倉，則關中大地已經無險可守，奪取關中便是指日可待的事情。

當樊噲的先鋒軍抵達至僅距陳倉三十里地的山丘之時，一騎快馬從隊伍的後面急急趕來，追至樊噲身前，一名大漢信使翻身下馬，稟道：「樊將軍，屬下受漢王之命送來一封八百里加急，請將軍覽閱！」

樊噲心中微微一怔，心中甚奇，因爲他此時行軍打仗的路線早已制定，他正是不折不扣地遵照計劃執行，此時漢王來信，肯定是情況有變。

「遞上來！」

樊噲一手接過信囊，仔細看閱之後，臉上不由一片肅然。

此信乃漢王親筆，只有寥寥十二個大字，上書道：「攻佔陳倉，不宜強攻，只能智取！」

樊噲冷冷地看了一眼那名信使道：「除了這封信外，漢王是否還有什麼吩咐？」

那名信使抬起頭道：「漢王沒有什麼吩咐，只是我退出來時，張先生再三囑咐我，要將軍攻下陳倉之後，立馬封鎖消息，不得有任何風聲走漏！」

樊噲心中一驚，雖然他不明白漢王與張良此舉有何用意，但他從漢王與張良的態度上看出，此事顯然事關重大，不容他有半點閃失，他現在唯一要考慮的問題，就是如何智取陳倉。

他緩緩地回過頭來，命令身後的隨從道：「傳令下去，隊伍停止前進，注意隱蔽，原地待命！」

「通知各部將領，在一炷香時間之內，火速趕到本將軍的馬首之前！」

當隨從領命而去之後，樊噲的手伸入袖中，又摸到了他那把七寸飛刀，他明白，又該到這把刀飲血的時候了！

第三章　漢軍東征

陳倉的清晨十分的寧靜，偶有幾聲雞鳴之聲，驚破這片寧靜，使得這小城略有幾分鬧意。

石駟帶著自己的親兵衛隊踏步在城頭之上，進行著他每天例行的巡視，他之所以能被章邯看重，選派到這軍事要地來做城守，不僅是因爲他和章邯同爲入世閣的弟子，而且他的驍勇善戰在原來的大秦軍隊中一向聞名，當章邯受降於項羽，封爲雍王之後，他也成了雍王軍隊中不可或缺的重要將領。

守衛陳倉的城守部隊，只有區區五千人，在別人眼中，這並不算是一股強大的軍力，但在石駟的眼裡，這五千人馬足夠保證陳倉不失，因爲他深知，陳倉作爲阻塞漢軍東征的要塞，本就有著一夫當關，萬夫莫開的險峻。

「本將聽說近日漢軍已有東征的跡象，你派出打探消息的人是否已經回來？」

石駟所問之人正是他手下的一位幕僚，這位幕僚一向被石駟派出負責關注漢軍的動向，所以當他一聽石駟問起，趕忙趨身答道：「稟報將軍，屬下派出了三撥人馬，潛入南鄭，至今還沒有消息傳來，依屬下所見，估計漢軍東征時日尚早，否則他們必有消息道來！」

「你敢肯定？」石駟的眼芒冷冷地掃在這位幕僚的臉上。

這位幕僚一臉惶恐道：「就算不能肯定，料來也八九不離十吧，何況在陳倉之前，還有故道，一旦有漢軍東征的消息，我們必能事先得知！」

石馴沈吟半晌，搖了搖頭道：「我聽說從南鄭到關中的棧道要想修復，至少還要半年時間，如果漢軍此時東征，就必然從故道、陳倉這條線路進入我關中大地，所以我們絕不能掉以輕心，必須嚴加防範，嚴查出入城池的每一個人，一旦有疑，寧可錯殺，絕不放過！」

他的眉尖貫出一股殺氣，似乎在他的眼裡，殺一個人無異於屠雞宰狗那般容易，這並不奇怪，因為在他這一生戎馬生涯中所殺之人，縱不過千，也有八百。

「既然如此，將軍何不關閉城門！」那位幕僚的臉上閃現出一股不解之意。

石馴傲然道：「敵軍未見，本將軍關閉城門，豈不讓天下人笑我膽小怕事，你傳令下去，就照本將的命令行事，不得有誤！」

他正要步下城樓，耳骨莫名一震，似乎依稀從城池的前方傳來一陣「的的」的馬蹄之聲，其聲之疾，讓人驀然心驚。

他霍然回頭，登高眺望，瞥見前方一片荒原之上，一支數百人的馬隊正朝著城門狂奔而來，從那歪斜的軍旗上所打的旗號來看，竟然是故道縣的守軍。

「難道故道已經失守？漢軍果然東征了？」石馴的心裡「咯噔」一下，急令手下緊關城門，以防不測。

就這一會兒工夫，那數百人的馬隊，已然湧至城門門前，馬嘶狂起，鐵蹄揚塵，那數百人俱是一臉風塵，隱帶驚懼，整個場面亂至極處。

「快開城門！漢軍就要追殺來了！」城下有人呼叫道。

一聲呼起，百人回應，那聲潮之中顯得是那麼的急促，那麼的緊張，每個人都如驚弓之鳥，神情是那麼的慌亂。

石駲的臉色陡然一沈，狠狠地盯了一眼他身邊的那位幕僚，然後將頭探出城牆的垛口，冷冷地看著城下喧鬧的場面。

「你們的姚將軍現在何處？怎麼不見他的人影？」石駲環視了一圈道。

城下有人叫道：「哪裡還有什麼姚將軍，早已被那個叫樊噲的人一刀殺了，我們若非是見機得快，只怕也跟著他進了陰曹地府！」

伴著這聲音而起的又是一陣叫罵聲，石駲的眉頭皺了一皺，道：「姚將軍既已不在，本將又憑什麼來認定你們就是故道的守軍！」

城下有人罵道：「憑什麼？就憑老子這一身的傷疤，流出的這一身血，難道你們還想看著老子被人追殺不成！」

石駲正想問個仔細，陡聽得耳邊又傳來一陣驚天動地的響聲，在荒原的盡頭處，揚起漫天塵土，那馬蹄聲猶如隱隱風雷，從天的那頭向城池迅速逼進，城下的人驀然慌亂起來，驚呼尖叫，猶如亂群的野馬。

石駲不敢再有猶豫，如果這城下之人的確是故道守軍，自己不開城門，他們必將會死在漢軍手中，萬一此事傳到章邯耳中，一旦追究起來，自己的罪責可就大了。

他決定還是先開城門！

畢竟這城下之人只有數百，不足於對他的五千守軍構成太大的威脅，萬一有變，他可以在頃刻之間控制住整個局勢，於是，當他下發命令、軍士一切準備就緒之後，厚重的城門「吱呀」一聲，終於開了。

等到這群亂軍剛剛踏入城門，那漢軍已然如旋風般逼至城下，雖然敵軍有數萬之眾，但石駟卻絲毫不驚，因爲他相信，以陳倉險峻的地勢，足以將他們擋在城門之外。

那數百軍士進入城門之後，鬧呼聲依然傳入石駟的耳中，石駟皺了皺眉道：「這些將士進入城來，怎麼還不能安靜？替我傳令下去，若是再有人出聲喧嘩，殺無赦！」

他的話音剛落，陡聽城外響起三聲炮響，漢軍竟然開始了攻城。

「呼呼……」

一排緊接著一排的箭影如黑雲壓層般撲射而來，便在此時，一名軍士爬上城樓道：「稟告將軍，那些故道守軍聚集在城門附近，不聽使喚，鬧著要登上城樓，爲死去的兄弟報仇！」

石駟冷笑一聲道：「荒唐！這幾百人能頂個屁用，我五千大軍也只能堅守，不敢出擊，何必還要多他這幾百人來湊熱鬧！」

那名軍士道：「屬下也再三勸說，可是他們就是不聽，吵著非要來見將軍不可！」

石駟的臉上頓生一股怒意，在大軍壓境之際，這些人竟然如此無禮取鬧，這不僅讓他生氣，也引起了他心中的一絲警覺，他踱步至城牆內緣，探頭向下俯望。

便在這時，一道耀眼的寒芒驀閃虛空，沒有一絲預兆，不知從何處而來，卻以一種玄奇曼妙的軌跡直逼向石馴的眉間，這寒芒來得如此突然，猶如一道強光直射入石馴的眼眸之中，令他的視線在一剎那間變得模糊不清。

他的心頭陡然一驚，已然感到了這寒芒中所帶出來的森森殺氣，所幸的是，他還有手；所幸的是，他的手正按在腰間的劍柄之上，所以當寒芒一現時，他的劍已沒入虛空。

「叮……」地一聲，他完全是以一種直覺去感應這道寒芒的來勢，在間不容髮之際，他的劍鋒接觸到這道寒芒的實體，直感到手臂一振，一股強大的勁氣如電流般由手背竄入自己的胸膛，令他的呼吸爲之一滯。

他的眼睛雖不能見，聽力卻變得十分的清晰，直感到寒芒雖然在劍鋒一擊之下，卻依然存在著一股活力，那旋動的氣流竟然繞了一個圈，向自己的背心迫來。

這令石馴感到了一種震驚，雖然他看不到這道寒芒究意是由哪種兵器發出，但這兵器突入虛空的角度、力道，以及運行的軌跡，都妙到毫巔，只要有一點拿捏不準，就不可能有這樣驚人的效果。

更讓他感到驚駭的是，這僅僅只是一個開始，他本已模糊的視線又被一道強光刺入，迎面而來的是一道比先前那道寒芒更急、更烈的殺氣，這種角度之妙正好與先前的那道寒芒互爲犄角，無論石馴從哪個方向閃走避讓，似乎都很難逃過這一劫難。

然而石馴就是石馴，他的心裡雖驚，卻並沒有失去應有的冷靜和鎮定，暴喝一聲，提聚在掌心的勁氣驀然爆發，不是向外，而是向內，產生出一股如漩渦般的內斂之力，順手將緊距自己數尺的那位幕僚抓在手中，替他挨了這前方的寒芒。

而與此同時，他的腳緊緊地吸在地上，整個身體硬生生地向前撲出，躲過背上的那道寒芒之後，他的身體如風車般一旋，重新站立在城樓之上。

當他完成了這一系列的動作，就連視力也恢復如初時，他陡然看見在自己身前，已然站立了一條身影，這挺立的身影就像是一株迎風的蒼松，混身透發出一股懾人的霸氣，在他食指與拇指之間，正牢牢地夾住了一柄七寸飛刀。

直到這時，石駟才發現自己墜入到敵人早已設計好的圈套之中，他的心爲之下沈，沈至無底。

「你就是樊噲？」石駟近乎咬牙切齒地道。

「不錯！正是區區在下！」樊噲沈聲道，面對石駟，他並沒有任何輕鬆的感覺，反而感到了對方的可怕，因爲能躲過他兩把飛刀的人，在這個世界上確實不多，石駟無疑是其中之一。

石駟的心裡驚了一驚，對於這位漢軍中的將領，他早有所聞，更知道他在從軍之前原本就是烏雀門的門主，其功力自然不容小覷，所以，他深深地吸了一口氣，將手中的長劍，直指向樊噲的眉心。

「看來在兩軍對壘之前，你我之間注定會先有一戰！」石駟冷然道。

樊噲冷哼一聲道：「希望你不會讓我失望！」

石駟道：「這一句話也正是我心中想說的！」

樊噲冷笑道：「既然如此，何必再說，且看我這一刀！」

他的兩個手指微微一動，那飛刀頓時如一只翻飛的蝴蝶，閃動在他的指間之上，奇怪的是，這飛刀的轉動並非是由慢至快，卻是由疾到緩，當它終於停住在樊噲的指尖上時，便聽他一聲暴喝，飛刀隨聲而起，就像是一道疾走在風雷之前的閃電。

整個虛空氣流湧動，就像是一道幕布隨著寒芒的進入，突然之間被撕開了一條口子，高速運動的飛刀與這空氣急劇地磨擦，迸撞出絲絲火花，電射向石駟的咽喉。

石駟的臉色爲之一變，劍鋒一彈而起，直對準那火花最盛處劃空而去。

「轟……」

刀劍驀然相擊，迸裂成道道氣流，石駟的身影爲之一晃，還未喘過氣來，卻見樊噲的手中又驀現一把飛刀，以相同的方式電射而來。

誰也說不清樊噲的身上到底藏有多少把飛刀，但給石駟的感覺似乎是永無休止，他一連用他的劍鋒彈撥開九把飛刀的攻勢。

就在這時，卻見樊噲腿手並用，在雙指發出飛刀的同時，腳尖一彈，竟然從他的靴中發出了一道寒芒。

這才是真正致命的一刀！十分的隱蔽，十分的突然，就好像那前面的九把飛刀都只是一種鋪墊，而這一刀，才是真正的高潮。

當石駟體會到這種高潮的來臨時，他似乎已經聞到了一股沈沈的死亡氣息，在一剎那之間，他突然明白了什麼叫做真正的絕望，在他行將倒下的那一刻間，他似乎聽到了一陣吶喊之聲，如海嘯般襲來，震入他的耳鼓……

陳倉爲之而破！

這座曾經被石駠認爲是一夫當關，萬夫莫開的軍事要塞，就這樣被人破了，也許，石駠在死的時候都不會明白，在這個世界上，本就沒有不破的城池，當你認爲這個城池固若金湯，無法攻破時，它其實就已經離淪陷不遠。

◆

當章邯接到陳倉告急的急報之時，他正從愛妾的芙蓉帳中緩緩起身，過度的放縱給他的身心帶來一絲倦意，即使愛妾那粉白的胴體如八爪魚般再度纏上來時，他也已提不起半點興致。

「這是不可能的事情！會不會是石駠的誤報？」章邯感到極爲不可思議，雖然在他的心中，漢軍的東征已經無法避免，然而，他絕不相信漢軍會有如此神速。

送來急報之人乃是章邯的心腹大將獨孤殘，他接到急報之時，也以爲是石駠的誤報，當他再三向信使盤問之後，他才確定，陳倉的確是面臨著數萬漢軍的強攻。

誰都清楚，陳倉不僅是雍國的屏障，也是關中的屏障，一旦陳倉被破，這關中將無險可守，所以，獨孤殘不敢有半點耽擱，夜闖雍王府，將章邯從溫柔鄉中叫起，稟明此事。

「現在當務之急，只怕只有派兵增援一途，捨此別無辦法！」獨孤殘道。

章邯沈吟片刻道：「派誰前去增援爲好？」

獨孤殘想了想，道：「能否保住陳倉，關係到我雍國的平安大計，此事重大，恐怕只有大王親自領兵前往，才是上策！」

章邯沒有猶豫，當即下令，招集人馬，三更接到急報，五更時分，他已經率領十萬大軍，出了廢丘，火速趕往陳倉。

從廢丘到陳倉，只有兩百里路途，地勢一路平坦，大軍行進疾速，當天剛剛擦黑時分，章邯率部已經直抵陳倉城下。

陳倉城上，出奇的靜，靜得有一點反常，章邯看在眼中，心中悚然一驚，似乎生出了一絲不祥的預感。

「難道說陳倉已經失守？」章邯的心中暗道，他曾經是大秦王朝中的一代名將，唯一的失敗，就是敗在了西楚霸王項羽的手中，那一戰雖然敗得很慘，但對他來說，未嘗不是因禍得福，他並沒有死抱著忠於大秦的想法，而是見風使舵，投降了項羽，爲自己贏得了雍王的封號。

一個能夠見機行事的人，他的頭腦當然聰明，更何況他自己本身就是數十萬大軍的統帥，自然可以預見到這種危機的存在，所以，他並沒有急著讓自己的軍隊接近陳倉，而是將大軍停駐在一個距陳倉不遠的山丘之後，將獨孤殘召到了自己的身邊。

「此時的陳倉城中情形並不明朗，若是我大軍貿然進入，恐怕有全軍覆沒之虞，所以爲了保險起見，你帶幾人趁著夜色，逸入城中，將城中的情況打探明白！」章邯叮囑道。

「大王未必也太過小心了吧？雖然陳倉城中只有五千守軍，但借地勢之利，足可以抵擋住漢軍的五萬人馬，以石駟的統軍才能，就算不能退敵，堅守個十天半月，似乎不在話下！」獨孤殘道。

章邯搖了搖頭，顯得十分的老練道：「所謂不怕一萬，只怕萬一，我十萬大軍停駐於此，進可攻，退可守，足可以與漢軍的五萬人馬相拚，而一旦陳倉有失，而本王又率兵貿然進入，城中的地勢狹窄，就無法顯示出我兵力的優勢！」

獨孤殘聽得連連點頭，領命而去。

章邯望著他的背影消失在這層層的夜色之中，抬起頭來，眺望那不遠處的陳倉，但見那點點燈火閃爍在一片暗黑之中，讓他根本無法測度那暗黑中的吉凶禍福。

其實對今日的局面，他早有預料，當項羽率領西楚軍北上伐齊之時，他就算定劉邦早晚有一天會率兵東征，他一直認爲，數十萬大軍要想從漢中進入到關中地區，沒有棧道是很難使之成爲現實的，如果要從陳倉這條山路進入關中，大軍所需的時間必然漫長，等到漢軍抵達陳倉之時，他早已有了準備。

可是他萬萬沒有想到，這五萬漢軍竟然如神兵天降，說來就來，居然在神不知鬼不覺的情況下，直抵陳倉，只此一點，已經讓他領教了劉邦用兵的厲害。

然而章邯依然無懼，他對自己依然充滿著自信，在他這一生的軍旅生涯中，他只敗給了一個人，那就是從來不敗的項羽，而在他的心中，項羽已不是一個人，而是一個神，一個從來不敗的戰神，他無法想像，一個人怎麼會永遠不敗呢？是人，終歸就有弱點，有弱點就終歸有破綻，而破綻恰恰是一個人失敗的開始，然而，項羽在他的心中彷佛就沒有任何弱點，所以敗在項羽的手上，他心中絲毫無憾。

在這個世上，有了一個項羽已經讓章邯感到了不可思議，他絕不相信劉邦也是一個沒有弱點的人，雖然劉邦的崛起本身就是一個不朽的傳奇，但章邯認爲，劉邦能夠成爲今日的漢王，更多的是借助著一種機遇，而不是實力，他相信自己完全可以與劉邦一戰。

風，帶著一股滲入骨子裡的寒意，徐徐的吹來，讓章邯從深思中清醒，他驀然回首，審視著背後這十萬大軍所形成的暗影。

十萬人聚在一起，竟然沒有發出一絲聲響，如此嚴明的軍紀，就連章邯也不得不佩服自己。時間在等待中一點點地過去，章邯的心中突然多出了一股焦慮，在他的意想之中，如果一切順利，此時此刻獨孤殘應該發出他們事先約定好的信號，然而，這漫漫夜空之中，卻依舊是一片暗黑，沒有一點動靜。

他相信獨孤殘，就像相信自己一樣，他之所以將獨孤殘視作心腹，是因爲他從來沒有將獨孤殘視作自己的屬下，而是把他當作自己最好的朋友，所以獨孤殘才敢夜闖雍王府，把他從愛妾的芙蓉帳中叫醒。

還是在二十年前，他就與獨孤殘在同一個鍋裡吃飯，同一個帳蓬中睡覺，在戰火中共浴生死，踏著一堆堆的白骨，走上了飛黃騰達之路，做爲趙高入世閣中的骨幹，他們也以各自超然的武功藉身於天下一流高手的行列，這也是他將獨孤殘派出陳倉打探消息的原因。

正是他爲獨孤殘感到擔心的時候，突然「哧」地一響，響徹於這夜空之中，一束耀眼的禮花閃耀在這暗黑的虛空，就像是一束罌粟花，顯得那麼的嬌豔，又帶出一分詭異。

章邯的心神爲之一震，霍然站將起來，大手一揮道：「三軍聽令，隨本王直進陳倉！」

軍令一下，三軍俱動，十萬人馬整齊劃一，如潮水般直向陳倉湧去！

章邯當先一騎，走在隊伍的最前方，當他僅距陳倉不過里許時，他已然看到了那洞開的城門。

章邯的心中不由地生出一種慶幸，只要陳倉未失，他就還有機會，還可將關中的土地牢牢地掌握在自己的手中。

此時的城牆之上，亮起了一排排的燈火，那火光忽閃忽現，透射在那飄動的大旗之上，分明是一個「石」字，這似乎表明陳倉依然還在石馴的掌握之中。

當距城門還有百步之時，章邯陡然勒馬，似乎感到了一種揮之不去的殺氣，他無法解釋自己的心裡何以會有這樣的感應，但他卻清晰地覺察到這股殺氣的存在，他猛然揮手，止住了大軍前進的腳步。

正當他在猶豫之間，一條人影從城中飛遁而出，腳步略有虛浮，但絲毫不影響他的速度。

章邯放眼望去，不由吃了一驚，等那人到了近前，他驚問道：「這是怎麼一回事情？」

來人正是獨孤殘，他手撫胸前，似乎遭受了一記重創，喘息道：「快退！我們中計了！」

章邯霍然色變，剛要發出指令，便聽得數聲炮響震耳，從四面八方同時發出一種驚天的吶喊，從聲音聽來，對方何止五萬人馬，當在數十萬之間。

隨著吶喊聲起，成千上萬的火把同時燃起，在這荒原之上，形成一排排的光點，照得半邊天空一片通紅，渾如血色一般。

在明晃晃的火光映照之下，章邯的臉上透出一股驚懼，能調動如此龐大的軍力，投入到一個戰場之上，除了劉邦，還會有誰呢？

章邯的整個人仿如置身夢中，目睹著的這一切，就彷彿發生在夢幻中一般，大漢數十萬軍隊竟然沒有通過棧道，而是從故道、陳倉的這條山路進入關中，這的確讓人感到不可思議。

面對著敵人的重重包圍，章邯的思維在高速的運轉當中，審時度勢，希望能從中找到一個突破口，然而要想在瞬息之間，從這混亂的局面中理出一點頭緒，未免有些強人所難，章邯唯有下令大軍嚴陣以待，力拚死戰，以求搏得一線生機。

獨孤殘的聲音裡似乎帶著一股哭腔，驚道：「陳倉早在三天之前就已失守，石駟也已陣亡，我們面對的不是樊噲的數萬先鋒軍，而是漢王劉邦的東征主力！」

章邯深深地吸了一口氣，臉上的肌肉抽搐了一下，變得異常的冷靜，冷然道：「此時再說這些，已然遲了，對於本王來說，遇上這樣的場面也不是第一次了，我們只有冷靜以對，然後見機行事，或許可以保證我們全身而退！」

他的鎮定感染到了獨孤殘，同時也感染到了他身邊將士的情緒，這十萬大軍竟然沒有因爲這場突變而出現一絲的混亂，反而顯得井然有序，鬥志高昂。

就在此時，漢軍之中發出一陣驚天的歡呼，在陳倉的城樓之上，一條身影成爲全場注目的焦點。

章邯的眉鋒一跳，從閃耀而出的火光之中辨出，此人正是漢王劉邦。

「雍王久違了！昔日鴻門一別，想不到你我今天竟會以這種方式相見，這實在是叫人不敢相信！」紀空手的話低沈有力，透過這暗黑的虛空，傳得很遠很遠，彷彿一直在這夜空中迴盪。

章邯人在馬上，仰起頭來，冷然喝道：「本王倒不覺得有任何的意外，當年西楚霸王將你分封到巴、蜀、漢中三郡稱王，就是算定你日後必反，所以，這一戰不可避免，只是早晚的事情！」

紀空手冷然一笑道：「本王東征，乃是替天行道，哪裡談得上『反叛』二字，說起這兩個字來，倒勾起了本王的一段記憶，今日的雍王豈非正是當年大秦的名將，你背秦而投靠項羽，才是真正的不忠之臣！」

章邯的臉色不由地紅了一紅，道：「想不到漢王如此伶牙俐齒，這等口才不是本王可以比得了的，就不知道漢王帶兵的手段是否能如你的口才這般厲害！」

紀空手淡淡笑道：「此時此刻，已足以證明一切，只要本王大手一揮，你這十萬人頃刻間就會被我大漢軍隊的鐵蹄之下踏成肉醬！」

章邯回過頭來，緩緩地掃視著自己身後的將士，無論這些將士歷經了多少戰火的洗禮，當他們面對大漢軍隊如此的赫赫威勢，他們的臉上多少都透露出一絲悸意。

在這個世上，有多少人能夠勘破生死？能夠超越生死的，也無非只有寥寥數人，章邯不敢強求自己手下的每一個將士都無畏於死，因爲，就連他自己也未必能做到。

他不敢再猶豫下去，也不敢等待，他心裡十分清楚，隨著時間一點一點過去，他手下的每一個將士的神經將會一點一點地繃緊，緊到極限時，就會悍然崩潰。

「既然如此，何不一戰？」章邯一聲暴喝道。

紀空手突然長歎一聲，道：「若要一戰，還不容易，本王只是爲你手下這十萬將士的生命感到不值，如此實力懸殊的一戰，你們注定將會以慘敗告終！明知是敗，明知是死，卻還要徒然掙扎，不是可悲又是什麼？」

章邯冷冷地道：「你莫非又想讓我受降於你？」

紀空手淡淡道：「難道你還有別的選擇嗎？」

章邯近乎神經質地狂笑起來，良久方歇道：「我章邯這一生中只受降過一人，那一次也是我畢生的恥辱，每每憶起，總是讓人無地自容，每當夜深人靜的時候，我都在想，假如生命還可以重來，讓我重新再選擇一次，我必將戰死沙場，絕不屈服，去做一個頂天立地的男人！」

他喃喃而道：「二十萬人？足足有二十萬人啊？他們都是與我共過生死的兄弟，卻爲了我一人之故，被人在一夜之間殺死於新安城南！」

他的思緒彷彿又回到了當年的新安城，正是在那個地方，他率二十萬大軍處在一種內外交困的絕境之中，因此而受降於項羽，也正是在那個地方，他眼睜睜地看著自己的二十萬大軍遭受項羽的屠殺而無能爲力，這一切就像是一個深刻在他記憶中的噩夢，讓他的良心永遠不得安寧。

紀空手漠然地看著他，他們相距雖然百步，但章邯臉上的每一絲表情都毫無遺漏地在他的目光捕捉之中，等到章邯的情緒稍微趨於平緩之時，紀空手這才冷然道：「當年，因爲你一人的受降，而害死了二十萬大秦將士；時至今日，因爲你一人的不降，卻又要害死這十萬將士，降與不降，你都已是一個罪孽深重之人！」

章邯卻仰起頭道：「今日已非昔日，就算你要殺死我這十萬將士，你恐怕也要付出慘痛的代價！」

紀空手一臉肅然道：「正因如此，不如你我之間一戰，就讓本王領教領教你這位入世閣高手的手段，你或敗或死，這十萬大軍都受降於我；你若勝了，本王任由你和你的軍隊全身而退。」

這無疑是一場豪賭，也是一場不公平的賭博，誰也想不到紀空手會在占盡絕對優勢的情況下提出與章邯一戰，當他此話一出時，就連章邯也不敢相信他所說的是一個事實。

此時的陳倉城外，一片肅然，每一個人的目光都盯注在紀空手的身上，在他們的心中，不可否認的是，劉邦是一個頂尖級的高手，但也沒有人懷疑，章邯的身手就會差到哪裡去，這一戰倘若發生，絕對是一場不可預知結局的一戰。

然而，只有站在紀空手身後的張良、陳平等人知道，紀空手之所以如此做，是不想眼睜睜地看著這十萬將士送死，更不想讓自己的雙手無謂地沾染上血腥，就算他所置身的是一個亂世，他也堅信——仁者無敵！

◆

風蕭蕭，夜沈沈，沒有馬嘶，沒有人聲，天地間唯有一片死寂，在這死寂之中，充盈著一股懾人心魂的肅殺之氣。

這肅殺不是因爲此時已是深冬時節，更不是因爲那蕭索的寒風，而是因爲一個人，一個如劍般挺立的人。

此時的紀空手給人的感覺就像是一把劍，一把未出鞘鋒刃寶劍，劍雖未出鞘，卻已透出那無盡的殺意。

那暗黑洞開的城門中，走來了紀空手那冷傲的身影，他的人一踏入這城外的荒原，整個荒原變得沈重而冷厲，似乎沒有一點生機。

紀空手步入其中，給人一種格格不入的感覺，這種感覺非常清晰，非常真實，渾如超然於這自然之外。

他的步伐之重有如戰鼓擂擊，「咚咚」直響，在這死寂的虛空中迴盪，他的目光是那麼的深邃，透過這暗黑的夜色，從大漢將士的臉上一一掃過，然後直面那十萬敵軍。

敵軍中不乏有桀驁不馴之士，這些人都是追隨章邯多年的死士，他們可以爲了章邯而不惜生死，然而，他們卻不敢用自己的目光去直視紀空手，因爲紀空手的眸子中綻射出的不僅僅是一種高亢的戰意，更如一團燃燒的烈焰，似乎能將一切摧毀！

紀空手的步伐很慢，每一步都十分的悠然，宛如閑庭信步，他所到之處，敵軍如潮水般兩分，情不自禁地讓出一條通道，任由他踏前而行。

夜風幾乎從這一刻開始就已然凝固，變得那麼沈重，那是一種爆發前的靜默，空氣如弓弦一般繃緊，讓在場的數十萬人同時產生出一種幾近窒息的感覺，有一種山雨欲來風滿樓的氣勢。

當紀空手深入敵軍腹地，站到離章邯只有五丈之距的地方時，他的腳步終於停了下來，在他的身後，除了陳平之外，還有龍賡，三個人的身軀挺立，靜若山川，有一種超然的鎮定，似乎根本沒有將敵人這十萬大軍放在眼中。

單只這一分豪氣，已足以笑傲天下，這種膽識更震憾人心。

與這份豪氣相對的，是章邯的眼神，那眼神中有一種難以置信的神情，似乎根本不相信這一切竟然就發生在自己的眼前，在他的臉上，還閃現出一絲詭異，他的心中猛然一跳，彷彿看到了一線生機。

的確，他的確看到了生機！

當他看見紀空手一步步深入到他大軍腹地之時，他就好像看見一隻待捕的獵物，雖然此時，他與他的部隊深陷於敵軍的重重包圍之中，但如果他能控制敵軍的統帥，將他制服，無疑是全身而退最好的良機。

在他的身邊，有著他最精銳的親兵衛隊，這支衛隊雖然人不過千，但他們卻保持著最強盛的戰鬥力，每逢大戰，這支衛隊就像一把鋒銳無比的尖刀，在關鍵的時刻，切入敵人的要害，奠定整個戰局。他們之所以能有如此驚人的戰鬥力，這只因爲，在他們的中間，十有八九都是江湖子弟，更不乏真正的高手。

章邯的臉上微現出一絲笑意，在不經意間，他的手緩緩地從頭盔上輕輕地滑過，在許多人的眼中看來，這不過是一個微不足道的動作，但在這支衛隊數百人的眼中，它卻是一個信號。

信號一出，數百人在刹那之間只稍微做了一下移動，一場精妙的殺局就在瞬息間完成了它的佈置。

但紀空手卻仿如視若無睹，只是將他的眼芒牢牢地鎖定在章邯的臉上。

章邯的臉色微微變了一變，雖然紀空手沒有任何的動作，但他卻從這道眼神之中感覺到了那種氣息的存在。

這是一種讓人心驚的氣息，當你感覺到它的時候，甚至連呼吸也急促起來，將自己帶入到一種極爲緊張的氛圍之中。

只僵持了一瞬的時間，章邯猶豫了片刻，終於淡然笑道：「你的確很有勇氣，就連本王也不得不感到佩服，而且，本王也心存感激，感激你將本王當作一個可以信任的君子！」

「你不必感激於我，本王如此做，並不是信任於你，而是信任你手下的十萬將士！」紀空手悠然一笑，他的笑容中帶出一絲淡淡的冷漠，在嘴角處泛起一道詭異的漣漪，乍然看去，竟有著一種讓人怦然心動的魅力。

「這其實都不重要，重要的是，你所表現出來的勇氣在本王的眼中就像是愚人所爲！」章邯的聲音裡有若掠過一陣淡淡的寒風，透出一股深入骨髓的殺氣。

「這看上去真的很愚蠢嗎？」紀空手微微一笑，他的笑卻像是一道春風，暖人心扉，根本讓人無法看出一絲的敵意。

「本王也不知道這是不是愚蠢！」章邯爲紀空手的冷靜和鎮定感到一種驚駭，雖然他不知道何以紀空手會有如此表現，但他感到自己依然被紀空手散發出來的氣勢所壓，有一種迫人的窒息。

他頓了一頓道：「我只知道當我第一天帶兵打仗之時，我的領頭上司就再三叮囑我，打仗不同兒戲，而是一個殺與被殺的遊戲，當你進入了這個遊戲的程式之中，你已身不由己，任何情感都是一種多餘，你只能做到無情，才能最終把握勝利。經過了這麼多年，我一直牢記著他的這一番話，我雖然不能明白這番話的對與錯，但我卻知道，這無疑是贏得一切戰鬥的最基本要素。」

紀空手靜靜地品味著他所說出的每一個字，沈吟半晌，方才搖了搖頭，道：「你錯了！戰爭雖然無情，但人卻有情，雖然戰爭的確如你所說，是一個殺與被殺的遊戲，但推動這種遊戲進程的永遠是人，是人就不可能做到真正的無情！」

章邯冷哼一聲道：「但本王卻可以做到無情，至少在這一刻！」

他的大手已經按在了劍柄之上，他心裡十分清楚，當他的劍身跳出劍鞘三分之時，他身邊的數百精銳就將會如一道狂飆迅速將紀空手三人吞噬，就如饑餓的魔獸般有效！

紀空手笑了一笑，絲毫不顯驚悸，反而踏前一步。

就在這時，從章邯的身後閃出三條人影，三條人影從三個不同的方位同時靠向紀空手的周邊，那動作之快猶如眩目的電芒。

龍賡的眼角微微閃出一絲驚訝，沈聲道：「傷心陣法！人未入陣，已然傷心；人一入陣，卻已傷情！小心了！」

第四章　大破三秦

紀空手聞聲一驚，不敢有半點怠慢，說到江湖閱歷，武林佚聞，他所知也許並不豐富，對這傷心陣法，他更是聞所未聞，然而，他有他自己的一套方式，這種方式就是用他對武道的深刻理解，去詮釋一切他所未知的現象。

所以，他沒有猶豫，在這三條人影一逼進他的七尺範圍時，他已踏出見空步，迎身向自己正前方的那條人影撲去，似乎完全無視對方的手中還有一把可以洞穿一切肉身的利刃，這種無畏，這份勇氣，簡直出乎在場所有人的意料之外。

紀空手深知，不管對方擺下的是什麼陣法，不管這陣勢有多麼的可怕，但發動這種陣勢的根本還在於人，而人就必須要有氣勢，只有在氣勢上壓倒對方，他就可以達到自己先聲奪人的目的。

出乎意料的不僅僅是這發動陣勢的三個人，還有章邯，章邯之所以沒有出手，是因爲他想利用這個機會，來看清紀空手的武功套路。

但是紀空手的出手不僅快，而且有一種不可測度的內涵，根本無法讓人看出其深淺，唯有身在局中，才能感受到他武功中所表現出來的那份意境。

銳氣如風般從紀空手的衣裳邊掠過，一顫之間，襲入了紀空手那鼓動的衣內，那出手之人臉上一喜，然而這種歡喜在一瞬之間變了，變得十分的猙獰，那是因爲一聲輕響，一聲金屬般的脆響。

那鋒刃所刺中的並不是肉體，而是點擊在了一件金屬之上，劍出自紀空手，那把繫在紀空手腰間的劍在銳氣襲入的刹那，突然出現在了胸前。

那凜凜的劍鋒劃出一道異樣的色彩，猶如磁鐵般吸住了對方的鋒刃，而與此同時，他的另一隻手陡然沒入虛空，以快得不可思議的速度向對方當胸擊去。

所有的動作都十分的簡單，平平無奇，但是當紀空手將這些動作一氣呵成、連貫在一起的時候，它體現出了一種肉眼無法覺察出的速度，更體現出了一種肉眼無法揣摩的變化。

紀空手的拳並沒有擊中對方的胸口，不是不想，而是不能，就在他的拳頭僅距對方胸膛不過半尺時，他感覺到了腰間有一股懾人的殺氣迫來。

對方顯然是用劍的高手，不僅精，而且準，用一種妙到毫巔的步伐彌補了同伴的破綻，非常及時的出現在紀空手鐵拳的去路之上，就像是一條山樑，不容紀空手的拳頭再有半寸進入。

紀空手唯有收拳，猶如烈馬狂奔，突然收韁止足。

而他手中的劍已然跳出，從一個非常刁鑽的角度劃出一道幻滅不定的劍弧，以刀劈之勢橫擊在對方的劍上。

「噹……」地一聲爆響，雙劍撞擊，如一團火花綻放，對方直感到一股如電流般的勁氣直竄入自己的手臂，一麻之下，長劍竟然脫手而出。

「噔噔」兩響，那人連退數步，在暗影湧動的虛空之中，他陡然看到了一抹黑點在不斷地擴大，毫無阻擋地進入他的視線中，他雖然看不清這黑點的存在，卻已經感受到了那滲入人心的驚天殺氣。

「噝……」

是鋒刃破入血肉發出的聲音，還帶著一種骨骼脆裂的「咯咯」之響，那名劍手狂呼一聲，如雨花般的鮮血自他的口中狂噴而出，他的眼神有一種疑惑，更有一種無助，臨死之前，他也沒有明白，爲什麼敵人明明還在數尺之外，卻能將他的生命結束？

如果他明白他眼前之人不是劉邦，而是紀空手的話，他也許就不會死得這麼不明不白。

因爲在很多人的眼中，紀空手的飛刀不出則已，一旦出現，就代表著死神的降臨。

傷心陣法爲之而破，這的確是一件傷心的事情，可惜的是，傷心的人不是紀空手，而是章邯，只有章邯明白，要練成這傷心陣法，沒有十年的配合，絕對無法練到身隨心動的默契和意境！同伴的死，顯然激起了另外兩人更加洶湧的戰意，當他們的兵器夾擊而出時，刺中的卻是紀空手的幻影。

紀空手竟然不見！

他的人已如風，真正能夠捕捉到這陣風的人，也只能是另一道風，而這一道風的源頭就是章邯。虛空在刹那之間變得狂野起來，充盈著一種毀滅一切的氣勢，亂而無序，沒有任何的規律，甚至無跡可尋。

遠遠望去，就好像是一道旋風從這荒原之上憑空升起，在千萬人的注目之下，有一種淒豔的美麗。

◆

在陳倉的城樓之上，張良目睹著眼前的這一切，臉上並沒有流露出任何的擔心與驚懼，顯得胸有成竹，在他身邊的樊噲卻看得心驚肉跳，呼吸也顯得急促起來。

「何以先生看上去如此鎮定？漢王此舉無疑是一種冒險，你身爲輔臣，當竭力勸阻才是！」樊噲看到張良的眼上竟然露出一絲淡淡的笑意，不由有幾分不滿道。

張良望了他一眼，淡淡而道：「我之所以一點都不緊張，是因爲我了解漢王，他之所以甘冒其險，深入戰軍腹地，當然有他自己的道理！」

「哦？」樊噲詫異地看了張良一眼道：「這倒要請先生爲我指點迷津！」

張良關注著百步之外的戰局，緩緩而道：「你應該知道，我軍東征，先入關中，是想將關中這富庶之地作爲我軍東征的根本，然而關中又分三秦，三秦之中，陳兵達數十萬之多，若是不出奇計，以最樂觀的估算，攻下關中也需一年的時間，這顯然不是我軍能夠等待的時間，而且，就算攻下關中，經過常年戰事的干擾，關中這富庶之地也必將變得貧困苦寒，一旦我軍與西楚交戰，又從哪裡得到大軍每日的軍需用度？」

樊噲的臉上閃現出一股疑惑道：「這和漢王此時深入敵人腹地有何關係？」

張良沈聲道：「不僅有，而且大有關係，因爲這才是漢王深入敵人腹地的大背景，在漢王的計劃中，他期待以一種兵不血刃的方式來攻佔三秦，這不僅可以保證我大漢軍隊的實力，也可以不傷關中元氣，而要做到這一點，他此行無疑是勢在必行之舉，沒有任何選擇的餘地！」

樊噲若有所思道：「難道漢王甘冒如此大險，只是爲了勸降章邯？此時我軍已經佔據了絕對的優勢，只要一聲令下，三軍可以在頃刻之間將章邯的十萬人馬化爲灰燼，又何必多此一舉呢？」

張良微微一笑道：「殺這十萬人當然容易，然而這只是一個下策，如果這十萬人馬能盡歸己用，既能爲我軍壯大了實力，也爲我軍贏得了仁義之師的美譽，一旦拿下章邯，這三秦便不攻自破，可以爲我軍東征贏得最寶貴的時間！」

「可是，如果章邯失信於漢王，先發治人，漢王身邊只有陳平和龍賡兩人，又怎能從這十萬大軍中全身而退？」樊噲的眉間隱隱現出一絲憂慮道。

「以章邯的爲人，他一定會失信於漢王！而且這已在漢王的意料之中，然而漢王既然敢親身前往，就必然有制敵之道，也有這樣的自信，所以，你我根本無須擔心，只管拭目以待！」張良笑了笑道。

就在這時，從城池的前方爆閃出一聲驚喝，如雷鳴般轟震四野。

◆

章邯終於忍不住出手，在他認爲最恰當的時機出手，他似乎料到傷心陣法無法對紀空手造成威脅，所以，他一直就在等待，等待一個時機實施偷襲。

不可否認，章邯對槍法的領悟已然達至頂級高手所具備的能力，他的長槍大開大合，極具變化，充滿著兵中王者之霸氣，在他的軍旅生涯中，曾經用此槍挑落下無數戰將，而更讓他自負的是，在這槍法之中有一記絕殺，絕殺之名曰大江東去。

大江東去是一種意境，槍出虛空，猶如大江之水滾滾向東，有一種一往無回的氣勢。

「轟……」地一聲，地動山搖，一股洶湧的殺氣如浪潮般從槍鋒中沖激而出，迎頭向紀空手所藏身的那道風頭之上襲去。

將士紛紛而退，無不被這毀滅性的勁氣所迫，有一種窒息之感，在瞬間與這股勁氣拉開距離。

紀空手的身形輕若白雲，猶如飄落在這虛空之中，而章邯的軀體卻如山嶽不動，唯有那雙深冷的眸子綻射出無盡的寒芒，渾身上下透發出一股霸烈無匹的氣勢。

紀空手漠然以對，面對章邯所爆發出來的這道如驚濤駭浪般的殺氣，他如風般飄浮，如雲般悠然，臉上閃露出一絲莫名的笑意，仿若在風口浪尖中遁舟而去，有一種說不出的瀟脫和優雅。

一擊未成，章邯的整個人就像是一頭蟄伏於荒原之上的魔獸，他並沒有急於動手，而是在審視著對方的一舉一動，卻看見紀空手的大手輕拈劍柄，在空中徐徐劃過的痕跡，猶如一道長虹般美麗，與傲立如松的身軀配合一起，構成了一個無懈可擊、完美無匹的整體，不顯一絲破綻。

這也許就是章邯沒有立即動手的原因！

除了先前那一瞬間的時機之外，他完全找不到可以下手的機會，更無法揣摩出紀空手的意向和動態，雖然他的氣勢無所不在，但他卻感受不到紀空手身體所存在的那股氣機。

此刻的紀空手就像是一個生活在虛幻空間的人，顯得是那麼的不真實，好像沒有了實體。也許，他已在不知不覺之中，將自己融入了這自然中，這夜色裡，與這天地難分彼此。

似乎在一剎那間，天不是這天，地不是這地，而我也已不再是我，彷彿天、地、人之間有一種契合，合爲一個整體，而紀空手的思想就如這行雲，流水，在自然中放飛，進入到一個玄之又玄的意境之中。

這的確是一個非常可怕的對手，可怕得超出了章邯原先的想像，如果不是親眼所見，章邯絕不相信，以劉邦現在的年齡，其武功修爲竟然可以達到如此驚人的深度。

章邯緩緩地踏前一步，一分不多，一分不少，足足一尺有八，只這麼一步，天地間因此而風雲湧動，荒原之上的無形氣機就像是滾動的氣流，追隨著章邯的身體而來，使得章邯的氣勢就像是中了魔咒一般瘋漲，旋風自他的腳下而動。

然而這並不可怕，可怕的是，章邯的這一步乍一踏出，紀空手那恬淡悠然的氣機也隨之而變，似乎打破了這自然的平衡，形成了一道微不足道的裂線。

章邯的眼睛陡然一亮，閃出一絲異樣的神芒，他沒有猶豫，挺身而出，他絕不能再錯失任何可以取勝的良機。

他的經驗之豐富，無愧於他身爲名將的聲譽，他出手果敢，更具殺伐之勢。

槍鋒一顫間，幻化成萬道霞光，構建起一團赤紅的暗雲，緊緊將紀空手罩入其中。

「哧——」地一聲，暗雲爲之而裂，那切入虛空的是一把劍——紀空手的劍！

紀空手的劍出，十分的緩慢，非常的悠然，就像是一隻翻飛在花中的蝴蝶，隨著這暗雲的裂現，一點一點地出現在眾人的視線之中。

這一刹那，槍與劍彷佛都突破了空間與時間的限制，在快慢這種矛盾對立的形態之間，形成了一種和諧。

當劍完全從那暗雲的裂線中閃耀而出時，那四周燃起的火光也爲之一暗。

當槍影與劍芒相激互噬之際，這荒原之上的泥沙、枯草爲之而旋，在飛轉中集聚成團，愈滾愈大，大至將紀空手與章邯兩人身影淹沒其中。

金屬與空氣強行摩擦的怪異之聲，就如一段哀樂般刺耳難聽，眼見紀空手的身體就要被槍影吞噬之際，在他的手上，突然又多出了一道寒芒，就像是一道破開烏雲的閃電，隱蔽而突然。

飛刀！又見飛刀！飛刀一出，殺氣漫天，就像是雨後的天，綻現出道道虹光。

章邯一驚之下，飛身而退。

出乎紀空手意料之外的是，章邯竟然可以從容自他那密不透風的劍氣中穿越，而且可以從他那霸烈無匹的刀芒中安然退出，這似乎說明，章邯的武功本就已是深不可測。

直到這時，紀空手才相信自己的直覺沒有出錯，在他的心裡，似乎有一股僥倖的心理。

他瞬即將刀芒隱滅，手臂一振，將全身的勁氣提聚於掌心，驀然爆發。

萬千劍影出沒虛空，那如水銀瀉地般的攻擊顯現出一種殘酷，一種無情，更有毀滅一切的變態之美。

章邯的臉色一變，已然退出了五步之遠，他的眼神緊緊地鎖定在那劍影的中心，似乎在追隨著真正的劍鋒所在。

他彷彿有一種窒息的感覺，就像是面對著一股大潮的浪峰，隨時可以將自己席捲其中。

然而這一切只是一個過程，真正讓他感到恐懼的卻是他自己心生的一種感應，或者說是一種驚兆，他還沒有來得及弄明白這是怎麼一回事，驀感背後有一股驚人的殺氣迫入自己的體內，滲入之深令他的經脈運行在瞬息間癱瘓。

他感到不可思議，在他的前方，紀空手的長劍劃出，已經抵上了他的眉心，而在紀空手的身後，陳平與龍賡猶在。

而在他身後所站列的全是他的心腹親信，難道說在他們之中，既然有人會是大漢的奸細？

他的心陡然一沈，沈至無底，一股驀大的恐懼漫捲其身，彷彿置身於一團千年冰窖之中。

◆

在陳倉的城樓上，一場對話依然在繼續著。

「這一戰的確兇險，兇險得讓我根本看不到你們所說的任何勝機！」

「真正的勝機本就不是拿給人來看的，他就像是晴空裡的一道霹靂，在無聲無息中悄然乍起，當你感覺到它的存在時，它卻已悄然離去。」

◆

殺氣俱滅，章邯的整個人猶如一個木樁般一動不動，呼吸出粗重的氣息，就像是一個久臥床榻的病人，當他看到紀空手那流露出一絲淡淡笑意的臉龐之時，他分明從中讀出了一股得意。

這是一種自信的得意，彷彿這一切都在他的意料之中，但在章邯的心裡，卻湧動出一股難受，因爲他從背後襲來的殺氣中，似乎辨明了襲擊者的身分。

他感到了一種不可思議，背後的劍只是剛剛刺入他體內的經脈處，未傷經脈，卻能截斷脈絡的運行，這種方法十分絕妙，除非是深諳他武功底細之人，才能爲之。

而像這樣的人，普天之下，只有一個，那就是獨孤殘。

其實這並非是一個天衣無縫的計劃，只要章邯稍微留心，他的心思稍微再縝密一點，就有可能從中發現破綻，但此計之妙，妙就妙在這個奸細是章邯萬萬想不到的人，無論他的想像力有多麼的豐富，他都絕對想不到，一個被自己視爲兄弟和朋友的人，竟然會是大漢的一個臥底。

此時此刻，他的心中所湧現的不是絕望，而是一種孤獨，一種被朋友所出賣的孤獨。

他沒有回頭，也無法回頭，而是深深地吸了一口氣，輕歎一聲道：「怎麼會是你？」

「如果不是我，你也不會陷入大漢軍隊的重圍之中，因爲正是我謊報了軍情，你一直以爲陳倉未失，而且所面對的大漢軍隊不過五萬之數，然而你卻想不到，陳倉不僅早在三天前已經失守，而且漢王親率數十萬大軍已經進抵陳倉，這一切無非是誘敵深入，實是要將你置之死地！」獨孤殘的聲音很冷，猶如秋風般無情。

「我對你不薄，何以你會這樣對我？」這是章邯心中的一個懸疑，如果解不開，他會死不瞑目。

「其實，你應該知道原因，你我同一天投身軍營，又是在同一天受到趙高的賞識，進入入世閣，你的武功並不比我高多少，你的能力也未必能強我幾分，你憑什麼卻能死死地壓在我的頭上，讓我永遠無法出頭，就連我們同時喜歡上一個女人，最終得到的也是你，而不是我，這一切究竟是爲什麼呢？」

獨孤殘似是自問自答地道：「我尋思良久，發現只有一個可能，那就是你命中是我的剋星，唯有將你除去，我才能出人頭地！」

章邯的眼中爆閃出一團怒火，幾欲迸射而出，那赤紅的眼球仿如滴血般猙獰，顯得那般的可怕，嘶聲道：「這就是你出賣我的理由？」

獨孤殘冷冷而道：「難道這還不夠嗎？就這點滋味，已足以讓我銘刻一生，所以，當漢王派人與我接洽時，我沒有一絲的猶豫，就已然下定了決心。」

他的話音剛落，他的眼中突然出現了驚人的一幕。

如果有人告訴你，一個明明經脈已經受制的人突然動了，這對於任何一個稍有武學常識的人來說，都會把它當成一個笑話，更以爲是一個不可思議的神話。

所以，當這個神話真的出現時，你才會感到它的可怕。

「呼……」地一聲，章邯的整個人如旋風般回轉，手中的劍已超越時空的速度直迫向獨孤殘的胸口。

獨孤殘驀感驚悸，幾乎是出於本能的將自己的長劍向前一挺，就在劍刺入章邯胸口的同時，他直感到自己的心中一寒，彷彿聞到了一股沈沈死亡氣息。

當章邯倒下之時，獨孤殘最後所看到的是紀空手那非常平靜的臉，那臉上露出一絲詭異的笑意，就彷彿這一切竟在他的掌握之中。

獨孤殘的靈覺一開，就在他也倒下的剎那，他已明白了一切。

生爲王者，絕不會允許身邊有野心的人存在，這其實是一個非常簡單的道理，等到獨孤殘明白之時，這大錯已然鑄下。

如果章邯泉下有知，他應該明白，剛才那股倒流入他經脈中的強大真氣正是紀空手所爲。

就在這時，這荒原之上驀起一陣海嘯般的歡呼，隨著歡呼聲起，章邯所統領的那十萬將士紛紛跪伏於地。

◆

紅粉帳中，燈火輕柔。

欣賞著卓小圓那一如處子般的女兒私處，近乎於癡醉的項羽陷入了一種迷宮般的遐想中。的確，這是一個謎一樣的女人，她就像是元宵節上家家戶戶門前懸掛的那盞燈謎，不僅漂亮、精緻，而且充滿著神秘與未知，讓每一個見到她的人都會對她產生強烈的佔有慾，更有一種出自於本能的勃動。

想及此處，項羽剛毅的臉上不期然間露出了一絲淡淡的微笑，這只因爲他發現自己的身體某處確實又出現了勃動的跡象，正是有些女人渴望得到的硬度。

「唔……」卓小圓的粉臉如三月初綻的桃花般紅了，俏眉之上分明抹上了一絲嬌羞，就彷彿她還是未知人事的少女，卻已經懂得了男女間的一些妙趣。

正是這一點羞意讓項羽品味出這個女人與其他女人的不同，也正是這一點不同，才加重了卓小圓在項羽心中的分量。

作爲統帥百萬之師的王者，且不論項羽本身具有少女們所傾慕的英雄氣概，單論他手中所操縱的生殺權柄，就足以保證他的身邊不缺乏優秀的女人。

然而，他卻對卓小圓有著一種少年人才應有的迷戀。只有在這個女人身上，他才能感受到「夜夜新郎」的歡娛，體會到血腥與刺激交錯的快感，由此在心中種下難以割捨的情懷。

卓小圓偷偷地笑了，在心裡笑了。

她之所以想笑，是因爲她已經了解了項羽，明白項羽已經離不開自己嬌媚的胴體。幻狐門得以崛起江湖數百年而不倒，這並非說明它在武功上有獨到之處，而是在駕馭男人方面有其不傳之秘，所謂「英雄難過美人關」，開創幻狐門的智者深諳此道，所以她明白，男女相鬥，女人再厲害，終究比不上男人勇力，要想有取勝之道，大可以憑藉女人固有的本錢讓男人爲己所用。

是以有智者常道：「色是刮骨鋼刀。」卓小圓每每想到這一句話，心中總是對智者有一種發自內心的歎服。因爲她懂得，躺在自己身邊的這位男人，無論是馳騁沙場，還是橫行江湖，都是一個不屈的鬥志，沒有人可以輕言與之一戰，更遑論將之擊倒。如果說在這個世上還有人可以傷害到他，那就只有自己——他所深愛著的女人！

當項羽的大手又握住了卓小圓渾圓尖挺的胸，卓小圓的身體本能地發出了一股顫慄，小嘴微張，輕吐出一絲絲攝人心魄的呻吟……

項羽頓時感受到了一種擠漲欲爆的衝動，正要翻身上「馬」，大帳外傳來一絲些微的動靜，讓他整個神經發出了一種本能般的警覺。

「誰……」項羽的聲音十分低沈有力，但卓小圓卻聽出了這音調裡有一種說不出的敗興。

「我……」帳外的聲音嘶啞而急促，帶著吁吁的氣喘，項羽心中陡然一驚。

他吃驚自有道理，因爲他還沒有見到范增有過這般驚慌失措的時候。在他的記憶裡，身爲故楚名士的范增不僅溫文爾雅，而且總是能夠處驚不亂。當年項羽隨叔父項梁前往范府拜訪時，項梁親口評斷：「此人才堪大用，智深若海，單是那一份氣度，已非我等可比。」項羽道：「叔父也許高看此人了。」項梁一臉肅然道：「你我若想成就大事，如無此人相助，定是空談。」

項羽一生，最敬重的人就是項梁，是以遵項梁之命，拜范增爲亞父，成爲自己身邊最重要的謀臣。事實證明，正是有了范增出謀劃策，才使項羽能在亂世之中迅速站穩腳跟，繼而成爲諸侯之首，奠定西楚霸業。是以項羽常道：「本王內有虞妃，外有亞父，能得此二人，乃本王之幸也。」

范增既然失態，必定有大事發生。

項羽翻身坐起，隨手披了件衣服，剛欲下床，卻聽帳門一響，范增竟然闖將進來。

卓小圓嬌呼一聲，嬌軀一縮，整個人半藏於錦被之中，只露出一張俏臉，臉上已是花容失色。

項羽的臉色一沈，滿臉不悅，他雖然對范增十分器重，卻不能容忍范增這等唐突之舉。

范增卻渾似不見一般，大步上前道：「大王，不好了，關中失守！」

「什麼……！」項羽震驚之下，頓時將范增的失禮之過拋之腦後。

范增深吸了一口氣，然後一字一句地緩緩道：「劉邦率數十萬大軍在十五日內盡破三秦，關中悉數落在他的手中了。」

項羽抬起頭來，緊緊地盯著范增嚴峻的臉上，兀自不信地道：「亞父莫非與本王說笑？想我關中有地勢之利，又有重兵鎮守，劉邦就算攻下關中，在十五日之內又怎能辦到？」

范增冷笑道：「劉邦此人不可小覷，當日鴻門之時，老夫就曾斷言，與大王爭天下者，非此人莫屬！大王不聽老夫之言，才致使有放虎歸山之舉。如果大王今日仍然將劉邦不放在眼裡，只怕我西楚霸業就將因大王的一念之差而毀於一旦了。」

看著范增臉上不斷抖動的肌肉，項羽似乎感受到了范增心中的不滿。雖然范增是就事論事，純粹是為了他項羽著想，但項羽的心裡還是有一種不舒服的感覺，彷彿喉嚨中卡著一隻蒼蠅一般。

項羽的臉上變了變色，好半天才將心中的不舒服壓制下來，勉強一笑道：「亞父所言極是，本王這就下令三軍，火速回師，奪回關中。」

范增搖了搖頭道：「若是這般行事，只怕這天下真的要姓劉了。」

項羽道：「倒要請教。」

他深知范增言下無虛，既然敢說這種話，必定有其道理，他很想聽聽范增的高見，然後再作定奪。

范增的目光不經意間瞟了一下斜臥帳中的卓小圓，然後與項羽的眼睛相對而視。

「劉邦攻下關中已是數日之前的事了，假如我軍此時回師，再到關中便是半月後，以劉邦之能，足可借關中的財勢與地利與我軍作決戰的準備，而我軍遠道而去，必是疲憊之師，又加之齊國戰事未平，一旦相峙日久，很容易陷入兩線作戰的困境。到時候，縱算我軍是天下無敵之師，只怕也難以避免失敗一途。」范增侃侃而談，顯然在他得知關中失守的消息之時，就已經對西楚軍未來的走勢作了深遠的計劃。

項羽不露聲色，以他的頭腦與閱歷，自然對范增的見識十分佩服。然而，他並不想馬上表示贊同之意。在他看來，范增所言即使很有道理，畢竟是自己手下的一位臣子，不可助長了范增的銳氣。

范增是何等聰明之人，情緒稍定，便已意識到了自己的失態，當即有所收斂，恭了恭身道：「不過，這只是老夫個人的一點淺見，對錯與否，還請大王斟酌。」

項羽的心裡舒服了些，微笑而道：「亞父所言極是，本王剛才下令回師，只是出於一時情急。原想劉邦才入關中，根基未穩，可以一舉擊破，此刻聽亞父一番分析，倒顯得太唐突了。」

范增瞅見項羽的臉色平緩下來，當下沈聲道：「大王能這樣想，老夫十分欣慰。當日大王與項公邀老夫出山相助，老夫就已抱定決心，希望助大王成就大事，從而留名青史，也就不枉此生了。」

項羽聞言，心生一股傲然之氣道：「就算這天下不屬於我項羽，憑這些年來本王的所作所爲，也足可在青史之上留下我項羽的大名。」

此言一出，整個大帳頓生一股無形霸氣，令范增與卓小圓猛打一個激靈，目光同時射向項羽那張剛毅的臉上。

這是一張男人的臉，這種男人，可以頂天立地，將之放在千萬人的市井之中，你可以一眼從庸碌人群中將他認出，縱是將之放入乞丐堆裡，他也是最醒目的一位。

「這就是王者之相。」范增心裡歎道。

若非如此，他絕不會在老邁之年放棄平靜安逸的生活，而隨項羽投身軍旅。不過，每當他看到項羽顯露出這道本相之時，心裡又自然而然地生出一絲惴惴不安的感覺。

他不明白，所以心裡有一種對未來的迷茫，這種心態也許就是未知產生恐懼吧。

「照亞父的意思，本王該如何行動？」項羽的話打斷了范增的神思。

「既然攻佔關中並不現實，我們就只有先行清除腹後之敵，然後再尋機與劉邦決戰。如果老夫所料不差，不出半年，劉邦必然從關中出兵，進而問鼎天下。一旦他出了關中，我們的機會就真的來了。」范增沈思片刻道，在他深深的眼眸裡，閃爍出一絲興奮的色彩。

「你的意思是……」項羽以徵詢的語氣問道。

「先破田橫！」范增說出這句話時，從牙縫中迸出一股殲殺之氣，就連項羽也感到了這話中的寒意。

卓小圓的臉上卻淡出一絲笑意，誰也讀不懂她臉上的表情，更無法揣摩她心中的真意。

◆

連紀空手自己都沒有預想到攻佔關中會是如此的順利。

在他原來的計劃中，他準備用半年的時間了斷關中戰事，卻沒有料到只花了區區十三天就大破三秦。

這使他平添了一股問鼎天下的自信。

當他再度踏馬咸陽街頭時，面對萬人空巷，萬眾矚目的場景，又勾起了他初入咸陽時的記憶。

他想到了韓信，從而想到了韓信的背信棄義。此次出兵，原本約定了與韓信的江淮軍同時動作，沒想到韓信卻按兵不動，企圖坐山觀虎鬥，坐收漁翁之利。

思及此處，紀空手的臉上生出一絲冷笑。在他的心裡，早已有了一個計劃，就算韓信安了心想袖手旁觀，他也要將韓信拖下水來蹚一身泥。

「韓兄，實在對不住了，允許你不仁，就休怪小弟不義了。」紀空手心裡嘀咕了一句。

在他認爲，這原本就是天經地義的事，無論是這個亂世，還是這個江湖，以牙還牙，以暴制暴，才是人可以生存下來的真理。

◆

子嬰墓前，香火繚繞。

面對這大秦的亡國之君的墳墓，紀空手心中有一股淡淡的憂傷，雖然他與子嬰只有一面之緣，卻爲子嬰所表現出來的大仁大義感到由衷地佩服。

俠之大者，爲國爲民。

紀空手心生一股豪氣，他從一個市井的混混步入今日的地位，其中又有多少是爲了自己?或許以別人的視角來審視自己，他紀空手多少也算是一個俠者吧。

「如果是這樣，我紀空手總算沒有白活一回。」紀空手的身影在月色之下拉得很長很長，有一種高處不勝寒的寂寞。

風很輕，在柔美的月色之下，透出一股淡淡的詩情。

當風兒輕撫在紀空手的臉上時，他的鼻息卻陡然一動。

這是一種本能，一種高手的本能，有點近似於野獸對危機所表現出來的感應。

紀空手絕對算得上當世的大高手，正因爲如此，他才感到了一絲吃驚，因爲，他已經感應到危機就在自己周身十步之內。

三股淡得如風的氣息，淡得不聞一絲殺氣。

也只有這樣的殺氣，才足以讓人魂散、心驚。

紀空手不由有些後悔自己的大意，他原本可以多帶幾人前來，只是他覺得，哀悼一個人，需要誠心，否則便是對死者的不敬。

「哀悼死者的人，最終卻成了死者，這豈非是一個笑話？」紀空手能在這個時候笑出來，已足以讓任何一個對手感到他的可怕。

他在笑的時候，三條淡如月色的疏影已成犄角之勢順著清風飄移而來，如幽靈般飄渺不定……

「我知道你們不是鬼魂，也知道你們比鬼魂更加可怕，面對一個將死的人，你們能否顯得大度一點，讓我死得明白一些？」紀空手還是在笑，就好像遇上老朋友一般拉扯家常，正是這種如空谷幽蘭般的寧靜，才使得這三條疏影陡然停止了動靜。

「你如果是想拖延時間，那就錯了！因爲我們十分清楚，今夜此地，只有你一人出現，我們等了多少時日，也絕對不會再錯過如此大好良機。」其中一道影子說話了，聲音極冷，冷得如地獄中的孤魂。

「哦……？」紀空手吃驚道，自入江湖以來，他結下的對頭實在不少，憑他的聰明，卻無法猜出對方的來歷。

「這麼說來，今日我們相逢絕非偶遇，而是你們早已處心積慮安排好的一個陷阱？可是我實在想不明白，你們何以知道在此時此地一定可以遇到我？」紀空手臉上露出一絲迷茫。

那道影子冷傲地道：「這些日子來，爲了接近你，我們三人不惜身分，打雜挑水，成爲你王府中的三名雜役，單憑這一點，你縱然死去也應無憾了。」

「這話我可又不明白了。」紀空手望著對方一副自傲的神情，淡淡笑道：「莫非你們原本都是江湖上赫赫有名的人物？」

那道影子淡淡一笑，似乎不置可否，沈默半晌方道：「我就是聖！」

紀空手呆了一呆，道：「閣下原來姓聖，失敬得很，在我的記憶之中，江湖上有你這般身手之人似乎並沒有姓聖者。」

那道影子搖了搖頭道：「世人都認爲我們是『聖』，可是，我們三人之中並無一人真的姓聖。」

紀空手只覺得腦中靈光一閃，失聲叫道：「你們莫非才是真正的西楚三聖？」

「西楚三聖」的確是當今江湖中響噹噹的名號，無論是拳聖、棍聖，還是腿聖，能夠被人稱作聖者之人，就完全可以在他所擅長的領域中獨佔鰲頭，更是任何一個對手不能小視的人物。

當日長街之中，項羽率「西楚三聖」刺殺劉邦，紀空手就隱然覺得這其中另有蹊蹺。這並非是因爲紀空手有什麼先見之明，而是因爲「西楚三聖」的出手並不如他想像中的霸烈，更沒有他想像中的王者之氣。

以項羽的爲人，既然視劉邦爲大敵，就絕對不會輕言放棄，然而他卻在數月之間沒有表露一點動靜，這只說明，他的刺殺行動是在暗中進行。

這個刺殺計劃之所以十分成功，就在於項羽帶著三名「西楚三聖」的替身行刺劉邦，這件事情本身只是一個幌子，它的用意是在掩護真正的「三聖」，以利他們接近目標，最終達到行刺的目的。

如此周密的計劃，也唯有項羽可以想的出來，也由此可見，項羽得以稱霸江湖，爭奪天下，絕非僥倖。

紀空手思及此處，鼻頭上已然滲出一絲冷汗。

他並沒有驚慌，只是深深地吸了一口氣，同時他的心裡十分清楚，「西楚三聖」既然等到此時出手，自然已有了取勝之道，只要自己稍有一絲應對不當，今日的子嬰墓邊，就會多出他紀空手的陰宅。

他不想死，卻聞到了一股濃濃的死亡氣息，這種死亡的氣息十分抽象，無形無質，但紀空手卻真實地感受到了有一副沈重的枷鎖直罩周身，緊緊地收縮著，如同窒息一般難受。

他的雙腿微分，腳尖虛點地面，就在他將補天石異力運行了一個周天之時，那道影子又重新開口說話了。

「沒有人會心甘情願地受死，所以你想垂手掙扎也是人之常情，我們也很想知道，一個能被閥主視作心腹大患之人，其武功究竟高到了何種可怕的地步！」

紀空手勉強一笑道：「無論我的武功有多麼高深，要想在『西楚三聖』手下全身而退，只能是一時妄想。不過，我對拳、腿、棍這三種套路一向有所研究，今日能與大行家過招比試，倒也有趣得緊。」

他的話引起了「西楚三聖」的一陣冷笑，如果紀空手是用別的兵器與他們一戰，或許還有一線生機；若是他真想在拳、腿、棍上與自己三人較量，只怕是太不自量力了。

紀空手似乎渾然不覺自己的選擇過於冒昧，當下退了一步，雙手抱拳道：「我這就領教拳聖的高招，請！」

此言一出，拳聖猶豫了一下，與棍聖、腿聖相視一眼，這才緩緩踱步出來。

他的人一動，紀空手的心頓時放了下來。

因爲紀空手心裡明白，「西楚三聖」聯手，自己沒有任何的機會，唯有以言語相激，使得他們自重身分，才是自己今夜唯一的機會。

能夠被人稱作「聖」者，當然是絕頂聰明之人，豈能不明白紀空手的用心？然而，他們實在是太自負了，絕對不相信在這個世上還有人敢在拳、腿、棍上與自己一較高下。

正是因爲有了這樣的一個懸念，就連「西楚三聖」也擋不住誘惑，很想看看紀空手的出手究竟有如何的高明。

◆

淮陰侯府的子夜，總是靜得嚇人。

那幾聲更鼓響起，迴盪在簷角瓦面，顯得空曠而悠遠，愈發讓人感到森冷。

一縷燈火自一座假山中透出，假山中另有機關建築，正是淮陰侯韓信的密室。

此時的韓信，正一個人靜悄悄地斜坐在一張躺椅之上，閉目養神。在他的手中，有一張略皺的錦箋，顯然早已被他讀過。

消息來自於咸陽。在咸陽城裡，韓信所安插的耳目不下百人，分佈於三教九流之中。可以說，咸陽城裡只要有一絲風吹草動，不用五日的時間，就可以傳到淮陰，傳到韓信的耳朵裡。

關中在如此之短的時間內失守，這是韓信始料未及的。在他原先的預想中，只要劉邦的漢軍在短時間內不能攻克關中，一旦項羽回師增援，形成對峙，自己挾數十萬江淮軍就可坐山觀虎鬥。無論劉項爭霸孰勝孰負，最終得利的都是自己。

這也是韓信之所以甘冒失約之罪按兵不動的目的，雖然他十分擔心鳳影的生死，不過，他心裡卻極爲清楚，劉邦絕不會輕易殺掉鳳影，畢竟他的手上握有重兵，無論他偏向劉邦還是項羽，都將對天下大勢起到決定性的作用。

然而，關中失守，讓韓信不得不對劉邦的實力重新作出評估。他原想，以劉邦的實力，一旦與項羽交戰，失敗必是遲早的事，卻沒有料到劉邦率軍東征，竟然首戰告捷。以關中的地勢之利與財富之豐，使得劉邦已在劉項爭霸戰中占得先機。

形勢如此變幻莫測，就連韓信也感到了幾分頭痛，他不由得又想起了當日在刑獄地牢裡發生的那場蟻戰。

他始終認爲，自己才是這亂世最終的得主。若非如此，上蒼就不會借蟻戰一事向自己演變天下未來的走勢，唯一讓他感到有所遺憾的是，他沒有看到那場蟻戰最終的結局，所以，他依然對自己的命運無法預知。

他只是淮陰城裡的一個小混混，能夠走到今日的這種地位，並非全靠運氣。他自問自己，今日的自己能夠出人頭地，關鍵就在善於把握機會，如果當日大王莊一役自己不對紀空手下手，就無法取得衛三公子的信任；不能取得衛三公子的信任，自己就不可能在鴻門得到劉邦的推薦；沒有劉邦的推薦，自己也不會有今日封侯擁兵的局面……

所以，一旦韓信一個人靜下來回首往事時，總是在心裡佩服自己。如果說在這個世上還有他對不起的人，那就只有紀空手與鳳影。

他是一個孤兒，從小與紀空手結爲玩伴，的確是生死兄弟，每當他想起當初淮陰的那段日子，心裡總會湧動著一股溫情。然而，在他的內心深處，卻從來沒有真正地把紀空手視作朋友——這只因爲，他嫉妒紀空手，嫉妒紀空手總是比他高出一頭。

這是他心裡最大的痛，從來沒有向任何人提起過。他之所以會在大王莊刺出那棄義的一劍，正是因爲他不能容忍紀空手比他更優秀！

「紀少，此時此刻，你在哪裡？」韓信自言自語地念了一句，臉上露出了一絲得意的笑容。

「篤，篤，篤……」密室的暗門響起了幾聲輕微的敲擊聲，韓信甩了甩頭，將這些思緒盡拋腦後。

他需要保持清醒的頭腦，因爲，還有更重要的事情等著他作出正確的決斷。

第五章　帝陵戰聖

拳聖一步踏出，與紀空手正面相對。

兩人都沒有立即出手，只是靜靜地審視著對方，就仿如兩人登上了峰巔的極點，中間相隔著一條難以踰越的鴻溝。

大地爲之靜止，在明月的一端，已有一片烏雲緩緩飄移而來，那雲層如蒼狗般猙獰，正一點一點地吞噬著月華的光芒。

拳聖沒有看見這異樣的天象，在他的眼中，看到的是一雙清澈明亮的眼眸。那是紀空手的眼眸，在眸子的深處，似乎蘊藏著撲朔迷離的迷茫。

拳聖絕不是一個解謎的高手，卻絕對是一個用拳的高手，所以他的目光只在紀空手的眼眸上停留了一瞬的時間，然後，就鎖定在了自己的那雙拳頭之上。

這是一雙大如芭蕉葉的手掌，五指收攏並握，猶如鐵缽一般，比起常人猶勝一倍。當年的千葉山拳會之上，拳聖就憑著這一雙鐵拳，力戰十九名用拳高手，從而掙得了這「拳聖」的名頭。

所以，他不相信紀空手可以在拳上勝過自己，甚至想像著當自己的拳頭擊在對方的拳頭之上時，那種拳骨迸裂的聲音會有多麼的刺激。

這只是拳聖一時的想像，事實上紀空手的神情並沒有因爲這樣的一雙鐵拳而驚亂，而是顯得悠然而安詳，整個人猶如一棵挺立山岩的盤根老樹般靜靜地傲立著，任由這輕柔的夜風吹來吹去，讓人在無形之中感到一種悠遠的意境。

腿聖與棍聖相視一眼，眼神中流露出一絲驚詫。不知爲什麼，他們同時從紀空手的身上看到了一種強大，一種不可戰勝的強大。

拳聖再次抬起頭時，目光直視前方。在他的眼裡除了紀空手之外，已經看不到任何東西。他只知道，在這個世界上已經沒有任何東西可以阻止他擊拳，一旦出拳，勢必摧毀一切！

他必須要具有這樣的自信，也只有擁有了這樣的自信，他才可以將自己拳招中的每一式發揮到極致，這是高手的經驗之談。

殺氣隨風而動，已經彌漫了整個山谷。月色爲之暗淡，卻遮掩不住紀空手眸子深處乍現的精光。

紀空手的臉色依然平靜，仿如這深邃而靜謐的天空，誰也猜不透此刻他在想著什麼，也無法預知他會有什麼動作，但正是這種未知，寓示著自信與強大。

拳聖踏前半步，戛然停下。

他無法不停下，因爲就在他踏步的同時，竟然感受不到對方的存在。

這在拳聖的數十年江湖生涯中還是頭一遭遇到，他並不認爲自己的鐵拳已可稱霸江湖，也不否認這世上還有勝過自己的高手，然而，不管是多麼高的高手，他都必會以一種實體存在，而此時此刻，拳聖卻感受不到人，只感受到了一把刀，一把充滿著生命靈動的刀！

這不是幻覺，拳聖明白。

刀術練到極致，可以人刀合一，而紀空手的武功層次，顯然已經超越了這種境界。心中無刀，刀卻無處不在，正因爲心中無刀，所以刀的生命才能融入到人的實質中去，隨著意念的流動而延續。

這才是刀的定義。

拳聖的眼中變得空洞而迷茫，神色間閃過剎那間的驚懼，然而，他已無路可退，盛名之下，他必須用自己的這雙鐵拳來捍衛！

他唯有出手——

拳出，在三寸的距離間變化了十七種角度，從而衍生出十七種旋轉方式各不相同的力道，組成一個不斷擴張的漩渦流體，向刀氣最盛處切割而去。

此拳出擊，由慢至快，由輕至重，搶入紀空手周身三尺處時，快逾電芒，重若山嶽，其勢之烈，猶如雪巔崩塌，絕無可擋之理。

好拳！不愧是拳聖攻出的拳式！這一式更有一個霸殺的名字，就叫「絕不空回」。

拳所帶出的颶風，吹得山林呼呼作響……

拳所帶出的音響，仿如串串炸雷，連山岩都爲之震顫。

沙石翻飛，枯葉急捲，若巨網一般的殺氣迸射八方，天上的那片烏雲爲之而裂，構成一個刀弧般的缺口……

一拳擊出，山色變色，唯一不變的，是紀空手孤傲挺立的身影。

三尺、兩尺半、兩尺……

拳所擁有的速度，以一瞬來計；拳所經過的空間，用寸來量。當拳逼入紀空手兩尺距離之內時，就連腿聖與棍聖都驚詫萬分，更爲紀空手所顯露出來的冷靜與鎮定感到不可思議。

然而，就在一剎那間，拳聖的拳速陡然一滯，彷彿撞在了一堵無形的牆上。

拳聖的心神爲之顫了一顫，他知道自己的拳頭有多硬，就算前方真的有牆，他也可以將之一拳擊垮，問題在於，他沒有感受到牆，感受到的是刀！

一把真真正正的刀！

如果說拳聖最初所感受的刀全是抽象的話，那麼此時他感受的刀就是實質的。誰也沒有看到紀空手的手動了一下，更沒有人看到紀空手出刀，但拳聖卻感到了自手上傳來的那種鑽心裂肺般的劇痛。

「呀……」一聲慘呼自拳聖口中發出，隨著驚呼聲起，拳聖的人影倒翻而退。

腿聖與棍聖飛身而上，將拳聖挾在中央，定睛看時，只見拳聖的右手自腕而斷，森森白骨盡露，血水若泉噴湧，斷腕處赫然是刀鋒的痕跡。

「你……」腿聖氣極而道，他們三人情同手足，想到拳聖之名從此而廢，不由怒火攻心，急得說不出話來。

直到這時，紀空手的臉上才露出一絲淡淡的微笑，慵懶地道：「我自問自己在拳上的造詣比及這位仁兄要略遜幾籌，所以只有用刀，得罪莫怪。」

腿聖好不容易才壓下心中的怒火，冷笑一聲道：「想不到堂堂的漢王竟是一個如此卑鄙的小人，這也只能怪我們兄弟幾個瞎了眼！不過，你若認爲今夜還能全身而退的話，那就大錯特錯了！」

「我的確像是一個卑鄙的小人。」紀空手淡淡而道：「對付小人，我以小人行徑相待；對待君子，自然以君子之禮相待。」

「說得好！」腿聖與棍聖不再遲疑，兩人飛身而進，一左一右，對紀空手形成夾擊之勢。

兩人所過之處，沙石如塵暴飛揚，身影疾動，仿如兩道疾風。

紀空手已然聞到了風中所帶出的漫天殺氣，同時感受到空間一經擠壓所形成的驚人壓力，他沒有驚亂，卻已無法不動，腳尖點地，竟如一條飛龍縱上虛空。

「呼……」風捲衣衫，人在風中穿行，紀空手縱入半空的身影翩翩滑動，有一股說不出來的瀟灑與詭異。

「天變——」就在紀空手的身形升至極限，轉成下墜之勢時，一聲暴喝，從紀空手的口中炸出，仿如天外驚雷。

腿聖與棍聖已在地面作好了攻擊的準備，憑他們的實力與經驗，只要紀空手重回地面，遇到的將是最霸烈的狙擊，除非紀空手會飛，否則就沒有理由不一敗塗地。

但紀空手的暴喝聲一起，兩人尚未明白意思，陡覺眼前一暗，這月夜竟然真的變成了黑夜。

無論是腿聖還是棍聖，無不心中大駭，在他們的心裡都生出一個古怪而又荒誕的念頭：「難道眼前的紀空手不是人，而是一個可以呼風喚雨的神？」

兩人驚懼之中，飛身直退，一路布下九重勁氣。

「哎喲……」就在這時，兩人近乎同時發出一聲慘呼，殺氣隨之而滅，天地一片寂黑。

拳聖不知道這暗黑之中到底發生了什麼事，疾叫幾聲之後，並未聽到有任何的回應。他正欲踏步過去，卻感到前路上有一條身影靜立著，氣息翕動，正是紀空手！

「天又要變了！」紀空手抬頭望天，並不在意拳聖的存在。

拳聖一愣，抬起頭來，只見那片烏雲正緩緩地飄移著，烏雲過去，明月再現，天地間又是一片月華。

當他轉眼望向腿聖與棍聖時，兩人如僵屍般挺立於三丈之外，一動不動。

在兩人的身後，還站著一條人影，白衣勝雪，長劍橫前，風吹衫動，顯得飄逸瀟灑。能讓腿聖與棍聖如此聽話，自然是他一手爲之。

「你……你……你是誰？」拳聖吃了一驚，他怎麼也沒有想到，在這子嬰墓前竟然還有第五個人的存在。

「如果說你是拳聖的話，那麼他就是劍神。」紀空手笑了笑道：「不過，他是貨真價實的劍神，比起你這個斷腕拳聖，兩者實在不可同日而語。」

拳聖怒極而笑道：「你若非使詐，今日怎輪得到你來猖狂？」

「你錯了！」龍賡淡淡而道：「自始至終，你們都不可能有贏的機會——因爲，這本身就是我們布下的一個局。」

拳聖的臉上露出了不可思議的表情，搖了搖頭道：「不可能，你們絕不可能知道我們的存在。」

紀空手悠然道：「我的確是不知道『三聖』居然化裝成下人雜役進入王府之中，但是，這段時間以來，我總是預感到有一種潛在的危機在威脅著我，爲了不讓我自己分心，於是，我就想出了這麼一個『引蛇出洞』的計劃，想不到居然一舉成功。」

拳聖聽著聽著，突然間臉色一變道：「不對！不對！」

紀空手的眼中露出一絲驚詫道：「你覺得有什麼地方不對？」

「你慣用的是劍，根據我們所搜集的情報，你的劍路已有十之八九盡爲我們掌握，可是今夜你所施展的，卻是刀，而且充滿著無窮的威力，這實在讓人感到費解？」拳聖的眼中流露出一片迷茫，平心而論，若非他有先入爲主的思想，絕不會這麼輕易地被紀空手所乘。

紀空手淡淡地笑了：「這麼說來，這豈非是一個謎？」

拳聖道：「是的，這的確是一個謎。」

紀空手道：「對於你來說，這將是一個永遠無法解開的謎！」話音一落，七寸飛刀已經出手。

他捨棄了離別刀，卻將七寸飛刀視作珍藏。因爲，不知從什麼時候起，他喜歡上了飛刀在空中所劃出的美麗弧跡，當他用心去發出飛刀時，總能感應到那刀鋒在天地之間所顫動的靈性與韻律。

所以，這是擁有生命與靈魂的飛刀，不知從何處而來，也不知從何處而去，來去俱如清風，充滿著詩的想像與意境。當它的軌跡出現在空中時，不知有始，未知有終，就像是生命的延續般無窮無盡。

天地間只此一刀，它的出現，是一種永恒的美麗。

拳聖死了，他死得並不痛苦，因爲他的臉上還帶著一絲笑意，也許，他覺得能夠死得美麗，未嘗不是一種幸運。

當紀空手的飛刀發出時，龍賡的劍也同時動了。曾經在江湖上叱吒一時的「三聖」，他們的盛名隨著他們生命的消失而如流星般墜落。

子嬰墓前，輕風依舊，兩人站了許久，龍賡開口道：「你早就發現了『三聖』的存在，何以要選擇今天才動手？」

「如果我說，今天是殺人的好日子，你信不信？」紀空手道。

龍賡笑了：「我更願意相信你的另一種說法。」

紀空手淡淡而道：「因爲我在等一個人，如果我所料不差，他應該就在這段時間趕至咸陽。」

「誰？」龍賡問道。

「一個遠比『三聖』更加可怕的人物。」紀空手一臉肅然道：「此人一到，只怕我們根本無暇顧及『三聖』，是以我才會決定在此人來到之前除去『三聖』。」

◆

進入密室的人是韓千，在他的身後，還緊跟著一個人，垂眉低首，難以看清其面目。

韓千不姓韓，但自從韓信封他爲淮陰侯府的大總管之後，他便逢人就說自己姓韓，以至於時日一長，人們都忘了他的本姓。

但是，熟悉韓千的人都知道，你可以忘記他的本姓，卻無法忘記他的劍。他手中的三尺青鋒劍，就連韓信這樣的用劍大行家也對它讚賞有加。

「侯爺，人帶來了。」韓千恭聲哈腰道，他的聲音很輕，以至於韓信要集中精力才能聽清。

韓信依舊斜坐在躺椅上，順手將手中的錦箋揉成一團，扔在腳邊的暖爐中，直到錦箋化爲灰燼，這才緩緩地抬起頭來「嗯」了一聲。

韓千偷偷地瞧了瞧韓信的臉色，道：「小人遵照侯爺的吩咐，尋到人之後，專門對他進行了數月時間的調教……」

韓信的眉頭皺了一皺，韓千頓時嚇了一跳，趕忙住嘴。

韓信的目光瞟了一下韓千身邊的那人，咳了一聲道：「你是哪裡人氏？」

那人打了個哆嗦，被韓千狠狠地盯了一眼，忙道：「小人是九江郡八達鎮人……」

韓信瞇了瞇眼，似乎在回味著什麼，半晌才道：「九江郡的口音與淮陰的口音差別不小，你能學得這般流利，倒也難爲你了。」

那人得到韓信誇讚，心神大定，照著韓信說話的頻率與口吻道：「這是小人應該做的，如果連這點小事都辦不妥當，又怎對得起侯爺對我的知遇之恩？」

韓信禁不住笑了起來：「看來你還有些表演的天分，如果本侯沒有猜錯，你原本是學過大戲的吧？」

那人一愣，遲疑了一下道：「侯爺是怎麼知道的？」

韓信沒有答話，緩緩站起身來，走到那人的面前道：「抬起頭來。」

那人垂眉低首道：「在侯爺面前，哪有小人抬頭的份兒？」

韓通道：「你儘管抬頭，本侯恕你不敬之罪。」

那人猶豫了一下，終於抬起了頭。

「天哪！」韓信一眼看去，忍不住在心裡叫了起來，因爲他怎麼也不敢相信，在這個世界上竟然有人和自己長得如此相似，若非此人的嘴唇略厚，鼻尖略小，簡直就和自己是從一個模子裡刻出來的一般。

他壓制住自己心中的驚奇，緩緩踱步，就像是欣賞一件絕佳上品的古董，圍著那人繞了幾圈，終於點了點頭道：「不錯，的確不錯，從今日起，你就是本侯的替身了。」

那人趕緊伏地跪拜，卻被韓信一把扶住。

「你縱算是本侯的替身，也無須向本侯跪拜。」韓信一字一句地傲然道：「因爲今日的本侯，除了拜天、拜地，已經用不著向任何人下跪！」

那人唶唶連聲，先行退下，密室中只剩下韓信與韓千二人。

「此事關係重大，除了你我知道之外，絕不允許第三人知情，否則——」韓信一臉肅然，眼睛緊盯著韓千道。

韓千心中凜然，忙道：「侯爺放心，小人將他帶回淮陰之後，就一直將之安排在小人的妻妾房中，專門叫了兩個丫環服侍。一旦侯爺用他之時，那兩個丫環的陽壽也就到頭了。」

韓信點了點頭，沈吟半晌道：「不止是那兩個丫環，你再想一想，還有什麼事情沒有辦妥？」

韓千一怔，不明白韓信的意思，只得硬著頭皮道：「小人愚鈍，還請侯爺示下。」

韓信冷冷地道：「一個人生下來，就會有親朋好友……」

他的話還沒有說完，韓千已然明白其意，眼睛一亮道：「小人這就派人去辦。」

韓信緩緩而道：「還是你親自走一趟吧，多帶一些人手。須知要想滅口，就只有殺人，唯死人才不會出賣天機。」

他的目光盯注著桌上的那根大紅蠟燭，鮮紅的蠟油流下，就像是人的淚珠，有一種說不出的淒美與詭異。

◆

扶滄海的行事作風很像一個人，有勇有謀，而且絕不會做任何沒有把握的事，這個人就是紀空手。

所以他們才會成為要好的朋友。

然而對今晚的這次行動，扶滄海並沒有十足的把握，因為他要面對的敵人，將是不可一世的項羽！

但他別無選擇。

城陽受困已達半月之久，面對數十萬西楚軍的重重包圍，田橫的數萬義軍只有頑強抵禦的份兒，根本看不到有任何突圍的希望。假以時日，一旦城中彈盡糧絕，就算西楚軍不攻，這數萬義軍也只有餓死一途。

形勢如此嚴峻，逼得扶滄海只有鋌而走險，行刺項羽！雖然他十分清楚，行刺成功的機率微乎其微，但他已是義無反顧。

當他說出自己的這個行動計劃時，在場的每一個人都驚呆了，田橫更是流下了兩行熱淚。

車侯站了出來，兩千洞殿人馬站了出來，他們既是扶滄海的朋友，也是兄弟，當然不忍心看著扶滄海一個人去送死，於是他們全部都成爲了今晚行動的執行者。

不過，這兩千人馬並沒有隨著扶滄海踏入敵營，而是分佈在城的四周，作掩護與接應。扶滄海明白，今晚的行動要想成功，就必須做到出其不意。

西楚軍的軍營紀律嚴明，戒備森嚴，每過一段時間，都有軍士一批緊接一批地巡邏，更有許多明崗暗哨，外人要想混入進去，談何容易？

但對扶滄海來說，卻是小事一樁，他只須制伏一名軍士就可以大搖大擺地出入整個大營。問題就在他無法在短時間內找到項羽的營帳，更沒有接近項羽的機會。

「口令！」扶滄海剛剛穿過一排營帳，繞到一批大樹前，猛然聽到林子裡有人喝道。

「興楚。」扶滄海早已從那名軍士的口中套得了口令，是以絲毫不顯慌亂。

走到近處，才看見這樹上、樹下都埋伏著數名精壯軍士，扶滄海靈機一動道：「各位辛苦了。」

自那些軍士中站出一個領頭模樣的人物，打量了扶滄海一眼道：「你是哪個營的？怎麼這個時候還出來溜躂？」

扶滄海哈了哈腰道：「這麼冷的天誰有心思出來溜躂？我是回來替我們將軍傳個話，這不，還得趕回大王的大帳裡接他去。」

那領頭軍士「咦」了一聲道：「你是昏了頭了，大王的大帳在那邊，你往這邊跑幹什麼？」

扶滄海笑嘻嘻地道：「可不是昏了頭了？」當下照準領頭軍士所指的方向直直走去。

項羽的大帳果然高大氣派，遠遠望去，燈火通明，戒備森嚴。扶滄海行到距大帳還有千步之遙時，不敢冒進，而是攀上一棵大樹觀察地形。

他最終選擇了一條比較僻靜的路線躡步過去，雖然這條路線最遠，但卻有山丘樹林作掩護，這對他來說，無疑是比較安全的。

扶滄海十分小心地移動著身形，行至一半，卻聽得身後的一塊岩石後面有人叫道：「口令！」

「興楚——」扶滄海話未落音，猛然感覺到腦後有一道勁風無聲無息地逼至。

扶滄海弄不明白自己究竟錯在哪裡，也根本沒有任何考慮的機會。對於這種級數的高手來說，高手所具有的反應和本能才是最有效的。

扶滄海的身形剛剛向左一讓，一道涼颼颼的劍鋒自他的腦後堪堪擦過，銳利的殺氣刺得扶滄海的肌膚隱隱生痛，但扶滄海還是避過了這要命的一劍。

對方竟然是一個高手，這一點連扶滄海也沒有料到。

他想不出來，是因爲他不明白這樣一個用劍高手會混跡於一群軍士之中。如果說是敵人早有準備，自己的行蹤又怎會暴露？

既然想不明白，不如不想，扶滄海沒有猶豫，搶在第一時間出手了。

對於敵人，絕不留情，這是扶滄海做事的風格，因爲他心裡清楚，對敵人留情，就是對自己的無情，殺人，就一定要斷喉！

三尺短槍，自袖中彈射而出，劃過一道暗紅的弧度，猶如殘虹般淒美。

這是扶滄海專爲這次行動設計的兵器，雖然比起他擅使的丈二長槍短了九尺，但槍到了他的手中，已是如虎添翼。

「叮……」槍尖一點來劍，呈波浪形在劍背上滑動，黏如軟泥，不纏不休，槍鋒所指，是對方的咽喉。

對方是一個精瘦老者，穿著打扮活似一個老農，但在夜色裡，他的眼中盡現精光，出手之俐落，反應之靈敏，已有大家風範。

扶滄海出手便是殺招，在這是非之地，他不敢多有耽擱，必須速戰速決，所以就在老者讓過他的一槍之後，手臂驀然一振，槍尖處幻化成萬千雨點，直扎那老者的面門。

但可怕的不是這一槍，而是刀，是扶滄海學自於紀空手的飛刀！

扶滄海年紀輕輕，便能坐上南海長槍世家傳人的位置，這固然有一脈相承的原因，更主要的一點就是他的天賦極高，對武道有自己獨到的見解。是以當他從紀空手手中學到這飛刀絕技之後，略加改良，就變成了此刻他所使的必殺技——聲東擊西！

槍只是一個幌子，飛刀才是真正的殺器。

等到那個老者明白過來，已經遲了，他只覺得自己的心臟被什麼硬器分割而過，整個人如斷線的風箏般飛跌出去。

扶滄海一招得手，並沒有立即動作，而是深吸了一口氣，平穩住心神。本來他今日前來行刺，就已不再考慮退路，然而這老者的出現讓扶滄海意識到了危機的存在。

他只猶豫了一下，最終還是選擇向前，能不能刺殺項羽，關係到數萬人的生命，他又豈能爲了自己一人的安危而放棄？

在這個世界上有這樣一種人，他們從來不認爲自己是真正意義上的俠者，在一些小事上也並不比其他人更光明磊落，然而，一到關鍵的時刻，他們就能挺身而出，義無反顧，做出讓後人評定爲「俠義」的大事。

紀空手是這樣的人，扶滄海也不例外，所以注定了他們是朋友，也注定了他們的生命屬於輝煌，永遠燦爛。

「呼……」一道近似於鬼嚎的破空之聲直襲向扶滄海的左肋，身在半空的扶滄海猛然一沈，就在長箭堪堪自肋邊擦過的一瞬間，他的手掌竟然握住了箭尾，照準長箭來處疾甩而去。

他這一手力道極大，又十分突然，然而並沒有聽到他預想中的慘呼聲，扶滄海的心裡不由一震，這才明白在這暗黑的夜裡，居然埋伏了不少高手。

他的人剛一落地，便清晰地感應到在自己的前後左右四個方位都站著一個人，每人身上所發出的那種壓迫性的氣勢猶如山嶽橫移而來，幾乎讓他難以呼吸。

特別是扶滄海所正對的那條身影，雖然他無法看清對方的臉，卻從那一雙銳利的眼芒中感到了一種無比強大的自信。這種自信，唯有高手才真正具有。

扶滄海的心裡有一絲莫名的震顫，這在他的一生中殊爲少見，然而他卻沒有絲毫的恐懼。

他無法恐懼，也沒有時間來考慮太多的事情，他只知道自己無形之中陷入了一個死局，考慮再多都是多餘。

他唯一能做的，就只有面對。

延綿百里的兵營處處燃起燈火，映紅了大半邊夜空。那火光映上雲彩所呈現出來的血紅看上去是那麼的美麗，卻又是那麼地觸目驚心。夜風很冷，卻吹不進這段空間，這只因爲，這裡的每一寸空間，都彌漫著如鋒刃般的殺氣。

「項羽？」扶滄海的眼神陡然一亮，似乎有一種強烈的預感讓他意識到了對手真正的身分。

「不錯！」那人顯得十分的孤傲，淡淡而道：「你是誰？」

扶滄海心中一驚，直到此時，他才明白自己已經被人出賣了，否則，項羽絕對不會這麼巧地出現在斯時斯地。

誰是內奸？

扶滄海的心裡疑惑不解，然而，他無法多想，從項羽身上散發出來的壓力幾欲讓人窒息，他必須集中心神才能緩解這種近乎是精神上的壓迫。

「我姓扶，對你來說，應該並不陌生吧？」扶滄海深吸了一口氣，這才淡淡而道。

項羽的眼神跳了一下，沈默良久，這才輕歎了一聲道：「江湖上傳言南海長槍世家已爲紀空手所用，怪不得本王久攻城陽不下，原來在田橫的後面有你們支撐。」

扶滄海笑了一笑，突然心中一動，雖然此時此刻自己已經失去了行刺的條件，但項羽畢竟現身眼前……

「江湖上人道紀空手聰明絕頂，看來傳言終歸是傳言。」項羽的語氣中帶著一絲輕蔑的味道：「他支持田橫與本王作對，先不論能否成功，實際上他的所作所爲只是爲他人作嫁衣裳，得利者只能是劉邦，難道他沒有想過這個問題嗎？」

扶滄海的臉色變了一變，他不知道紀空手是否想過這個問題，卻在自己的心裡想過無數次。誠如項羽所言，紀空手命自己和車侯率洞殿人馬北上抗楚，只能爲劉邦出兵贏得時間。

然而，他絲毫沒有懷疑紀空手的意思。縱然他對紀空手的命令無法理解，卻堅信紀空手，堅信紀空手此舉另有深意，所以，他顯得非常平靜。

「君子有所爲有所不爲，君子之所爲，又豈是小人可以理解得了的。」扶滄海悠然而道。

項羽望著眼前這狂妄的年輕人，臉上已是一片鐵青。

他一生以「英雄」自詡，少年帶兵，又統領流雲齋一干江湖高手，算得上是當世之中難得一見的英才，這還是他第一次聽到有人當面罵他爲「小人」，又怎能不叫他心中生怒？

「這麼說來，你和紀空手都是君子囉？」項羽揶揄道：「但凡君子，只怕都命不長久，看來今天又要驗證一回了。」

他的眉頭一緊，眼鋒如刀，緩緩地抬起了手中的長劍。

咸陽城中，依稀還有一些經過戰火洗禮的痕跡，但城中百姓得到漢軍安撫之後，漸漸開門納市，一點一點地恢復著昔日繁華的盛景。

紀空手清楚地認識到，「得民心者得天下」是一句亙古不變的立世名言，要真正地做到這一點，首先就要做到不擾民。所以他一入咸陽，就嚴令大軍駐紮在咸陽城外，一面收編三秦降軍，一面整頓軍務，日日操練。同時，蕭何從南鄭帶來一大批能吏幹臣，安置於關中各地州縣，使得政令得以通行，關中局勢漸趨穩定。

他所居之處，並非是故秦行宮，而是選擇了當年五音先生入住的那家大宅園。紅顏帶著呂雉、虞姬以及無施入住在內園中，紀空手則將前院的幾處廳堂作爲了自己統帥軍民的議事廳。

蕭何趕到議事廳時，已是日上三竿時分。自漢軍進入關中以來，他沒日沒夜地奔赴各地，建縣立州，安撫民心，體察民情，直到昨夜三更天才趕回咸陽。因爲今天是漢軍進入關中之後召開的第一次軍政會議，所以他只小歇了一會，便又匆匆趕來。

議事廳中已經坐了一批人，張良、陳平、曹參等一干人正恭候著紀空手的駕臨，一見蕭何來到，無不寒喧幾句，倒是張良目光銳利，見得蕭何一臉冷峻，知道民情棘手，不由心中一沈。

等到紀空手出來時，眾人無不一怔。只見紀空手的臉上一片蒼白，似是有氣無力。只有緊隨在紀空手身後的龍賡知道，那一夜在子嬰墓前，紀空手雖然用刀破去了拳聖的驚天一拳，但拳聖所帶出的拳力還是震傷了紀空手的經脈，若非他有補天石異力護體，只怕至今還臥床不起。

「三聖」之名，絕非虛傳，紀空手唯有苦笑。

他緩緩地深吸了一口氣，一見蕭何，精神頓時一振道：「這些日子來辛苦你了，關中得以在這麼短的時間內做到政局穩定，蕭相當居首功。」

蕭何搖了搖頭道：「此時還談不上政局穩定，只是民心初定，一切開始步入正軌，微臣所看到的形勢依然嚴峻。」

紀空手「哦」了一聲，表示驚奇道：「我倒要聽聽形勢是如何個嚴峻法？」

蕭何的心中早有腹稿，是以娓娓道來：「關中之富，天下聞名，然而自項羽入關之後，燒殺搶掠，大肆搜刮民間財富，致使項羽一退，關中已成極窮之地。若非是這一兩年緩了口氣，只怕關中的人煙還比不上東南各郡稠密。」

紀空手的心裡不由沈重起來，道：「人乃是治國之本，關中人煙稀少，就難以恢復當年盛景，本王既然有心問鼎天下，就一定要先治理好關中一地，否則若一地都治理不了，又何以治天下？」

蕭何似乎胸有成竹地道：「微臣已經想過了，要治關中並不難，難就難在我數十萬大軍馬上要北上伐楚，每日的軍需耗用必須由賦稅來支撐。倘若能在關中地區免賦稅三年，三年之後，微臣包管關中又可富甲天下。」

紀空手與陳平相視一眼，想到了自己手中所得的登龍圖寶藏。這批寶藏有一部分已被扶滄海運到齊地支持田橫所用，餘下的交由陳平與後生無經營，已然翻了一番，足可支持大軍兩三年時間，不由微微一笑道：「要是本王答應你關中免賦三年，你將採取什麼措施，讓關中富甲天下？」

蕭何原想自己的要求過於苛刻，只是說說罷了。此時一聽紀空手的口風，不由興奮起來，道：「微臣想過，只要關中免賦三年，天下百姓必然振奮，稍有見識者，必舉家遷入關中，到時關中就不愁人煙，農耕必然興盛，市面必將繁華。與此同時，微臣還可以以此爲餌，鼓勵巴、蜀、漢中三郡富戶北遷關中。這樣一來，只要三年過後，單是關中一地徵收的賦稅，就可以供我軍的一切所需。」

此事關係重大，紀空手難以決斷，隨即又將目光投在了張良身上。張良一直靜聽著蕭何的治理之道，心中暗歎：「蕭何治國，的確是不同凡響。」正感慨間，與紀空手四目相對。

張良沈吟片刻道：「能使關中免賦三年，的確是一件需要魄力才能做成的大事。此事看上去很難，卻是勢在必行，因爲微臣認爲，此事一旦實行，必定是得大於失。」

眾人聞言，無不將目光聚於張良一人身上。

張良正色道：「楚漢相爭，不是一朝一夕的事情，沒有個三五年時間根本分不出勝負。是以，我們的目光就必須看得長遠一些，表面上看，一旦免賦，我們少了三年的賦稅，國力難免空虛，但只要關中再現繁榮，到那個時候，一年的賦稅就可以超過這三年的收入，這筆賬想必人人都算得清楚。不過，微臣所看重的，還不僅僅是這些，而是民心所向，只要關中免賦三年的消息傳及天下，試問天下百姓誰不嚮往？誰不擁護？正所謂『得民心者得天下』，這天下早晚都在大王手中。」

他的這一番分析合情合理，絲絲入扣，引得眾人無不點頭。紀空手下了決心道：「既然如此，蕭相就全權辦理，至於大軍所需，就由陳平負責。」

等到眾人要散時，紀空手特意留下張良、陳平與龍賡，一起步入議事廳後的一間密室裡，裡面的紅顏與呂雉早已恭候多時。

此時的紀空手已恢復了本來面目，輕舒了一下腰道：「這麼做人也忒累了，早知如此，我還是回我的淮陰做無賴，倒勝過了這王侯之命。」

張良知他性情恬淡，對「功名」二字看得透徹，只是笑了笑道：「天將降大任於斯人也，必先勞其筋骨，苦其心志，所謂成事在天，謀事在人，做人尚且很累，何況做事？」

紀空手心中一凜道：「我只是說說罷了，真要我現在放手，又豈會甘心？」他的眼中閃出一股嚮往之色，悠然而道：「真要有那麼一天，百姓能夠安居樂業，天下能夠太平昌盛，我也算不負先生之托，也算是了卻了我少年時的一樁心願。」

龍賡久未說話，這時才道：「這有何難？只要你我齊心協力，踏踏實實地做下去，這樣的好日子早晚會出現。」

紀空手頓時想到了自己召集這些人的用意，肅然道：「既然如此，我們就轉入正題吧。」

他第一眼便望向紅顏，紅顏眼中現出一絲隱憂道：「關中既破，項羽卻沒有撤兵的跡象，看來扶滄海那邊的情形不妙。」

張良吃了一驚道：「這可不像項羽的作風，如果這個消息屬實，只怕扶、車二人危矣。」

紀空手心中一沈，頓時有幾分著急起來。他一向視車侯、扶滄海爲朋友，將那兩千洞殿人馬視作兄弟，雖然這一年多天隔一方，但他卻無時不刻地惦念他們，擔心著他們的安危。

「何以見得？」紀空手難以再保持自己鎮定的心態，緊緊地盯著張良問道。

「項羽之所以派三秦扼守關中，就是為了牽制我們，不容我們從關中而出一爭天下。然而他得到關中失守的消息卻能無動於衷，就證明了他先要置田橫的義軍於死地。」張良的眼光投向紅顏，不無隱憂地道：「如果我所料不差，田橫等人只怕已在絕地之中。」

紅顏點了點頭，自懷中取出一枚鴿哨道：「這是三天前從城陽傳來的消息，城陽被困已有七日。」

紀空手心中很是吃驚，舒緩了一下自己的情緒道：「看來只有我率人親自走一遭了，無論如何，我也不能坐視他們有任何不測，否則我今生永難安寧。」

張良緩緩地站了起來，眼中似有一份失落道：「遲了，已經遲了，只怕此時城陽已破。一切都只有聽天由命了。」

第六章　霸劍之道

項羽之劍，從不輕用，是以連他最親近的親信，也很少看到項羽所用的劍器。

此劍名「殺鹿」，乃天下名器，在上古神兵排行榜中名列第七，可以說是當世少有的絕品。「殺鹿」用於項羽的手中，輔之流雲道真氣，幾乎可以無敵於天下。

他極少動用「殺鹿」，但在今夜，他卻不得不用，這只因爲他已經看出眼前的對手絕非庸人，而是一個位列於絕頂高手的強豪，如果自己心存小覷，那麼失敗的也許就是自己。

遠處傳來了三聲炮響，如炸雷般傳遍了夜空，整齊劃一的吶喊聲若雨點般鋪天蓋地而來，顯示著今夜絕不平靜。

項羽知道，攻城戰已經開始。他已下令，今夜一戰，勢在必得！

他之所以有這樣的信心，是因爲城陽城中的確出了奸細，而這個奸細，連項羽也未曾想到竟會是……

劍已抬至眉尖，在流雲道真氣的沖激下，劍鋒的一點處泛出了一絲淡淡的色彩，如血一般紅！

雖然項羽的大手若山嶽般沈穩，沒有一絲要出手的跡象，但扶滄海已經感應到項羽出手了。

「在你出手之前，我還想問你一兩件事情，你可以不答，但我卻一定要問！」扶滄海突然開口了，他之所以如此，一是因爲他心中確有疑惑，二是他想打亂項羽出手的節奏。

項羽很久沒有遇上像扶滄海這樣的高手，更沒有遇上像扶滄海這樣有風骨的人，是以嘴上不說，心裡卻有三分敬重。聽得扶滄海開口，他只是哼了一聲，並非一口拒絕。

「誰是奸細？」扶滄海冷冷地問道：「若沒有人出賣，你們根本無法知道我今夜的行蹤，更不會選擇今夜攻城！」

「你很聰明。」項羽淡淡地道：「但這個人本王卻不想說，因爲本王還要指望他派上大用場。至於你裝成楚軍士卒，卻依然被我識破，是因爲你答的口令不對。一進我主帳千米之內，口令就是『滅漢』，而不是『興楚』。」

扶滄海這才知道何以自己一報口令，即遭偷襲的原因。於是他不再猶豫，緩緩地將自己手中的三尺短槍抬起，道：「請！」

「本王已經出手。」項羽冷然道。

扶滄海的心神顫了一顫，立時發現項羽並沒有說謊。他的確已經出手了，只不過他所用的，不是殺鹿劍，而是一種從精神上壓迫的意念。

能成爲五閥閥主者，一出手已是駭人聽聞。

扶滄海深深地吸了一口氣，心神一凜間，知道自己不能再等下去。他已經看出，自己與項羽之間仍有差距，無論在氣勢上，還是氣機上，自己都難以與之抗衡。

不過，他不驚不懼，更無畏，他明白自己還有一線機會，關鍵在於自己是否能夠拿捏得準這一線時機。

夜空在剎那間變得血紅，方圓十丈之內，夜色如火般透明，當扶滄海的眼芒盯向項羽的殺鹿劍時，不由有幾分驚異。

但見那劍鋒自一點而出，已呈烏雲，一匝一匝如電流般的火線沿著這一點劍鋒向外擴張，嗤嗤作響，隱成風雷。

殺鹿劍的確是一把好劍，用於項羽手中更是威力驚人。扶滄海冷眼看著，只感到這空氣的每一寸都被它撕裂了一般，帶出一股毀滅性的殺意。

殺意很冷，又出現在這森冷的夜空。緊隨在項羽身邊的四五人都是高手，卻禁不住這殺鹿劍所帶來的冰寒，打了個寒噤，無不向後退了一步。

扶滄海同樣感受到了這股非自然的寒意，然而他不退反進，大大地踏前一步。

他不能退，只能進，雖然他一步踏進，感受到無窮無盡的壓力，也只能咬牙承受，否則兩強相遇，氣勢一失，自己就會一敗塗地。

槍，終於出手，在無奈之下出手。

一桿帶著無限殺意的槍，如一段淒美的殘虹般躍入空中，乍看上去，活似一條騰駕於九天之上的遊龍。

沙石狂捲，風聲大作，天空竟在一剎那間變得迷茫……

天變、地亂、風野……彷彿天地風雲在瞬息間巨變。

這就是扶滄海的槍，一槍出手，可以驚天動地，可以引得風雷咆哮，更可以讓人感受到悲憤的情緒。

三丈、兩丈、一丈……

項羽挺立如山的身影若古松般一動不動，風乍起，衣袂飄飄，猶如神仙般飄逸。他的眼芒是那麼地銳利，如電閃一般，直到這團風沙逼入了他七尺範圍，他的眉才跳了一跳。

只是一跳，便驟見這夜空之中躍出一道耀眼奪目的光芒，光芒極處，竟然幻化成一個深邃無窮的黑洞。

這絕不是幻象，也不是錯覺，而是實實在在的一種視覺，只有身在局中的扶滄海，才能真正領略到這一劍的精妙。

兩條身影在飛旋之中陷入黑洞，隨之消失在那片茫茫暗黑之中，電流不斷地嗤嗤閃爍，更有成百上千的火星在衍生變化，在激撞中爆炸。

「滋滋……」之聲不絕於耳，這是氣流撞擊所發出的聲響。場中每一個人都感受到氣流飛竄，卻又覺得這片空間裡已成真空，如死一般地靜寂萬分。

如此詭異的場景，看得旁人目瞪口呆，就在眾人眼見著那黑洞愈變愈小時，突然從黑洞極處暴閃出兩條如煙花般的異彩，顯得是那麼爛漫，卻又那麼地恐怖。

地面上的泥石有若颶風飛旋，形成兩條圍著異彩的柱石，一聲驚天動地的暴響過後，異彩消失，泥塵俱滅，兩道如雕塑般的身影就站在原地，彷彿從未動過一般。

兩人的表情都顯得異乎尋常的平靜，誰也看不出剛才的交鋒孰勝孰負。項羽的臉上冷漠得近似無情，半晌過後，方冷冷地道：「你能接下本王方才的這一劍，已足以證明你名下無虛。換在平時，本王愛才之心已起，可以放你一馬，但斯時斯地，你我已是敵人，就休怪本王無情，請再接本王這一劍！」

劍，已不在，因爲扶滄海沒有看到殺鹿劍的蹤影。

但——劍又無處不在，因爲扶滄海已經感受到了那種無孔不入的劍意存在。

面對項羽這等如此強大的對手，扶滄海彷彿陷入了一個無法解開的死局之中，他已經意識到，項羽的武功之可怕，遠在自己估計之上。愈是纏鬥久了，形勢就愈發對自己不利。

他已決定，速戰速決，不是敵死，就是我亡。

此時，城陽城方向的上空已是染紅了一片，廝殺聲縱在數里之外也清晰入耳，扶滄海的眼前彷彿看到了一幕幕血腥廝殺的場面，同時激發了他心中的無限戰意。

他沒有馬上動，是因爲他沒有看清項羽的劍出自何方，此時的項羽就在他的身前隨便一站，便自然而然地與天地融爲一體，與劍共成一系，整個人散發出一股壓倒性的氣勢，根本讓人無從下手。

所以他只有等，等項羽的出手。

項羽一臉悠然，可是他同樣在心裡打量著自己的對手。那一雙深邃如蒼穹極處的眸子裡，透出一股濃烈若酒般的殺意，而他的殺氣更如他的劍一般，雖然無形，卻無處不在。

在這個亂世，這個江湖，已經很少有人見到項羽的劍法，據說見過他出劍的人，幾乎都死了，所以他的劍在人言之中始終顯得高深莫測。

但扶滄海懂得，縱算是與項羽交鋒百次，自己也休想對他的劍法有更多的了解。這只因爲，項羽的劍重「意」不重「形」，出手無痕無跡，講求的是一種簡單而又深邃的意境。

這就像真正的書法高手，你可以臨摹他的作品，卻永遠無法模仿到他字裡行間的風骨。

風乍起，這是一股莫名而生的風，竟然從項羽的身後湧出，當它旋到項羽身前時，已然變得狂野不羈。

這是劍風，扶滄海的眼睛一亮！

雖然他還是無法看到劍的形，卻已經感到了對方出劍的方向，是以他暴喝一聲，伴著一陣「嗡嗡……」之音，槍自指尖而出。

他迎向的是這風中的最前端，風既是劍風，那裡就當然是殺鹿劍的劍鋒。

然而項羽並未迎前，而是突然向空中飄移，整個人就像是一片自由自在、無拘無束的流雲，悠然地若神仙般飄逸。

就在眾人爲這種流雲之美所感染時，驟然間一聲炸響，一道電芒將流雲一分爲二，拖出如海嘯般的殺氣，流湧向扶滄海的立身之地。

扶滄海心中一沈，知道這是決定勝負的一刻，是以眼睛一眨不眨，仿如定住了一般。

那電芒完全以君臨天下之勢飛撲而來，猶如高山滾石，伴隨電芒之後的，是一片流雲，猶如一個虛幻的故事般讓人看不真實。

「滋……」扶滄海的手一動未動，但他袖中所藏的飛刀已如脫弦之箭般直射向那流雲的中心。

同時他的槍出，竟然以一種不可思議的速度與角度正點擊在這電芒的最前端。他已拚盡全力，也許，飛刀就是他所暗藏的最後一道殺機！

◆

紀空手的臉色一片蒼白，在燭火的映射下，有一種可怕的森然。他推窗望著天上的明月，嘴中正祈求著什麼。他從不信神，但此時此刻，他卻希望這世間真的有神，保佑著扶滄海他們。

虞姬帶著無施靜立在他的身後，聽著他喃喃自語。她一聽紅顏說紀空手的情緒不佳，便帶著無施趕來，因為紀空手一見到無施，總是可以開心地將一切煩惱拋到腦後。

「爹爹，你在幹什麼？念經嗎？」無施睜著大眼睛，終於忍不住心中的好奇，問道。

紀空手回過頭來，並沒有如往常般笑逐顏開，只是蹲下身子，在無施的臉上親了一口道：「爹爹是在祈禱，向上天祈禱。」

「天上有神靈嗎？」無施指著天道。

「有，當然有，天上都是一些保佑好人的神靈。」紀空手淡淡笑道。

「那什麼人才算是好人呢？」無施天真地問道。

這的確是一個不容易回答的問題，對呀！什麼樣的人才算是好人呢？紀空手不由陷入了沈思之中。

在這個世界上，什麼是好，什麼是壞，並沒有一個絕對的標準。就拿五音先生來說，在紀空手的眼裡，他絕對算得上是一個好人，但在別人的眼裡，或許又是另外一種認爲。同樣的一個人，或者同樣的一件事，放在不同的人眼中，以不同的視角來看問題，就難免會產生不同的看法。

「你記住。」紀空手的眼中一亮，輕撫著無施的頭道：「一個能夠讓大多數人說好的人，那就是好人；如果你還不懂，那麼，只要你這一生中所做的事情都能問心無愧，你就是好人。」

無施嘻嘻一笑道：「爹爹是好人嗎？」

「我不知道。」紀空手聽著這無忌的童言，心下一片茫然，他真的不知道自己今生所做的一切，後人將會如何評價。

◆

飛刀與短槍同時出手，威勢確實驚人，如果它們所攻擊的目標不是項羽，必定是勢在必得。可惜的是，它們的目標正是項羽。項羽已經看到扶滄海用過一次飛刀，當然對扶滄海的飛刀早有提防。

所以飛刀最終的所向，只有是茫茫空際。

但項羽手中劃出的電芒，卻對準了扶滄海的槍鋒直迎上去。

就在這時，扶滄海的臉上露出一絲不易被人察覺的笑意，這笑來得如此突然，來得如此詭異，隱隱然已現一絲殺機。

「轟……」兩道如鋒刃般的氣流在高速中形成對撞，磨擦出一溜「滋滋……」的電弧，一切讓人眼花繚亂的幻像在瞬間消失。刀與槍再現虛空，以一種看似極慢實則極快的速度撞擊在一點之上。

「叮……」一聲清脆的金屬之音如歌般響起。

「蓬……」隨之而來的是一聲低沈的迸裂之音。

這是怎麼回事？

項羽的心還未動，他的身體已本能地作出了超越人體本身的反應，硬生生地將整個身體向左橫移了七寸，就這七寸，將他從鬼門關拉了回來。

他悶哼一聲，飛身直退，站穩腳跟之後，這才發現胸前已多了一把飛刀，刀沒至柄，所幸離心房還有四寸距離。

項羽喝退了聞聲而上的手下，緩緩地抬起頭望向扶滄海，卻見扶滄海手提斷槍，一臉驚詫，似乎不敢相信項羽竟然能躲過這致命的一擊！

這的確是可以讓人致命的一擊，扶滄海算定自己不是項羽的對手，是以專門設計了這三尺短槍來對付他。在短槍的槍身中，暗藏了一把飛刀，由一道強弩控制，只要短槍與別的兵器一撞，槍身爲之而裂，飛刀便以一種非人力的力道彈射而出，必將起到出其不意的功效。

然而饒是如此，竟然還是讓項羽逃出了生天，扶滄海頓時感到了心灰意冷。

他知道，自己敗局已定，縱然項羽不出手，單憑那幾個手下就已經可以奠定一切。

「你太令本王失望了！」項羽看著扶滄海如死灰般的臉冷冷地道。

扶滄海淡淡一笑道：「能讓你這個獨夫民賊死，用任何手段都不爲過，可惜的是，竟然讓你逃過了此劫。」

項羽的眼中怒火欲噴，咬牙切齒地道：「既然本王不死，只怕有人就會死得很慘！」

「你錯了，沒有人能殺得了我。」扶滄海情知大勢已去，淒然一笑，將手中的斷槍對準了自己的心口。

「不可——」一聲驚呼乍起，兩條人影如風般自暗黑中撲出，兩道帶著弧形的長刀拖著亮麗的刀芒，捲起一地沙塵向這邊衝來。

殺氣隨之彌漫了整個空間，刀風更是激得每個人臉上都如針刺一般。

刀尚在數丈之外，那剽悍無匹的霸氣已如一道深深的烙印，烙入了每一個人的意識之中。

「可……惜，車……兄，你來晚了……」扶滄海說完這句話，口中噴出一道血箭，直沖虛空，那血若雨點般墜落，宛如點點梅花般淒美。

他選擇了這樣的方式而死，是因爲南海長槍世家的名頭不能因他而墮落。在這個世界上，沒有人可以殺掉南海長槍世家的傳人，除了他自己！

車侯與車雲峰趕到，正好挽住了扶滄海搖搖欲倒的身體。車侯是個大行家，一眼便看出扶滄海所選擇刺入的部位正是致命傷，就是神仙在世亦是無力回天。

「你又何苦呢？」車侯伸出手來，緩緩地替他合上未瞑的眼睛，柔聲道。

在他的心裡，卻已充滿了無限的愁苦與悲憤，雖然他比扶滄海大了十數歲，但這兩年來兩人並肩作戰，同生共死，已結下了不下於兄弟之情的深厚友誼。

車侯緩緩地將扶滄海放在地上，緩緩地將手中的長刀橫於胸前，突然轉過身來，面對項羽等人，怒目圓瞪道：「有種的就放馬過來！」

憤怒中的車侯猶如一尊煞神，渾身上下燃燒著一股讓人生畏的戰意。他已無所求，只求殺得眼前一二個敵人，爲自己的戰友報仇。他更不畏死，生死對他來說，已不重要。

「啪，啪……」項羽忍著傷痛，拍了拍手道：「你就是西域龜宗當今的宗主車侯？」

車侯冷眼掃了他一眼道：「老子就是，你莫非就是小兒項羽？」

項羽淡淡一笑道：「開口罵人，只怕不是一個堂堂宗主所爲吧？」

車侯一時氣大，怒罵道：「老子操你祖宗！」

項羽臉色一變，半晌才平靜下來道：「你可以罵本王，但本王有幾句話也請你務必聽進去。」

車侯一怔，冷然道：「有屁就放！」

項羽笑了笑道：「你身爲西域龜宗的宗主，不把門派發揚光大，卻爲了五音先生的一句話就步入中原，插手中原紛爭，這是否是因小失大？到如今，西域龜宗又因你個人而即將遭到滅門之禍，這是否值得？」他眼見車侯若有所思的樣子，頓了頓，接道：「所謂識時務者爲俊傑，如果你願意聽下去，本王倒有一條明路指給你。」

車侯的語氣平緩了一下道：「哦，這我倒想聽聽！」

項羽聽他不再以「老子」自居，知有了迴旋的餘地，侃侃而談道：「西域龜宗最擅長的就是土木機關，用於城防，竟然以數萬人馬與我數十萬大軍抗衡達半月之久，足見閣下的技藝之高明。假如你能爲本王所用，一旦天下大定，本王不僅可以讓你封侯拜相，甚至可以讓你的西域龜宗成爲江湖上僅次於我流雲齋的第二大門派。這樣一來，於個人，於門派，都是最好的結果，車宗主你又何樂而不爲呢？」

車侯淡淡地道：「假如我不聽呢？」

項羽笑了起來道：「那你就是目光短淺，殊無遠見，比起你這個兒子來，可就差得遠了。」

車侯渾身一震，緩緩回頭，目光如電般望向車雲峰，冷然道：「這麼說來，你與這位姓項的早有勾結？」

車雲峰心中一驚，退了一步道：「孩兒這也是爲了爹爹好！」

「怪不得，怪不得！」車侯喃喃而語，眼中似有淚光閃動：「我一直懷疑我們當中有奸細，想不到竟是你這個逆——子！」

他說到「逆」字時，刀光一現，竟然將車雲峰的頭顱旋飛半空。

項羽等人無不吃驚，全沒想到車侯心腸竟然如此強硬，殺起兒子來也毫不手軟。

車侯悲憤地大笑起來，良久方止道：「姓項的，告訴你吧，我爲了五音先生步入中原，爲的是一個『義』字；我爲了五音先生之托而遭滅門，爲的是一個『忠』字。忠義二字，又豈是你這小兒能夠理解的？像你這樣一個不忠不義之徒，縱是生，亦不如我輩死了快活！」

他說得痛快淋漓，將項羽的臉色說得一會兒青，一會兒紫，竟是狼狽不堪。然後，他深深地看了扶滄海一眼，長歎一聲，道：「兄弟，是做哥哥的對不住你呀！」

話音一落，白光又現，車侯已自刎身亡。

面對如此變故，眾人無不驚呆。項羽良久之後才深深地吸了一口氣，歎道：「真正是有血性的漢子，可惜，竟不能爲本王所用。」一邊搖頭，一邊惋惜，吩咐手下以國士厚葬。

「這一位呢？」一名手下指著車雲峰的屍身道。

「他也配？」項羽的臉上露出一絲厭惡之色道：「這種人只配餵鷹餵狗！」

他的話剛一落音，猛然聽得城陽方向傳來一陣歡呼聲：「城破了，城破了！」

◆

城陽破城的消息傳來，紀空手大叫一聲，當即暈倒。

醒來時已是夜半時分，他只感到胸口隱隱作痛，心裡有一股說不出來的愁苦。睁開眼來，紅顏、虞姬等人與張良、龍賡俱在床前守候，臉上無不露出關切之色。

「有勞各位擔心了。」紀空手剛剛開口，熱淚便奪眶而出。

紅顏知他重情重義，柔聲勸道：「人死不能復生，我們現在要做的，不是哀痛，而是應該想想如何爲車叔、扶兄以及那兩千餘名兄弟報仇！」

紀空手被紅顏這一提醒，頭腦頓時清醒起來道：「誠如你所言，此仇不報，我紀空手何以爲人？」

他強打精神，勉力坐了起來道：「城陽那邊的情況究竟如何？」

紅顏統領知音亭，消息最是靈通，當下黯然道：「城陽一破，只有田横帶著五百死士逃出，至今下落不明，其餘人等無一倖免。」

紀空手咬牙道：「項羽呢？」

「項羽破了城陽，即班師回楚，據說他身遭重創，暫時還沒有向關中進兵的打算。」紅顏道。

「他不向關中進兵，我還想出兵關中找他呢！」紀空手恨恨地道。

張良最擔心的就是這個，眉頭一皺，勸道：「公子若是這般想，不僅大仇難報，只怕還會有負先生重托，更負天下百姓！」

紀空手怔了一怔，看到張良眼中顯露的焦慮之色，頭腦頓時清醒起來。

雖然他在軍事上不及張良，治國上比不上蕭何，但他一向有統覽全局之才，又是一個絕頂聰明之人，當然深知「小不忍則亂大謀」的道理。他十分清楚當今天下的時勢，更明白漢軍攻下關中之後就按兵不動的原因，這只因爲，漢軍所面對的，將是西楚霸王項羽從來不敗的軍隊，還要提防韓信的數十萬江淮軍的虎視眈眈。

他的心下躊躇起來，然而，車侯、扶滄海都是他的患難之交，一向情深義重，若是不能爲他們報仇，他有何顏面去見他們的在天之靈？

張良顯然看穿了他的心思，緩緩而道：「真正殺害車侯、扶滄海的人不是項羽，只要公子靜下心來想一想，答案不說自明。」

他這一句話驚住了在座的每一個人，紀空手縱是智計多端，心思縝密，一時間也未能明白張良話中所指。

張良道：「城陽之敗在於當初我們的失算，就連我也算漏了一人。公子試想，以項羽飛橫跋扈的秉性，一旦聞聽關中被破的消息，哪裡還能按兵不動？然而事實上他卻置關中而不顧，圍攻城陽，這豈非太過反常？」

紀空手心中一直有這種疑惑，點頭道：「這的確有違此人的本性。」

張良淡淡地道：「據我所知，當初項羽確有救援關中之意，不過在他的身邊，還有一個范增，正是范增看到了救援關中的弊端，是以才勸說項羽留在了齊國。」

紀空手的心裡頓時明亮起來，道：「要殺范增，談何容易？項羽既拜范增爲亞父，正是將他當作了左臂右膀。」

「爲個人計，爲天下計，范增都是必殺之人。」張良的眉間一動，隱然閃現出一絲殺氣：「楚漢相爭，在於鬥智不鬥力，只要去掉項羽真正的智囊，無異是斷了他的一條手臂。」

他當即敍說了范增在西楚軍中的重要性，並且列舉了范增出謀劃策所取得成功的各個範例，聽得紀空手霍然動容。

「既然如此，明日我便啓程。」紀空手不想假手於他人，決定親自動手。

龍賡搖了搖頭道：「公子舊傷未癒，不宜車馬勞頓，此事還是交給我吧。」

紀空手望了他一眼，深知龍賡沈默如金，既然開口應承此事，已有了七分把握。而且，龍賡的劍術幾近通神的地步，縱然不能行刺成功，當可自保全身而退。

張良卻道：「此刻行刺范增，時機未到。各位細想，范增既是項羽的重要謀臣，身邊的戒備必定森嚴，我們又豈能仿效莽夫逞一時之勇？」

紀空手是何等聰明之人，聞音而知其意，點了點頭道：「莫非你已有了妙計？」

張良淡淡地道：「妙計倒算不上，不過是用『離間』二字。」

「好！」紀空手一拍手道：「殺人不見血，那就有勞了！」

「我不行。」張良神秘地一笑：「但你行。」

紀空手一愣，頓時醒悟過來道：「果真是這個理，我竟然忘了我此刻的身分了。」

兩人似談玄機般地一問一答，聽得眾人如墜雲霧之中。

長夜漫漫，蒼穹盡墨，誰又能讀懂黑暗之中所蘊藏的未知玄理？

◆

關中三年免賦的消息，如一粒火種撒向關中，撒向巴、蜀、漢中三郡，並在短時間內鬧得天下沸沸揚揚，無論是地主豪紳，還是貧民商賈，無不拍手稱快。

當時天下百姓經過長時間的暴秦苛政，心中積怨頗深，驟然聽得天底下還有「免賦」這樣的好事，而且一免就是三年，無不心嚮往之。更有漢王以德政治理巴、蜀、漢中三郡之事早已傳播開來，一時之間，關中一地熱鬧起來，竟在半月之內新增人丁達百萬之眾。

這一切都被紀空手看在眼裡，喜在心頭。他所喜的並非是關中一地的繁華，而是民心所向，楚漢爭霸雖然還沒有真正地動起一刀一槍，但在政治上，紀空手已明顯占到了上風。

漢曆三年三月，在關中門戶武關城外的一條古驛道上，人來人往，熱鬧非凡，牛車馬車連綿不斷，人流熙熙攘攘。樊噲身為大漢軍的先鋒官，坐鎮武關，既有保一地平安之責，同時也不忘自己身負北上伐楚之重任，是以，親自坐守城門之上，時刻警惕著人流動向，以防不測。

受命先鋒一職，這原本是樊噲心中所不敢想像之事，當日他助呂翥謀害劉邦，犯下的是「謀逆」

大罪，雖說是呂翥以藥物要挾，但於理於法，自己終究難逃一死。誰曾想劉邦竟能冰釋前嫌，既往不咎，反而對自己委以重任，這的確讓樊噲心生「士爲知己者死」的念頭。

所以他受命先鋒之後，盡心盡職，驍勇異常，屢建戰功，成爲大漢軍不可多得的一代名將，他卻不知，若真是以劉邦「睚眥必報」的本性，又豈能容他這樣的謀逆之臣，只是此劉邦已非彼劉邦，才成就了他的名將風範。

樊噲望著城上城下自己的軍隊，心裡不由有三分得意，他任先鋒後，一向講究軍紀嚴明，賞罰分明，爲了打造一支這樣的鐵軍，他簡直是嘔心瀝血，與兵同吃，與兵同寢，不敢有一絲的懈怠，最終才有此成就，回想起來，自己也確實不易。

他兀自想著，陡然聽得遠處傳來一陣「得得」的馬蹄之聲，循聲望去，但見古驛道上漫起一片黃沙，十幾騎人馬在沙塵中時隱時現，來勢甚疾。

樊噲心中一怔：「自平定關中以來，楚漢相對平靜了七八個月，雖然誰都明白這只是一種暫時的平靜，平靜的背後卻孕育著風暴的來臨，可是，誰又想得到風暴竟然來得如此之快呢？」

他之所以有這樣的推斷，並非全無根據，自項羽還師回楚之後，爲了避免發生無謂的爭端，楚漢兩軍自邊界各退百里，從而在邊界地帶形成一段距離的軍事真空，這七八個月來，樊噲還是第一次聽到有人敢如此膽大妄爲，在自己的眼皮之下縱馬馳騁。

他緩緩地站起身來，遼望著這一支不知身分的馬隊，在他的身後，三名侍衛正各執令旗，等候著他發號施令。

城下的百姓驟聞變故，已是亂作一團，紛紛向驛道兩邊閃避，任由這十餘騎從中竄行。但樊噲已然看出，這些人不過是一幫逃者，正遭到楚軍的追殺，只是眼見距武關近了，追兵才不敢繼續跟來，停在數里外的那片密林。

「傳令下去！」樊噲顯得異常鎮定，在情況未明之下，當機立斷道：「命張將軍率一隊人馬趕到密林，觀察楚軍動向，沒有接到本將軍的命令，不准出擊，命鮮於將軍率一隊人馬攔截住這十餘人眾，未明身分之前，不許他們進入武關，命侯將軍率其餘各部，作好戰鬥準備，隨時應付異常情況！」

此令一下，三軍俱動，樊噲看著令旗飛舞，十分滿意自己手下的反應。

他如此細微謹慎，並非是小題大做之舉。雖說邊境太平，但楚漢爭霸，乃是大勢所趨，他身為前線的最高統帥，肩負守衛之職，容不得半點大意。

眼見鮮于恨樂率數百軍士截住了那幫人，樊噲的心裡猶在納悶：「這些人究竟是誰？何以竟遭到楚軍的追殺？」

鮮于恨樂是樊噲麾下一員驍將，未從軍前，也是巴郡斷水月派的嫡系傳人，刀法精湛，屢立戰功，頗得樊噲器重，他接令之後，雖覺得樊噲此令有點「殺雞用牛刀」之意，但他沒有打任何折扣，將那幫人截住在距城門半里處的驛道上。

「在下乃漢軍先鋒樊將軍麾下鮮于恨樂，奉命相迎諸位，只是此處乃關防重地，盤查乃理所當然之事，若有得罪，還請海涵！」鮮于恨樂雙手抱拳，一番話說得有理有節，既不得罪於人，也沒忘了職責所在。

那群人俱是一臉風塵，衣衫上沾染血漬，一副驚魂未定的樣子。聽了鮮于恨樂的話，無不舒緩了一口長氣，其中一人抱拳道：「原來是鮮於將軍，久仰大名，在下姓金名錯，乃是大齊舊將！」

他此言一出，鮮于恨樂心中驚道：「此人竟是田橫的手下，早聽說城陽一破，田橫率五百死士突圍而去，便已下落不明，想不到他們竟到了武關！」

當下不敢怠慢，臉上帶笑道：「田大將軍以數萬人馬抗楚，與項羽數十萬人馬周旋數月，這等義舉，天下盡聞，末將欽佩已久，無奈難得一見，引爲憾事！」

「要見我一面又有何難？」一個聲音如驚雷般炸響，驚得鮮于恨樂神情一呆。

他循聲望去，只見這群人的中央簇擁著一位年過三旬的漢子，鬢角處已見白髮，略有滄桑之意，但雙目不怒而威，自有一種說不出來的氣度。

鮮于恨樂心中一凜，試探地問道：「這位莫非就是……」

「不錯，在下正是大齊軍的統帥田橫！」那人說話頗有一股傲然之氣，然而話鋒一轉，長歎一聲道：「可恨的是，縱是英雄，亦是末路，今日殺開一條血路，就是爲了投奔漢王而來！」

鮮于恨樂頓時肅然起敬，道：「原來如此！怪不得西楚軍敢公然越界，追殺到這裡來了！」

田橫歎息一聲道：「隨田某前來的共是五百名死士，化整爲零，喬裝打扮，原以爲可以安全地進入關中，誰曾想到眼見要到武關了，竟然被西楚軍發現了行蹤，一路追殺而來，就只剩下身邊這十幾個了，哎……」

鮮于恨樂也爲之而歎道：「這也是天降劫難於將軍，不過，凡事還是想開些爲好！不幸中的萬幸是將軍得以全身而退，總算是老天爺還沒有瞎眼吧！」

他大手一揚，正要當先引路，卻聽得三聲炮響自密林處響起，伴著一陣吶喊聲，張餘所率的大漢軍竟然與西楚軍交起手來。

樊噲自城樓上而望，眼見張餘的軍隊竟然敵不住西楚軍的攻勢，且戰且退，不由心中一沈。

他隱隱覺得事態的發展有些反常，並不像他事先所預料的那般簡單，他既然嚴令張餘不准貿然出擊，那麼只能說明是西楚軍先行點燃了戰火，由不得張餘置身事外。

如此說來，西楚軍竟是有備而來。

樊噲想及此處，心中已是凜然，當即傳令：「三軍做好戰鬥準備！」

他的話音剛落，驟聽得城門下一片騷亂，百姓紛紛湧入城門，軍士倉促之間，竟然阻擋不了。

「要糟！」樊噲心中「格登」一下，再也坐不住了，帶著自己的一幫親衛匆匆走下城樓。

「關閉城門！」

眼見形勢大亂，樊噲當機立斷喝道。雖然城外還有他的兩彪軍馬，但一旦西楚軍趨勢追擊，武關就有失守之虞，武關一失，則關中危矣，樊噲無論如何都擔負不起這個責任。

第七章　顧全大局

鮮于恨樂此時距城門不過數十步之遙，是以，非常清晰地聽到了樊噲急而不亂有若洪鐘般的聲音，他心中一急，叫道：「樊將軍且慢！」

事關他一人的生死倒也無所謂，事關田橫的性命，由不得他心中不急，然而就在此時，他驟聞身後有一道勁風響起，雖然聲音細微，但聽在他這樣的刀術名家耳裡，依然清晰異常。

他出於本能地一伏身形，整個人從馬腹下竄過，回頭看時，卻見田橫的手中緊握著一柄五尺短戟，臉上已盡露殺氣。

鮮于恨樂驚道：「你，你，你不是田橫！」他知道田橫最擅長的是劍，此人既使短戟，已是冒牌無疑。

那人冷然一笑道：「你現在曉得，只怕遲了！」短戟一橫，在虛空中劃出一道詭異多變的弧跡，直刺鮮于恨樂的眉心。

與此同時，跟隨在其身後的眾人紛紛拔出兵器，吶喊一聲，快馬向城門衝去。

樊噲畢竟是見過大場面的角色，雖驚不亂，一面派人放箭阻截，一面讓人關閉城門，城門關到一半時，陡然聽得城中喊殺聲起，竟有數百名敵人混跡出入城門的百姓之中，趁機發起難來。

樊噲面對敵人這種裡應外合所形成的局勢，知道情形愈亂，愈不容易控制，最好的辦法就是分而殲之，各個擊破。

站在他身後的數百將士，乃是他先鋒軍中精銳中的精銳，其中大多數人是他烏雀門中的子弟，不僅忠於自己，而且戰力驚人，此刻正一言不發地肅立著，但每一個人的大手都已握住了刀柄，只等樊噲一聲令下，就將展開一場無情的殺戮。

此時已是正午時分，雖是三月陽春，天氣依然帶著一股肅殺，凜凜寒風呼嘯而過，更使天地間平添一股殺氣。

樊噲眉鋒一跳，從牙縫中迸出一個字來：「殺──」

話音落地，他身後的將士已然不聲不響地衝殺過去，與敵人廝殺起來，一時間，自城門百步之內，殺氣漫天，血流成河，兵戈相擊之聲不絕於耳，到處一片淒慘血腥。

城門之外，殺氣依舊。鮮于恨樂連連閃過對手短戟的攻擊，趁隙終於拔出了自己腰間的長刀。長刀在手，鮮于恨樂心中頓生一股傲氣。

就連那位「假田橫」，心中也為之一怔，似乎沒有想到眼前的這位將軍舉手投足之間竟有武術大家的風範。

這位冒充田橫的人姓國名正，乃是項府十三家將之一，與郭岳、尹縱齊名，郭岳、尹縱等人受項羽賞識，投身軍中，官至將軍，獨有他受命留守流雲齋本部，培植敢死之士，數年下來，頗成氣候。此次偷襲武關，他請命為先鋒，項羽一概照準，是以在他的心中，頗有建功於一役的投機心理。

然而面對鮮于恨樂這樣的刀術名家，國正不敢有絲毫的大意，他已然從鮮于恨樂那紋絲不動橫於空中的長刀上感應到了蠢蠢欲動的殺意……

風肅冷，與哀號同起，空中彌漫的不僅僅只有血腥，更有無盡的殺氣……

一時間，在鮮于恨樂和國正相峙的空間裡，顯得異常靜寂，沒有廝殺聲，沒有血腥味，就連風兒也擠不進去，每一寸空間裡似乎都充斥著無盡的壓力。

一絲龍吟之聲仿從九天之外而來，如一根絲線般鑽入國正的耳膜，他定睛看時，只見鮮于恨樂的刀鋒如蟬翼般發出一陣急急的震顫，殺氣如水流般一波一波地向四周擴散。

國正的心中一凜，短戟斜舉，隨著胯下坐騎「希聿聿」的一陣長嘶，他已無法冷靜相對，唯有出手。

「呼……」短戟隨風而出，如一道撕裂烏雲的閃電，人、馬、戟，仿似一體，迅疾突破這段殺氣密布的空間。

當戟鋒觸及到鮮于恨樂發出的氣流圈中時，驟覺那團氣流急劇收縮，形成一點流光飛瀉的亮點，縈繞在鮮于恨樂的刀鋒之上。

觀者爲之一怔，無不爲這種異象所迷，正感詭異之時，卻聽得「啵……」地一聲炸響，那亮點爲之而裂，化成一道連綿不絕的飛瀑，捲向國正的戟鋒而去。

這是什麼刀法？刀雖不見，但每一個人都感受到了那無處不在的刀意。

殺氣如流水奔瀉，纏纏綿綿，似乎永無止境。國正只感到自己彷佛置身於一個急流漩渦之中，強大的逼力自四面八方擠壓而來，讓人幾無喘息之機。

「呀……」他不甘就這麼沈淪下去，暴喝一聲，手中的短戟一振之間，竟然化作一條遊龍，破水穿雲而去。

「叮……」刀戟相擊，如禮花般的火星迸裂開來，頓時打破了每一個人心中的幻影，眾人再看之時，只見兩條人影竄行在刀光戟影之中，如鬼魅般迅疾無常，竟然在瞬息之間交鋒了十餘個回合。

城門終於關閉，但城裡城外的激戰依然繼續，樊噲置身局外，估摸著大局已定，這才舒緩了一口長氣，登上城樓觀戰。

他心繫自己屬下的安危，無論是張餘，還是鮮于恨樂。他二人不僅是自己軍中不可多得的戰將，亦是他樊噲多年的知交心腹，若非軍情緊急，他是絕對不會作出這等無情之舉。

事已至此，一切只有聽天由命了。樊噲眼見鮮于恨樂身陷危局，只能在心中暗道：「鮮于恨樂，我已顧不得你了……」

然而真正在心中叫苦不疊的倒是國正，他絕對沒有想到鮮于恨樂的刀法竟這般難纏，這般霸烈，「抽刀斷水水更流」，每一刀都體現出了這詩中的想像和意境。

刀如流水，刀氣更仿如大江之水，幾成勢不可擋之勢。

國正心驚之下，使出渾身解數，死命撐住，馬嘶長鳴中，他的身形如仙鶴沖天般縱入半空，短戟橫掃，拖出一道形若颶風的殺勢，撲天蓋地般向鮮于恨樂襲至。

鮮于恨樂微微一笑，心中明白這是國正的搏命一式，只要自己能夠化解，就已經把握了勝局。

所以，他全神貫注地盯視著國正的一舉一動，不敢有一絲的大意，手中的長刀綻放出吞吐不定的精芒，彷如地獄之火，帶出森森的死亡氣息……

勝敗在此一舉，每一個人的心彷彿都提到了嗓子眼，甚至可以聽到「咚咚」的心跳聲。

陡然間，鮮于恨樂的心中一緊，只覺得背後陡然起了一股旋風，來勢霸烈而突然，完全出乎他的意料之外。

對方絕對是一個一等一的高手，這一點已從來人的出手可以證明，但鮮于恨樂一直注意著周邊的動靜，卻想不出此人竟是從哪裡冒出來的。

在他的身後，除了十丈之外站立著一些觀望的百姓，就只剩下一架被人遺棄在大路中央的柴車。在如此混亂的局勢下，這本不足爲奇，敵人正是利用這種情況，派出高手藏匿其間，欲對他進行偷襲。

「蓬……」數百根尺長的木柴迸裂開來，向四方暴射。

「嗖……」一條人影如獵犬般竄出，寒芒點點，那手中的銅鈎橫掃而出，攻擊的竟是鮮于恨樂的坐騎。

這一著不僅讓人無法意料，且偷襲者出手的準確、堅決都非常人可及，就連站在城樓上觀望的樊噲也「哎呀」一聲，心叫「不妙」間，飛刀已然出手。

樊噲的飛刀原在江湖上堪稱一絕，便連紀空手、韓信兩人也是承蒙他的傳授才得以精通此術，可見他的飛刀確有獨到之處，然而他的飛刀比之於紀空手的出手更無情，比之於韓信的出手更快捷，一旦現身空中，又是另一種意境。

可是無論他的飛刀有多快，要經過百步之距終需一定的時間，鮮于恨樂顯然已沒有這些時間等待下去，唯一的應變之策，就只有棄馬。

「呼……」一旦作出決定，鮮于恨樂毫不猶豫，在瞬息間劈出九刀，先行化解了國正凌厲的殺勢，然後才縱身躍起，穩穩地落在驛道邊的一棵大樹上。

他背靠大樹，橫刀胸前，只這麼一站，就顯示出他搏擊經驗之豐，因爲此刻他正處於以一搏二的劣勢，唯有如此，他才可以去掉後顧之憂，專心應對敵人的夾擊。

但是他很快就發現自己的選擇是錯誤的，錯的要命！

因爲就在此時，一柄悄無聲息的劍鋒自樹幹中滑出，異常迅疾地切入了他背部的肌肉裡……

這才是真正的殺招，一旦出手，就絕無閃失，也唯有如此，才使得這個縝密的計劃完滿收場。

鮮于恨樂就此倒下，他至死都沒有看到兇手是誰。

沒有人知道兇手是誰，就連樊噲居高臨下，也沒有看到兇手的蹤跡！

但兇手一定存在，而且此時此刻，就在那棵大樹的背後，這是一個勿庸置疑的事實。

誰也沒有看到兇手是什麼時候藏身樹後的，但每一個人心裡都十分清楚，劍鋒要透過數尺的樹圍準確無誤地刺中鮮于恨樂的要害，而且悄無聲息，沒有一絲的徵兆，能使出這樣劍法的人，當世之中已然不多，也就只有三五個……

每一個人的心裡都怦然一動，似乎已經猜到了來人的身分，可是他們又覺得這實在有些不可思議，情不自禁地搖了搖頭。

就在眾人猶自躊躇之間，那人已從樹後轉出，身形如山嶽推移，步履穩重，眼芒若電，自有一股不怒而威的威儀，正是當今西楚霸王、流雲齋閥主項羽。

此時城外的戰局已然平息，鮮于恨樂與張餘所率的兩彪人馬已在頃刻之間覆沒，源源不斷的西楚大軍開至武關城下，放眼望去，如過江之鯽，足有十數萬之眾，這些軍士驟見項羽現身，無不轟動起來，十數萬人一聲吶喊，竟似平空響起一串炸雷。

饒是樊噲天生勇武，也情不自禁地打了一個寒噤，他已明白，自今日起，楚漢爭霸的帷幕就此拉開了，若非自己見機得快，只怕武關此刻已然失守。

樊噲的擔心絕非多餘，事實上，這正是項羽採納范增之計，精心準備了數月之久，才發動的一次偷襲。

早在城陽之時，范增就已經意識到，以關中的地勢之利，誰能得之，誰就能奪取天下，是以，關中地區在他的心目中佔據極其重要的戰備地位。以當時天下的局勢，漢軍攻佔關中之後，已經完全具備了與西楚抗衡的實力，如果西楚軍一味強攻，無疑落入下風。

所以范增精心設計了這個智取武關的計劃，只要武關一破，關中便唾手可得。項羽聞之，欣然同意，於是在班師回楚之後，一面療養，一面在暗中調兵遣將，躲過了漢軍所有耳目，揮師十萬奔襲武關。

這原是一個非常圓滿的計劃，可謂是算無遺漏，然而項羽萬萬沒有想到，樊噲不僅果敢，而且無情，竟然置屬下數千性命於不顧，在自己大軍逼近之前搶先封閉城門。

武關之險，歷來是兵家必爭之地，更是出入關中的一道重要門戶，一旦城門關閉，則是易守難攻，就算項羽擁兵十萬，也無法越雷池半步。

項羽輕輕地歎息了一聲，遙望武關城頭，只見一桿大旗之下，樊噲鎮定自若，從容應對，數萬名將士列隊以待，士氣高昂，心中不由暗道：「難道說真是天助劉邦？」

他似心有不甘，正要下達攻城的命令，卻聽得身後傳來一陣腳步聲，回頭看時，來者正是范增。

「這真是功虧一簣！」范增的語氣顯得十分平靜，絲毫沒有懊惱的神情：「福兮禍所伏，禍兮福所倚，雖然武關未破，但對大王來說，又何嘗不是一種幸運呢？」

項羽細細地品味著范增話中的深意，猶自不解道：「亞父所言之玄機，未免高深了些，本王只知，今日武關不能歸我所有，就是一種失敗！」

范增淡淡一笑道：「孰勝孰負，此時言來，實在是太早了些。今日一戰未能收到預期的效果，就只能證明一件事，那就是劉邦的大漢軍並不如大王想像中的容易對付，楚漢爭霸也不是一朝一夕可以見分曉的事情，我們必須重新估量劉邦的實力，作長期抗衡的打算！」

項羽冷哼了一聲，顯然心有異議，但他素知范增大才，雖然不是事事言聽計從，卻從來沒有當面駁過他的話。

范增對項羽的表情悉數看在眼裡，微笑而道：「大王也許並不贊同微臣的看法，這其實再正常不過，畢竟大王身爲流雲齋閥主，又是當今西楚霸王，一生所經歷的苦戰惡戰不下百次，從來不敗，當真稱得上是『無敵於天下』，又豈能將區區一個劉邦放在眼裡，不過大王別忘了，眼前這個武關，正是數年前劉邦以十萬之師破之，竟比大王數十萬人馬先行進入關中，單憑這一點，就已經說明了劉邦並不簡單，大王切不可小覷了他！」

范增的話勾起了項羽對一些往事的回憶，那時的劉邦，只是他麾下的一員大將，貪酒好色，若非自己念著他在作戰中頗有一套，也許早就棄之不用了，想不到數年之後，劉邦竟然成了自己最主要的大敵，可見當年的劉邦的確是胸有大志，貪酒好色只不過是他的僞裝罷了！

項羽心中一凜，緩緩而道：「亞父說得極是，當年本王的確是小看了他，才導致今日之禍亂！」

范增道：「微臣之所以要提醒大王，是因爲在今日的西楚軍中，上自大王，下至士卒，統統都多了一股驕橫之氣，『從來不敗』這四個字，固然是了不起的輝煌，但細想起來，它又未嘗不是大亂的禍端，古人云：『驕兵必敗』！縱觀各朝各代，這樣的例子難道還少了嗎？」

項羽渾身一震，拱手道：「多謝亞父提醒，本王受教了！」

范增忙道：「微臣既受命於大王，自當爲大王盡忠，這乃是做臣子應盡的本份！」

項羽望向城下列隊待命的十數萬人馬，猶豫了一下道：「照亞父的意思，我軍現在將如何打算？」

范增顯然已是胸有成竹，不慌不忙地道：「既然偷襲不成，我軍可用一部佯攻武關，而大王則可帶一支精銳之師北上寧秦，就算攻不下寧秦，只要我軍扼守這兩條漢軍出入中原的要道，不讓漢軍出入關中半步，那麼用不了三五年的時間，這天下依然是大王的天下，劉邦縱然偏安一隅，也不足爲患！」

項羽心中甚是疑惑，眼芒盯住范增的眸子，沒有說話。

范增徐徐而道：「這只因爲三五年的時間已足夠我們計劃籌謀、穩定人心，民心所向決定了這天下最終的歸屬！」

項羽咬了咬牙，終於點頭道：「既然如此，那就傳令下去，三軍退後五十里，安營紮寨！」

他的號令一下，不過片刻之間，西楚大軍已然向後而退，整個隊伍佇列整齊，行動迅速，真不愧於「無敵於天下」的王者之師。

樊噲眼見敵軍後退，不由舒緩了一口長氣，再看敵軍動靜時，忍不住在心裡問著自己：「與這樣的軍隊交戰，我究竟有多少勝算？」

他無法預知答案，因爲連他自己也感到一絲顫慄與震撼。

◆

距城門不遠的一條小巷裡，有一座小樓，本是大家閨秀的繡樓，此刻卻坐著一個男人。

他雖然足不出戶，但剛才城裡城外所發生的一切已經通過他的線報傳入他的耳中，誰也看不懂他的臉上究竟是喜還是悲，又或是根本沒任何的表情。良久之後，才聽得他冷冷地笑了一聲道：「真是天助我也！」

◆

西楚軍襲擊武關的消息傳來咸陽時，紀空手正在花園裡與無施嬉戲，看到張良匆匆地從外面走來，紀空手的心裡就「格登」一下，頓時明白有大事發生。

聽完張良的稟報，紀空手的臉色已然十分嚴峻，虞姬趕忙帶著無施退到一邊，魚池邊，只剩下紀空手與張良相對而立。

「雖然武關未失，但此事一旦發生，就表明楚漢之間相對平衡的局面就此打破，大戰已是不可避免，如此一來，就會打亂我們爭霸天下的步驟！」張良不無隱憂地道。

紀空手明白張良擔心的是什麼，大戰一旦爆發，打的就是錢糧，隨著戰事的發展與深入，錢糧的問題甚至可以決定戰爭的勝負。項羽的西楚軍在破秦之後，承襲了故秦所遺的一切財產，自然在錢糧上不成問題，而漢軍僅憑巴蜀漢中三地的賦稅維繫，難免捉襟見肘。

「你別忘了，我們手中還有登龍圖寶藏！」紀空手想到了陳平與後生無，以這兩人對錢財的經營之道，相信不會有太大的問題。

張良笑了一笑道：「雖然陳平與後生無都是百年不遇的經商奇才，但戰事一起，任何生意都會變得蕭條起來，他們便會變成英雄無用武之地了。到那個時候，這批財富就成了一堆死錢，最多只能供大軍一年的用度，而這場大戰一旦打響，如果我料想不差，沒有三年五年是難分勝負的，是以，我們必須從另外的渠道來籌劃錢糧的事情！」

紀空手顯然不是經營的好手，是以對籌劃錢糧的渠道極為陌生，搖了搖頭道：「這可不是一件容易的事，關中免賦還不到一年，如果貿然廢之，既有違初衷，也失信於天下，我們絕不能做這種殺雞取卵的事情！」

自從關中免賦以來，已經初見成效，在短短數月時間裡，從各地遷來富戶達一萬三千餘家，人丁有百萬之眾，不僅荒蕪的田地有耕種，而且市面上也趨於繁榮，經濟漸呈復甦跡象，再加上紀空手派兵剿匪，維護治安，儼然使得關中地區竟成一方樂土。

他當然不想看到如此大好的局勢毀於自己的一念之間。

張良明白紀空手話裡的意思，沈吟片刻道：「如今的關中，正是先生畢生想建立卻又未能建立的樂土，作為他老人家的弟子，我又豈能違背他的意願，我的意思是籌劃錢糧並非只有搜刮百姓這一條渠道，還有一種渠道，就是取用無主之財！」

「無主之財？」紀空手還是第一次聽說這個名詞，不解地道。

「公子聰明過人，智計多端，乃是當世不二的奇人！」張良笑了笑，話鋒一轉道：「可惜的只是書讀得太少，所謂的無主之財，顧名思議，就是前人所遺下的財寶，到了今天，已經沒有人知道它的存在了，像這樣的財富，普天下不知有多少，唯有有緣人才可得之！」

「我自幼孤苦，流浪市井，只有遇到丁衡之後，才隨他學字斷文，真正地讀了兩年書！」紀空手思緒彷彿又飄回淮陰，想到丁衡的死，心中依然隱隱作痛，「這也正是我這一生中感到最遺憾的一點，書到用時方恨少啊！……」

「金無赤金，人無完人，以公子的天賦，雖唯讀了兩年書，已是當世少有智者，倘若叫你學富五車，博古通今，就算我不妒忌你，天也要妒忌你，可見這本是上天早有安排的！」張良淡淡一笑道。

紀空手頓時釋然，哈哈一笑道：「誰說子房不會拍馬屁，單是這一席話，就叫我暈暈乎不知所以然，渾身無一處不覺舒泰！」

張良矜持一笑，臉色隨之變得肅然起來，道：「我這一生中，唯一的嗜好就是讀書，也正是因為這一點，才蒙先生看重，收為名下弟子，記得當年我進知音亭的第一天，先生送我的第一句話就是：『要想成爲一名兵者不難，難就難在你不僅要做到，還要做好，匡扶明主打拚天下，而要做到這些，就唯有讀書，從書中博覽古今戰史，從書中洞察天理玄機，書讀透了，可以足不出戶而盡知天下之事！』我聽了之後，奉爲至理名言，十數年間，從來不敢懈怠，終於將知音亭中所藏的百萬冊圖書熟記心中！」

紀空手不由「哎呀」一聲道：「百萬冊圖書？這豈不要堆成一座書山嗎？」

「我最初也有這種畏難的情緒，想不到一天一天地堅持下來，竟然終將這些書啃完了。」張良想到當年苦讀，心中頓有說不出來的辛酸與興奮，淡淡而道：「我在知音亭時，讀過大秦相呂不韋所著的《呂氏春秋》。呂不韋從一個商人起家，最終從政，成爲大秦的一代名相，這本身就是一件了不起的事情，以呂不韋當時的身家，富可敵國，又權柄在手，堪稱大首富，然而在他身敗名裂之後，卻只在他的家中抄到了區區百萬兩黃金，這無疑是一個謎團，令人費解不已。」

紀空手道：「區區百萬兩黃金？有了這些錢，已經足夠天下百姓一年的溫飽了，這可不算是一個小數目了？」

「對別人來說，百萬兩黃金當然不是小數目，但對呂不韋來說，只是他家產中的五分之一！」張良冷然一笑道：「我的癖好就是喜歡搜奇尋異，在知音亭的藏書樓中，天下圖書包羅萬象，是以我才能得知呂不韋除了《呂氏春秋》之外，還另著了一部《謀錢術》，裡面記載的全是呂不韋歷年商戰中的財富，單此一項他所賺的黃金就達到數百萬以上，加上其他的各項進賬與歷年支出的賬目，呂不韋抄家之時的身家至少應在五百萬兩以上！」

紀空手的眼神陡然一亮：「這麼說來，還有四百萬兩黃金下落不明？」

張良點了點頭道：「對！這就是所謂的無主之財，這些財富沈淪地下數十年，如今就等著公子發掘取用！」

他的分析絲絲入扣，看似荒誕不經，其實有跡可尋，以呂不韋的頭腦，當他意識到自己面臨危機之時，必然會尋找退路，隱藏實力，以圖東山再起，絕不會等秦始皇來誅殺自己，束手就擒。

紀空手看著張良一本正經的表情，心中明白張良的這一番話並非故弄玄虛，怦然心動道：「聽子房的口氣，莫非你已知道了這四百萬黃金的下落？」

張良悠然而道：「我一直相信這筆黃金的存在，是以，一到咸陽之後，就對《謀錢術》中提到的幾個地點走訪了一遍，都一無線索，後來翻閱到大秦史籍第一百三十三捲的《土木篇》，上面記載著呂不韋大興土木修造百葉廟一事，心中才豁然醒悟！」

紀空手渾然不解此事與那四百萬兩黃金有何關聯，只是靜靜地聽著張良繼續說道：「《土木篇》云：呂相修造百葉廟，以供族人祭祀先祖之用，耗銀三十萬兩，歷時達三年零七個月之久……我曾到百葉廟遺址實地勘查過，以百葉廟的規模，修造的時間最多不會超過一年，呂不韋卻用將近四年時間來修造它，這只能說明這百葉廟下另有機關！」

紀空手曾經到過百葉廟，知道此廟築於咸陽城此三十里外的驪山之上，項羽破入咸陽之後，一把火將之毀於一旦，只留下一片殘石焦土，如果不是張良點醒，他做夢也想不到在這焦土之下，還埋藏著這樣一筆財富。

四百萬兩黃金絕對是一個讓人心動的數目，完全可供數十萬大漢軍三年的軍需用度，一旦擁有，那麼自己就不必要再在錢糧的問題上犯愁……想及此處，紀空手不由興奮起來，深深地向張良作了個揖道：「書中自有黃金屋，此話當真不假，子房，你可爲我解決了一個大難題！」

張良淡淡而道：「我既許身於主，當代主分憂，何況天下間無主之財多不勝數，獨獨讓公子得之，可見是天賜與公子，我又何功之有？」

紀空手笑了一笑，沒有說話，但他的眼神中驀現一股殺機，背負的雙手陡然一分，從雙手開合處暴閃出一道如殘虹般的亮跡，電射向五丈開外一簇花樹之中。

他的出手十分的突然，根本沒有一絲徵兆，張良心中一凜，訝然之間，突聽「錚」地一聲，火星閃濺處，一條黑影如風般從花樹間飄出。

此人以黑巾蒙面，又藏身暗處，可見是不速之客降臨，他能在倉促間擊落紀空手的飛刀，已算得上是一等一的高手。

「閣下偷聽多時了，我卻到此時方才出手，閣下不覺得有些奇怪嗎？」紀空手的神色顯得非常平靜，悠然之間，踏前一步。

蒙面人雖驚卻不亂，顯示出一種大家風範。他的身形不動如山，仿若一桿標槍傲然挺立，虛張的大手緩緩伸向腰間……

「你不說話，是想隱瞞你的身分，以漢王府森嚴的戒備，外人是不敢貿然闖入的，所以我敢肯定，你是內奸！」紀空手繼續說道，眼睛緊緊盯著那塊黑巾背後的眸子，明顯感到對方的身體震顫了一下，這更令他堅信自己的推斷。

「不管你是誰，既然來了，又聽到了許多你不該知道的秘密，你應該知道你已經沒有任何退路，所以今日這一戰，已是勢在必行，不是你死，就是我亡，再沒有第三條路供你選擇！」紀空手依然不緊不慢地說著，但他渾身散發出來的咄咄逼人的氣勢卻如銅牆鐵壁般向對方擠壓而去。

蒙面人沈默半晌，終於冷笑一聲道：「我的確是聽到了一些我不該知道的秘密，比起四百萬兩黃金來說，你真實的身分更足以轟動天下，誰又能想到當今的漢王、堂堂問天樓閥主已不是劉邦，而是另有其人，此事一旦公諸於眾，只怕天下頓時大亂！嘿嘿……換作任何人，恐怕都要置我於死地！」

紀空手聽音辨人，心中陡然一驚，他怎麼也想不到，這蒙面人有一套變聲功夫，單聽聲音，根本無法識得此人的真面目。

紀空手心中一凜，不敢有任何的大意。變聲易嗓的原理看似簡單，但若是沒有非常深重的內力根本無法做到形神兼備，由此可見，對手竟然是修爲極高的內家高手，紀空手縱有補天石異力，只怕與之也在伯仲之間。

更讓紀空手感到不可思議的是，此人既以黑巾蒙面，又易嗓變聲，顯然是不想讓人看破他的身分，然而他行蹤一露，卻並不急於竄逃，這是否說明此人的武功之高，已有全身而退的把握呢？

紀空手不敢再想下去，只能深深地提聚了一口真氣，凝神以對。

「你既然知道了這個秘密，就應該逃走，而不該選擇留下，只要我高喊一聲，在你的周圍就馬上會出現數十名高手，頃刻間就可以讓你死無葬身之地！」紀空手冷然而道，當他再踏前三步之時，兩人相距的空間正好只有兩丈。

「你不會這樣做，因為你是一個聰明人！」蒙面人似乎早已算到了這一層，淡淡笑道：「天大的秘密總是知道的人愈少愈好，如果鬧得眾人皆知，也就沒有什麼秘密可言了，所以今日你我一戰，只能是一對一的決戰，你已別無選擇！」

「你知道我是誰？就算我不是劉邦，難道你就有必勝的把握？」紀空手的眉鋒跳了一跳。

「我沒有，一點把握也沒有，但我決心一試閣下的身手！」蒙面人的眸子深處如一團迷霧般飄渺莫測，讓人無法看透：「如果我沒有猜錯，閣下應該就是智闖登高廳，敢與趙高叫板的紀空手，他在聲名最盛時突然消失，此事已成為當今江湖最大的一個謎團，今夜我才明白，原來他這麼做竟是事出有因，難怪，難怪……」

紀空手眉間一緊道：「你既然知道了我的真實身分，依然敢與我一戰，可見閣下不是尋常之輩，既然如此，那就亮兵刃吧，待我領教閣下的高招！」

他此言一出，整個人彷如一方巨岩巍然不動，如水的月色流瀉一地，已經失去了往昔的流暢與生動，在數丈範圍的空間中，彷彿多了一層無形的禁錮。

他的雙手背負，衣袂飄起，宛若白雲優雅，誰也看不到他的飛刀藏於何處，但誰都感到了他那無處不在、畢露的鋒芒，虛空中已然彌漫起如煙似霧的蒼茫殺氣。

蒙面人的眼睛裡閃現出一絲訝異，似乎眼前的紀空手比他想像中的更要強大十倍，世上的很多事情都是這樣的，看上去容易，當你真正置身局中之時，你才意識到看上去容易的事情蘊藏著更大的困難與艱險。

是以他沒有猶豫，手抬起，一件兵器已躍然橫空。

紀空手一眼望去，心中一怔，因爲他還是第一次看見用傘來作爲殺人的武器。

傘，自魯國公輸般發明以來，一直是作爲遮陽蔽雨的工具，此人以此作爲自己的兵器，不僅稀奇，而且頗有幾分邪氣。紀空手深知江湖之大，無奇不有，一些江湖好手所用的兵器更在十八種兵器之外，而獨獨這一類人精於技擊，以奇制勝，以怪制人，往往可以收到意想不到的奇效。

紀空手淡淡而道：「怪不得你要與我一戰，原來是有所依恃！」

蒙面人冷然道：「不錯！我一向以鐵傘爲兵器，想不到也能成爲你飛刀的剋星！」

他手臂一振，鐵傘「啪」地一聲張開，由緩至急地一點一點地旋轉開來……

風自傘的邊沿而生，產生一股自內而外的向心力，頓時將這段空間的空氣抽空，落葉斷枝隨風而動，凝聚成一團烏雲，懸在傘尖的上空。

張良陡覺呼吸困難，不由得連退三大步，再看紀空手時，卻見紀空手的臉上十分平靜，一絲淡淡的笑意正從嘴角生起……

笑意正濃時，他卻緩緩地閉上了眼睛。

「要糟！」張良的心中陡然一沈，臨陣輕敵，乃武者大忌，紀空手又豈能不明白如此淺顯的道理呢？

他並非輕敵，也非托大，就在蒙面人傘動的那一刻，他只覺得眼前陡然一暗，彷彿陷入了一片黑暗無邊的死地。

是以，閉不閉眼並不重要，他所需要的是靜心，用心去感知身外的一切動靜，唯有如此，他才可以做到以靜制動，後發制人。

這是他在剎那間制定的對敵方略，除此之外，他想不出還有再好的辦法來對付蒙面人手中的這件奇門兵器。

氣流在一點一點地蠕動，其速之慢，幾乎難以察覺動的痕跡，但這段空間中存在的壓力卻以倍數劇增，如大雪崩即將爆發的先兆。

就在壓力最盛的一刻，紀空手驀感這暗黑之中閃過一道如電般的亮線，雖然一閃即逝，但他已經洞察到這是對方唯一露出的一點破綻。

所以他悄無聲息地動了，飛刀出手，撕裂開這段暗黑的空間，將股股氣流在剎那間絞得粉碎……

如此霸烈的一刀，盡顯刀中王者的風範，它所留下的軌跡，猶如傳說中的天之痕那般美麗。

這是絕殺的一刀，一旦出手，絕不空回！

漫天滾動著一團毀滅的氣息，猶如地獄般森然，更似黑白無常跳入人界勾魂的剎那……

然而就在這驚心動魄的一刻間，一個似有若無的機括之聲清晰地鑽入紀空手的耳鼓，隨之而來的，是那漩渦的中心突然閃躍出一道詭異的閃電。

不是閃電，是寒芒，唯有劍鋒橫空才會出現的一點寒芒。

「傘中劍！」紀空手低呼一聲，這才明白這位蒙面人何以這般自信。

「叮……」地一聲，刀劍以驚人的速度在空中迸擊，火星一閃，引發了整個氣流的爆炸。

「轟……」亂石橫飛，枯葉盡碎，整個花園被喧囂的氣流撕扯得一片狼藉。

兩條人影宛如斷線風錚般向後跌飛，當紀空手穩住身形，抬頭看時，只見對方也在三丈之外冷冷地打量著自己，黑巾碎裂成絲，赫然露出了他的本來面目。

「你，你，你是……」紀空手大吃一驚，怎麼也沒有想到對方竟是自己王府中的廚子衛孤秦。

能夠躋身王府擔任職事的人，不是問天樓的舊部，就是聽香榭的屬眾，可謂是最忠實於自己的人員，難怪紀空手感到吃驚，特別是這個衛孤秦，本是投身問天樓多年的衛國遺民，因爲有一手好廚藝，才被選入王府充當大廚一職，紀空手與他有過數面之緣，卻萬萬沒有想到他會是隱藏在自己身邊的奸細。

「我不是衛孤秦！」那人緩緩地將臉上的碎絲巾去掉，冷然道：「我姓鳳！」

紀空手渾身一震，陡然明白了對方真實的身分。

剛才這人刺出傘中劍時，紀空手就有一種似曾熟識的感覺，只是一時之間，不及細想，此時再細細一想，終於發現此人的劍路與韓信的劍法相承一脈，除了在內力路數上略有不同之外，其風格完全雷同。

但讓紀空手感到疑惑的是，冥雪宗子弟除了鳳五與方銳之外，就只有韓信，此人既稱自己姓鳳，當然也是冥雪宗弟子無疑，可是看他的武功，又似遠在鳳五與方銳之上，這其中的關係實在令人費解。

紀空手沈吟半晌，淡淡而道：「你既姓鳳，那麼鳳五又是你什麼人？」

「鳳五是這一代的冥雪宗傳人，可是他遇上了我，還須恭恭敬敬地尊稱我一句『師叔』！」那人傲然道。

第八章　一劍東來

此人不是別人，正是冥雪宗赫赫有名的人物——「一劍東來」鳳孤秦。

在上一代的冥雪宗子弟中，出了不少名揚天下的絕頂好手，除了「一劍東來」鳳孤秦之外，還有「雙劍合璧」鳳棲山，「三殺劍神」鳳不敗，「劍滅四方」鳳陽。他們無一不是身經百戰的高手，歷練江湖以來，幾乎從來不敗，可是就在他們聲名最盛之時，卻突然歸隱江湖，從此再無消息。

這是當時江湖中的三大謎團之一，誰也無法解答真正的謎底，誰又曾想到，當年曾經叱吒風雲的鳳孤秦，竟然混跡於王府之中做了一名廚子。

早在數十年前，冥雪宗的掌門正是鳳五之父鳳陽，他憑藉著極高的天賦，對冥雪宗武學加以創新，在短短十年之間造就出了如鳳孤秦、鳳棲山、鳳不敗等一大批劍術高手，其實力足可與「五閥」抗衡，但是鳳陽不僅智計過人，而且卓識遠見，深知鳳家隸屬於衛國四大家族，一旦風頭蓋過問天樓，就難免會有滅門之災，同時他也意識到在不久的將來天下必定大亂，與其展露鋒芒，倒不如韜光養晦，等待機會放手一搏，於是就出現了一大批冥雪宗高手突然消失於江湖之謎。

但鳳陽胸懷大志，當然不會一味地消極等待，而是採取主動出擊的方式，派出大批高手以另外的身分重新踏入江湖，鳳孤秦便是學了三年廚藝之後，由鳳五引見，重歸問天樓，數年之中不露半點鋒芒，使得無人識得這位精於烹飪的大廚竟是昔日殺人無數的「一劍東來」。

當韓信以一個無賴成爲雄霸一方的淮陰侯後，鳳陽明白，自己等待多年的機會終於來了，且不說韓信對鳳影的癡情，單是韓信身爲冥雪宗弟子的身分，就有利於鳳陽的幕後操縱，是以，他終於決定，全力襄助韓信爭霸天下。

於是，鳳孤秦受命行動，打探鳳影的下落，卻不料在無意之中，竟然識破了當世之中最大的一個秘密。

他本來有機會逃走，但終究還是放棄了。這只因爲他曾聽鳳陽評斷江湖大豪，說道：「紀空手敢與趙高、衛三公子這等絕頂高手一戰，且不落下風，並非說他的武功有多高，而此子行事，全用頭腦，諸君日後遇上，當避之，不可與之一戰！」他聽了過後甚不服氣，早存心要與紀空手一決高下。

一旦交手，他才明白鳳陽的評斷並沒有抬高紀空手，且不說紀空手一刀破了他的傘中劍，光是那份臨戰時的冷靜，鳳孤秦就自歎弗如。

然而此時再退，已然遲了，就在鳳孤秦欲退之際，他看到了紀空手手中的飛刀在一振之下，沿刀身竄出一道道五彩斑斕的電流，「嗞嗞……」作響，如火舌般吞吐不定，刀鋒所向，漫出一片無盡的殺機。

退不能退，那就只有一戰。

鳳孤秦本是一個孤傲之士，身處絕境，反而激發了他胸中的熊熊戰意，暗暗地提聚了一口真氣，全身的勁氣已蓄到了掌心之中。

時不待我，鳳孤秦已決心放手一搏，無論這一擊勝負如何，他都作好了全身而退的準備。

比起鳳影的下落來，紀空手真實的身分更為重要，鳳孤秦知道只要自己能夠將這個消息傳出去，就是天大的功勞，適才的那種爭強之心頓時淡了許多。

兩人的眼芒在不經意間一觸即分，雖然時間短暫，但殺人之心已昭然若揭，任誰都意識到了這一戰的兇險。

傘動，在飛速中旋動，形成了一個巨大的真空黑洞，那傘尖上的劍鋒發出一道道暗淡的光芒，仿如竄行於黑洞之間的隱星的軌跡，透出一股玄奧莫測的氣息。

平靜如鏡的魚池震盪出一道道細細的水紋，有始無終，不止不休，「嘩啦啦……」幾條尺長的大魚蹦出水面，濺起偌大的水花，好似地震前的預兆。

一滴水珠從空中落下，正好滴在了鳳孤秦的眉眼之間，他的眉鋒一跳，人、傘、劍渾然一體，以一種超乎常人想像的速度向前飛進。

紀空手雙指一併，指尖捏住刀鋒，竟然以刀柄向敵。

這一著顯然出乎了所有人的意料，鳳孤秦身在局中，更是驚詫莫名。

但紀空手要的就是鳳孤秦驚詫的這一瞬間，時間雖短促，但對紀空手這等一流的高手來說，已經足夠。

「呼……」他的刀已然脫手，以一種螺旋的方式迅速罩向鳳孤秦的退路，同一時間，他的指尖並攏，緊握成拳，如奔雷般擊向黑洞的中心。

拳帶勁風，所經之處，已響起隆隆風雷之聲，眼見距黑洞的邊沿不過三尺，但見拳頭一振，幻生出千百道拳影，鋪天蓋地掩殺而去。風動，雲動，風雲在這一刻聚散變幻。

鳳孤秦心中頓有一股說不出來的訝異，更有一種說不出來的驚駭，他已盡全力出擊，卻想不到紀空手只以一拳一刀，就斷了他的退路，甚至生路。

「呀……」他當然不甘心就此待斃，猛催勁力，手中的鐵傘猶如一架置身於颶風之中的風車，急劇旋轉不停，而劍鋒一閃一沒，對準那一拳迎擊而去。

「轟……」爆炸聲隆隆不絕，氣流亂撞中，沖向池水，激起數丈巨浪，鳳孤秦只感到胸口遭勁氣重重一擊，氣血為之翻湧，「噔噔噔……」連退了十數步。

紀空手身形一閃，暴喝道：「你受死吧！」整個人縱上半空，拖起一地風雲，飛撲而去。

「吾命休矣！」鳳孤秦周身氣血已然散亂，一時之間，根本無法提聚，只覺得一股濃濃的死亡氣息緊繞其身，已經沒有生還之念。

然而就在這時，「哇……」地一聲，紀空手人在半空，突然噴出一道烏血，整個人如斷線風箏般墜向地面。

這突出其來的變故頓時讓張良顏色驟變。

鳳孤秦絕處逢生，已經無法辨明真僞，失魂落魄之下，猛提一口真氣，向後飛退。

張良心知一旦讓鳳孤秦逃出漢王府，大漢軍就會在頃刻之間變成亂軍，其後果不堪設想，然而他苦於手無縛雞之力，只能眼睜睜地看著鳳孤秦向高牆掠去。

書到用時方恨少，對於武功來說，又何嘗不是如此。

但鳳孤秦只退了十數步，卻陡然停下。

因爲他突然看到高牆之上站立著一條人影，雙手背負，衣袂飄飄，抬頭仰望蒼穹，竟有一種仙者般的飄逸。

這條人影來得如此突然，讓鳳孤秦有一種不真實的感覺，但他並不覺得自己此刻置身幻境，因爲他已看到了來人手中的那柄三尺青鋒。

寒芒森森的三尺青鋒，仿如一道不可逾越的山樑，橫亙在這天地之間。

張良不由得鬆了一口大氣，他相信，龍賡的出現，將是鳳孤秦末日的來臨。

鳳孤秦禁不住退了一步，當他再度打量對手之時，卻見一雙明亮而深沈的眼睛正直視著自己，那如利刃般的眼芒已穿越虛空，直插入他內心的深處。

「冥雪宗門下，用劍的好手不少，你算得上是一位！」龍賡的聲音極冷，冷若寒冰，冷漠中透出一股王者的傲氣。

「你是誰？口氣不小，我的劍法是否高明，用不著你來評判！」鳳孤秦自知自己退了一步之後，氣勢上已落下風，是以口氣極硬，企圖扳回一點氣勢。

「你無需知道我是誰！你只要知道你是一個該死的人就已經足夠了！」龍賡淡淡一笑，並不理會鳳孤秦強硬的態度：「在這個世上，有三種人該死，第一種人就是在公輸般面前拉鋸弄斧者；第二種，就是在孔丘面前賣弄學問者，而這第三種人，就是在我面前使劍者，你很不幸，首先是你使的是劍，接著又遇上了我，所以，明年的此時，將是你的祭日！」

他的話還未說完，劍鋒已發出一道龍吟般的顫音，縈繞空中，久久不滅。其聲既起，其勢已顯鋒芒，當他說到最後一個字時，他的整個人和手中的劍渾如一個完美的整體，居高臨下，俯衝而來。

鳳孤秦一見龍賡出手，就知道對方的劍術幾達出神入化的地步，即使自己不受創在先，也絕不是此人的對手，不過，他自信自己在劍道上浸淫數十年，要堅持一炷香的功夫並非難事，只要等到有人出現，自己未必就沒有機會。

他打的算盤的確不錯，因爲他清楚在這漢王府中，許多護衛都是隸屬於問天樓的高手，一旦他們明白此劉邦已非彼劉邦時，縱然不能立馬反戈一擊，場面也勢必混亂，到那時，自己就可趁機逃走。

他的這個念頭剛從心中冒起，驀覺眼前的虛空一片空蕩蕩的，龍賡與他的劍不知在什麼時候消失得無影無蹤。

鳳孤秦的心中不由大駭，他的眼芒一直鎖定龍賡直逼而來的身形，眼睛連眨都未曾眨一下，對方的身影又怎能從自己的眼皮底下憑空消失？這簡直就像是一個神話。

他不由得又退一步，就只退了一步，他卻彷彿從天堂步入了地獄。

地獄？也許這是一段比地獄更可怕的空間，萬千魅影充斥其中，不斷地撕扯、裂變，整個空間暗黑一片，根本看不到絲毫的光線，讓人置身其中，猶如行屍走肉，感知上出現了短暫的痲木。

鳳孤秦頓感一股恐懼漫捲全身，正因爲他使劍，他才清楚在自己的頭頂之上正有一團密不透風的劍氣如天網般罩蓋下來，劍氣充滿了整個虛空，致使光線全無，彷彿掉入了深不可測的洞窟一般。

他出於本能地撐起了手中的鐵傘，卻聽得「喀喀……」連串響聲，重如山嶽的劍氣竟將精鋼所制的傘骨壓得彎曲變形，引得他的心速跳動出現了一絲間斷性的悸顫。

「呀……」極度的恐懼最終激起了他身體的全部潛能，如山洪爆發的勁氣直貫劍柄，人與劍渾成一體，沖天而起。

殺氣漫捲虛空，亂石與枯葉齊飛，兩條人影隱身於一個虛無的黑洞裡，只得金戈交擊之聲隱隱傳出，彷彿來自遙遠的天際。

高手決戰，只爭一瞬。就在張良還在驚詫莫名之時，他陡然看到這黯然冰封的空間破出一條缺口，一道耀眼如光的光柱仿如黑夜劃過的流星般乍現空中，光柱的邊沿上泛起一片淡淡的血紅，如殘虹般淒美，如花般生動……

一條人影如隕石般墜落，「砰……」地一聲，重重地摔在地上。

另一條人影穩穩地落在三丈之外，衣袂飄飄，無風自動，但他的臉上，卻有一種殺人之後的落寞。

一切喧囂俱滅，還於天地間的，依然是一片靜寂。

「鏘——」地一聲，龍賡還劍入鞘，踏前幾步，將紀空手扶起。

紀空手的臉上一片蒼白，嘴角還殘留著一絲血漬，眼見龍賡一臉焦急之色，微喘一口氣道：

「我……原不想對你說……那兩個字，但……若非是你，先生畢生的追求……，與我這數年來的努力，就……將毀於一旦，所……以，我……謝謝你……」

龍賡的眼中流露出一絲感動，搖了搖頭道：「只怪我來遲了一步！」

紀空手喘了口氣道：「這……不怪你，要……怪，就只能怪我……太自信了！」

龍賡明白紀空手想說什麼，正因爲紀空手過於自信，才會輕敵，但鳳孤秦絕非等閒之輩，內力之精深，在江湖上少有人及，是以，兩人交手時，鳳孤秦的內力反震回來，引發了紀空手原有的經脈之傷。

縱觀紀空手步入江湖的這幾年，憑藉著他超乎常人的智慧，他總是能夠在絕境中化險爲夷，身經數十戰而能不敗，但正是由於他一向順風順水，反而在他的身上種下了絕大的隱患。

他的舊疾來自於項羽的流雲道真氣，當年他身受心脈之傷，雖有補天石異力護體，又經洞殿奇石的療治，但終究未能將流雲道真氣悉數排除體外，以至於心脈之傷未能痊癒，隨後的幾年中，他一直奔走四方，根本沒有機會靜心調養，仗著補天石異力的神奇，才使得傷情不現惡化之勢，漸漸穩定下來。

然而子嬰墓前的一戰，拳聖驚人的拳勁滲入他的心脈之中，重新激發了留在他體內的那一絲流雲道真氣，使得他的心脈之傷有復發的跡象，再加上今夜鳳孤秦以內力反震，終使舊傷復發。

龍賡沒有說話，雙指搭在紀空手的脈搏之上，一臉肅然。

張良早已站在他的身後，滿懷關切之情，輕聲問道：「龍兄，公子的傷情如何？」

龍賡沒有馬上作答，只是將真氣貫入指尖，沿紀空手手上的經脈而入，直達心脈。

紀空手渾身一震，心知龍賡是想以內力強行壓制存在於自己體內的異力，這種療傷的方式不僅大耗龍賡的元神，而且治標不治本，終歸不是解決之道。

「龍……兄，萬……萬不可！」紀空手幾欲掙扎，卻感到龍賡的手指似有一股強大的磁力，緊緊地黏在自己的脈搏之上，一股暖融融的氣流以一種平和的方式推進，頓令自己渾身舒泰。

眼見紀空手的臉色漸漸紅潤起來，龍賡這才舒緩了一口長氣，回過頭來道：「公子暫時無事，只是再也不能與高手相搏，否則牽動舊疾，只怕性命有礙！」

紀空手萬沒想到自己的傷情竟會如此嚴重，想到日後不能妄動真氣，如同廢人一般，心中頓時沮喪到了極點。

龍賡淡淡一笑道：「塞翁失馬，焉知非福！以當今天下的形勢，公子單憑一個『智』字已足可爭得天下，又何必計較自己是否有武功呢？更何況，公子之傷，重在靜心調養，過個一年半載，或許能夠痊癒也未可知！」

他雖然說得委婉，但作爲一名武者，他能夠體會到紀空手此刻的心境，畢竟對於紀空手而言，從一個超一流的絕頂高手突然變成一個廢人，這種落差之大是任何人都不可能接受得了的，龍賡唯一能做的，就只有寬慰開導。

紀空手緩緩地抬起頭來，突然笑了起來，那笑中分明帶著一絲苦澀，也許正代表了他此時的心情：「我的確是有幾分失落，就因爲我曾經擁有過可以傲視天下的武功，所以一旦失去，心裡還真不是滋味。不過細想起來，我不過是淮陰城的一個無賴，只因機緣巧合，才讓我一步步走到了今天，想來也該知足了！」

「公子若能這麼想，我就放心了！」張良一直注意著紀空手的神情，生怕有所反常，聽了紀空手這一番話，懸著的心頓時放了下來。

「人生一世，禍福無常，得與失之間，未必就有定數！」紀空手緩緩而道，他的心性本就恬淡，對「名利」二字看得並非太重，心態漸漸平和下來，已然將自己的注意力重新回到了楚漢之爭的大事上來。

「西楚軍偷襲武關未成，當然不會就此罷休，退後數十里也許只是一個幌子，項羽的用意只怕還在寧秦！」紀空手武功一失，心腦變得愈發清醒，一句話點中了敵人的企圖所在。

張良與龍賡相望一眼，眼中閃過一絲驚喜，想到紀空手竟能在頃刻間調整好自己的心態，端的不失大家氣度，無不心生欽服之情。

紀空手緩緩而道：「我們此刻面臨的形勢十分嚴峻，除了要對付項羽之外，隨著鳳孤秦的出現，我們還要時刻提防內奸與暗敵，而勘探百葉廟一事也是迫在眉睫，這三件事情只要有一件處理不當，就可能導致功虧一簣，是以我們必須謹慎行事！」

「公子說得極是。」張良點點頭道：「寧秦有周勃的五萬大軍把守，以周勃的才能，相信寧秦不會有失，我所擔心的是這鳳孤秦既是冥雪宗弟子，必然與韓信有一定的瓜葛，他們此來咸陽的目的只怕是為了解救鳳影！」

「鳳影既是我們手中制約韓信的一枚棋子，我自然十分看重她！」紀空手淡淡而道：「不管這一次韓信是否親自前來，他都必將空手而回，因為無論他多麼聰明，都絕對想不到鳳影此刻已不在咸陽，亦不在南鄭，而是在一個他做夢也想不到的地方！」

他說得如此神秘，如此自信，就連張良與龍賡都被他的這一番話勾起了好奇之心，但他們深知紀空手言下無虛，又不喜別人刨根問底，是以兩人誰也沒有追問下去。

紀空手抬頭仰望蒼穹，眼中流露出一絲隱憂，低語道：「我現在最擔心的一個人，不是項羽，也不是韓信，而是范增，范增不死，西楚難滅，唯有殺掉范增，才算是去了我的一塊心病！」

他說話之時，臉上橫生一股不可抑制的殺意，就連張良和龍賡都忍不住打了一個寒噤。

◆

這幾個月來，范增的心頭也多了一塊心病。

不知從何時起，他的眼前總是晃動著卓小圓那豐滿誘人的倩影，更難以忘卻那一雙盈盈如秋水般的眼波，他自以爲自己已經是年過六旬的老人了，對男女之間的事情不再有什麼興趣，想不到每次當自己見到卓小圓的時候，依然感覺到自己的身體有一種生理上的勃動。

「這女人當真是天生的尤物！」范增一想到卓小圓胸前那兩團顫巍巍的肉峰，就忍不住直吞口水，在心裡這麼叫道。

范增無疑是當世少有的智者，還在少年時候，他就已是名揚楚國的學者，盛名之下歸隱山林，一隱就是數十年，直到老年才出山幫助項梁打拚天下，按理說他修身養性數十年，靜心功夫已修至極致，絕不會爲了一個女人而暈頭轉向，可偏偏就是這個卓小圓，卻成了他神魂顛倒，不能割捨的一個痛。

他此刻位居一人之下，萬人之上，被項羽尊稱爲「亞父」，應該算得上是權柄在握的大人物，在他的身邊，並不缺少各式各樣的女人，無論是姿色，還是風情，無一遜色於卓小圓，可是范增卻始終對卓小圓情有獨鍾，莫非這就是一段情孽。

卓小圓是項羽的女人，貴爲王妃，根本不是他范增能夠染指得了的，是以，他唯有將這段感情深埋於心中，然而愈是這樣，他愈是渴望有朝一日能一親芳澤，將這千嬌百媚的女人擁入懷中，男人豈非都是如此！

「得得……」范增的車駕在眾多護衛的簇擁下，行進在長街之上，此時已是兩更天時，長街上異常靜寂，是以這轔轔車聲顯得格外的刺耳。

他是從酒席上下來的，一接到項羽的密令，不敢有半點耽擱，就匆匆趕往項羽在這座小城中設立的大軍行營，一路上還猶自揣摩：「大王此時召見我，除了軍情之外，恐怕不會有別的事情，偷襲寧秦的軍隊已然集結完畢，再過三日就要出發了，他急急將老夫找去，難道情況又起了新的變化？」

他深知項羽此人性格乖戾，喜怒無常，自大秦滅亡，西楚建立以來，他愈發覺得項羽的脾氣大了許多，比起自己出山時的那兩年來，愈發不容易伺候，有幾次他都準備歸隱山林，拂袖而去，但想想憑自己的才情，卻要庸庸碌碌地度過此生，未免心有不甘，於是這才忍氣吞聲，盡心輔佐，希望能借項羽之勢留名青史。

他不喜歡去見項羽，但在他的內心深處，他又希望自己此行能夠見到卓小圓，這種矛盾的心理折磨了他一段時日，一想到這些，他就感到頭痛欲裂。

「相爺，請下車吧！」駕車的人叫項誠，是項羽身邊最忠實的流雲齋衛隊中的一個小頭目，范增與他見過幾面，是以並不陌生。

「大王身在何處？」范增撩開車簾，緩緩下來，順便觀望了一眼四周的動靜。

項羽的大軍行營設在小城一家富戶的宅院裡，規模宏大，佈置豪華，占地足有百畝之多，到處都是樓台亭榭，花園閣樓，細算下來，光是房屋已有百數，范增來過幾次，對出入的路徑至今還是一臉糊塗。

不過幸好有項誠帶路，穿過幾幢小院，行過一段長廊，到了一個依稀亮著幾處燈火的小院，項誠止步道：「相爺，大王就在院裡，請吧！」

范增眼見這一路過來戒備森嚴，遇上不下十批巡邏衛隊，正暗自歎服項羽在統軍治兵上很有一套，聽得項誠說話，微一點頭道：「有勞你了！」

他正要帶著自己那幾個親信隨從進去，項誠一臉肅然，伸手攔住道：「這裡乃是大王與虞妃下榻休息的別院，任何人未得傳召，擅自闖入，都將格殺勿論！」

范增的心裡不由跳了一下，擺了擺手，獨自一人步入院中。

這小院不大，卻十分別致，從一些花樹的佈置中可見主人的獨具匠心和雅趣，只是整個小院十分靜寂，讓人平生一種靜得發慌的感覺。

范增頓有一種失落感，此時夜深人靜，想來卓小圓已然安然入眠，自己想見她一面的願望終究還是落了空。

人到老了還這麼癡情，這一點連范增自己也覺得有些不可思議。想到這裡，他不由得失笑起來。

「誰？誰在外面？」一間透著朦朧燈光的房中突然傳出一個柔柔的聲音。

范增的心跳驟然加劇，略帶酒意的老臉變得通紅起來，因為這個聲音他曾在夢裡有過千百回的回味，除了卓小圓，還會有誰能讓他一聽聲音就能煥發青春的活力？

「在……在……在下范增……」范增似乎因為這個意外而顯得有些激動，舌頭都打了結，略定了定神才道：「受大王之命，深夜到此，如果因為微臣之故擾了虞妃清夢，還請虞妃恕罪！」

「啊！是先生來了，請稍待！」卓小圓的聲音中明顯帶著一絲驚喜，而她直叫「先生」，而不是像平時那般尊稱「亞父」，讓范增好不容易平靜的心裡又起了一絲漣漪。

他早已不再是一個年青人了，也早過了自作多情的年齡，他自問自己在二十年前，也是一個英俊瀟灑、風流倜儻的名士，可如今，他只能以老朽自居，但不知為什麼，他每次見到卓小圓時，總能從對方的眼睛裡看到異樣的色彩，更能從卓小圓的眸子深處讀到豐富的感情。

「她難道愛上了我這個老朽之人嗎？」范增這麼想道，也正是有了這種想法，使得自己竟不知不覺地陷入了一場不該發生的遊戲之中。

他靜靜地站在窗外不遠處的一株古樹之下，耐心地等待了一會兒，突然聽到房裡隱約傳來一陣「嘩嘩」的水聲。

范增的心裡一動，陡然明白了卓小圓遲遲沒有出來相迎的原因，敢情她此刻正在房中焚香沐浴。

他的鼻子已聞到了一股淡淡的清香，香氣清雅脫俗，猶如處子幽香，他的心神為之一蕩。

他情不自禁地向前挪移了幾步，卻又倏然停下，畢竟房中的女人是項羽最心愛的寵妃，他不得不有所顧忌，一旦有人發現自己偷窺的行徑，那麼自己這張老臉就無地自容了。

理智使他停下了腳步，但他的心裡陡然生起一股莫名的騷動，渾身感到一種不可抑制的躁熱，當他的耳中聽到房裡傳出不斷撩撥他的水響之音時，他禁不住在心裡勸著自己：「此時已是夜深人靜，看看又有何妨？」

這個念頭乍一出現在了他的心頭，他的腦海裡頓時顯現一幕綺麗香豔的幻境：一道薄薄的青紗之後，美人睡臥浴盆之中，霧氣彌漫，朦朧可見美人半露水面的身影……

「咕……」范增吞了一大口口水，只覺得口乾舌躁，渾身有一種說不出來的不自在，他做賊似的向四周觀望了一陣，終於躡手躡腳地向窗前潛去。

當他探頭起來，順著窗櫺中一道縫隙窺視時，只覺胯下一熱，陽物堅挺至極，達到了這十餘年來從未達到的硬度。

他怎麼也沒有想到，面對窗口的卓小圓竟然是新浴出來，渾身上下不著一縷，他更沒有想到，赤身裸體的卓小圓會是這般的美麗，成熟的胴體充滿著一股誘人的肉慾之美……

這的確是一個天生的尤物！

該凸的凸，該凹的凹，整個身段帶著一種迷人曲線，盡現女人獨有的嫵媚與風情，她新浴的小臉透著淡淡的紅，未描的眉眼泛出盈盈秋波，一顰一笑，盡顯大自然般的清新，一舉一動，渾身流瀉著說不盡的風流……

最撩人的是順著她那嫩滑潔白的頸項，便看到了那一雙豐滿傲立的雙峰，那小小的乳頭之上泛出胭脂般的紅暈，如血般勾起每一個男人心中的獸慾，而那平滑的小腹上，被她的小手半遮半露，芳草隱現，紅杏淺露……

范增連連吞了幾大口口水，驀然間竟起了一種獸性的衝動，彷佛自己一下子回到血氣方剛的少年時代，就在他正準備推窗而入時，猛然間，他看到窗戶邊的牆壁上竟多出了一條人影。

他這一驚非同小可，頭腦一下子清醒過來，只感到自己的背上飛瀉著一股驚人的殺氣，其勢之強，足可以在頃刻間將自己毀滅。

擁有這種霸殺之氣者，普天之下，絕不會超過三個人，項羽正是其中之一。

范增當然明白這一點，是以，他只覺得自己的心如一塊沈石般墜落，直到無底的深淵，剛才如火般的情慾早已拋到了九霄雲外，取而代之的，是一股徹寒的冰涼。

「撲通……」范增不敢回頭，卻跪了下來，牙齒打著顫兒道：「大……大……大王，微……微……微臣罪該……該……萬死……」

項羽的臉上已是一片鐵青，額頭上的青筋突起，顯見是憤怒到了極點，他怎麼也沒有想到，自己剛從軍營中巡視回來，竟然看見自己最敬重的謀臣在偷窺自己的愛妃。

就算是尋常百姓，遇上了這種事也絕無容人之量，何況是叱吒風雲的西楚霸王，項羽沒有說話，但他的大手已經緩緩地伸向了腰間的劍柄……

外面的動靜驚動了卓小圓，她驚呼一聲，穿上衣裳匆匆出來，一見項羽，「哇……」地一聲哭了出來，鑽進項羽的懷中。

這無異是火上澆油，項羽「鏘……」地一聲，長劍一出，直抵范增背心。

范增只感到一股森寒的劍氣如萬千針芒般刺入自己的肌膚之中，如山般的壓力壓得自己幾乎喘不過氣來，他心裡明白，只要項羽一催內力，自己今夜斷無生還之理。

然而強烈的求生願望又讓他不甘心這麼死去，他雖然不知道今夜究竟發生了什麼事情，但他卻已經意識到，自己似乎掉入了一個別人已然設計好的陷阱之中。

他料算得不錯，他的確是掉了別人事先設計好的陷阱之中，而這個陷阱的佈局者，就是他日思夜想的卓小圓。

這是一個精心設計的計劃，它的成功就在於抓住了大多數男人喜歡自作多情的心理，從而一步步陷入死局。

幻狐門最擅長的一門絕技，就是「眉目傳情」，是以當紀空手以劉邦名義向卓小圓傳來秘信之後，卓小圓考慮再三，決定向范增實施「美人計」，以達到自己借刀殺人的目的。

對一個年逾六十的男人施以色誘，這難度端的不小，但卓小圓卻十分自信，她自入幻狐門後，就抱定一個宗旨，「但凡男女都有七情六欲，只要對症下藥，投其所好，縱是柳下惠這樣的君子，也必是我卓小圓的裙下之臣」！

她只用了短短數月的時間，就以自己獨特的「情挑」撩撥得范增想入非非，爲了整個計劃能夠得以順利實施，她又不惜以色相將項誠收爲己用，當這一切準備就諸之後，她的行動便開始了。

——首先，她算準了項羽一天的行程，然後讓項誠以項羽的名義請范增進入別院。

——當范增一到，她馬上焚香沐浴。范增色心既動，就難免生出偷窺之心，做出一些出格的舉動。

——一旦讓項羽撞上，以他的稟性，絕不容許另一個男人冒犯他最心愛的女人，即使是用目光，他也認爲是一種不可饒恕的褻瀆。

但是，這個計劃看似完美得無懈可擊，其實還有一個致命的漏洞。卓小圓擔心即使自己的「情挑」已使范增心猿意馬，但以范增的老成持重和靜心功夫，未必就能讓范增完全喪失理智，所幸的是，她幻狐門中有一種秘傳的催情藥香，名喚「洞房花燭」，無色無味，融入檀香之中，可以讓人在不知不覺中著了道兒，最是厲害不過，饒是范增這等聰明之人，最終也難逃此劫。

這麼說來，范增豈非死定了？

卓小圓知道范增在項羽心中的地位，也了解范增與項家的淵源，殺不殺范增，其實就在項羽一念之間，但卓小圓無疑是一個聰明的女人，深知「此時無聲勝有聲」，用任何語言都不如自己的哭更能撩撥項羽的殺心，所以，她這一哭，頓時將自己扮成一個無辜的弱者，反而置身事外，坐收漁翁之利。

看著背跪請罪的范增，項羽雖然已經拔劍，卻遲遲沒有落下，這絕非是他心懷仁慈，換作另一個人，他早就一劍殺了，獨獨是這個范增，由不得他不三思而行。

當年起事之初，萬事艱難，項羽之叔項梁帶著項羽數度登門，請求范增出山襄助，范增都婉言相辭，直到最後一次在范府的草堂之中，項梁再三懇請，范增才實言相告：「老夫少年成名，卻一直歸隱鄉里，其實就是爲了等待一個機會，如今暴秦將亡，諸侯並起，正是英雄建功立業的亂世，老夫早已有心出山。然而，良禽擇木而棲，老夫亦想投身明主，盡心報效，留名青史，善終一生，今觀你叔侄二人面相，恕我直言，都非有海納百川之度量，萬一日後老夫有何過錯，未必就能善始善終，與其如此，老夫不如留在這草堂之中，了此殘生豈不更好！」

項梁求賢若渴，又深知范增的才情之高，是一個不可多得的善謀之臣，當即跪下道：「先生有此顧忌，乃人之常情，今日我項梁對天發誓，先生若能爲我所用，今生今世，絕不傷先生一根汗毛！」

當年項羽在場，這些話到了今時今日，還歷歷在耳，猶似發生在昨天一般，更讓項羽不忍下手的是，這些年來，西楚軍南征北戰，打了不少大戰惡戰，卻從來不敗，這其中無一不是范增一人在幕後精心策劃，嘔心瀝血，盡心盡職，可謂是項羽最爲器重的左臂右膀，倘若自己因爲一個女人而殺之，天下人又將如何看待自己？

項羽的劍猶自在手，但他的劍氣已不如先前那般咄咄逼人，范增是何等樣人，驟見生機再現，頓時痛哭流涕道：「微臣一生謹慎，自重名節，想不到人到老了，反而做出這等禽獸不如的事情，真是罪該萬死，但還請大王看在微臣追隨項公與大王以來一直忠心耿耿、盡心盡職的份上，劍下留情！」

他只認罪，卻不辯白，卓小圓初時還有幾分擔心自己的陰謀暴露，細想之下，頓時明白了范增的用心。

男女間的太多事情，本就是說不清、道不明的，此刻項羽正在氣頭之上，倘若范增辯白，只能是火上添油，弄不好反倒引來殺身之禍，范增聰明一世，當然不會在這一點上犯糊塗。

卓小圓機關算盡，想的就是借刀殺人，當然不想就此罷休，但范增的老謀深算和應變之快出乎了她的意料，倉促之間，一時也想不到應對之法。

項羽聽著范增略帶哭聲的嗓音，看到的又是滿頭白髮，心中不由一軟，冷然道：「本王的確是想一劍殺了你，冒犯本王的愛妃，比冒犯本王更甚，要是天下人知道本王連自己的女人都保護不好，又將用什麼樣的眼光來看待本王呢？」

范增連連叩頭，一臉慚愧之色道：「是微臣爲老不尊，以致於讓大王蒙恥！」

「你知道就好！」項羽冷哼一聲道：「不過念在你這些年來的功勞，本王也不是無情之人，何況當年還有叔父對你的承諾，本王就免你一死！」

「謝大王恩典！微臣只有將功補過，盡心爲大王效命才可以報答大王的不殺之恩！」范增乍聞生機，連聲道謝，整個人彷彿舒緩了一口氣，緊繃的神經頓時鬆弛下來。

「不過……」項羽的聲音極冷，話鋒一轉，令范增才放下的心又懸了起來：「本王已不想再見到你，三日之內，限你離開此地，否則，別怪本王不念舊情！」

范增只覺頭腦一暈，差點昏了過去。

他少年歸隱，數十年來就等著一個能夠留名青史的機會，如今暴秦已滅，西楚立國，眼見自己數年的努力終於可以得到一些回報的時候，卻因爲一個女人，而誤了自己一生的名節，這不僅讓他感到慚愧，更感到痛心。

他緩緩地回過頭來，看著項羽如黑洞般的眼睛，明白自己大勢已去，想到自己曾經是那麼的風光無限，如今卻像一隻落水狗般可憐，他已欲哭無淚。

當卓小圓的螓首微抬之時，兩人的目光在刹那間交錯，范增的心陡然一沈，多出了幾分莫名的苦澀。

因爲，他所看到卓小圓的眼神之中，不是同情，也不是憐憫，而是一種蔑視。

這種蔑視的眼神如利刃般刺入他的心中，他甚至感覺到自己的心在滴血。

◆

范增被逐的消息以最快的速度傳到了紀空手的耳中，紀空手坐在小樓上的欄桿前，仰望著藍天上的朵朵白雲，輕輕地說了一句：「項羽自斷其臂，可見天要滅楚！」

龍賡微微一笑道：「公子兵不血刃，只用一封書函就廢了范增，這一著棋可謂是妙不可言，看來劉邦早就預見會有今天，是以，精心埋下伏筆，但他千算萬算，最終還是爲公子做嫁衣！」

紀空手淡淡而道：「單憑一個卓小圓，只怕還沒有這個能耐，你如果細想一下，就應該明白以項羽的行事作風，又怎會爲了一個女人而驅逐自己的倚重謀臣，何況此時大戰在即，正是用人之際，項羽豈能不知其中的得失利害！」

龍賡不由一怔，顯然沒有將問題看得如此之深，道：「但是不管怎麼說，范增的確是因爲卓小圓的緣故才被驅逐的，這可是無可辯駁的事實！」

「這一點不錯！」紀空手的臉色依然還有幾分蒼白，顯見心脈之傷未癒，身體還有幾分虛弱，「但卓小圓一事只是一條導火線，真正讓項羽下決心驅逐范增的，是流傳於楚地的一些謠言！」

「謠言？謠言止於智者，項羽縱算不是智者，也不會因一些空穴來風的事情而自斷其臂吧？」龍賡雖然與項羽從未謀面，但他深信，一個身爲五閥閥主之一又是數十萬大軍統帥之人，絕非尋常人物可比。

「有些謠言的確止於智者，但有些謠言只要你能對症下藥，就連智者也會信以為真！」紀空手笑了一笑，道：「子房，是不是？」

張良緩緩地站了起來道：「是的！的確如此！只不過要造這種謠言，通常都要付出不菲的代價！」

第九章　黃金死士

龍賡這才明白范增驅逐一事的背後，竟然還有張良在精心謀劃。

「你付出了什麼代價？」紀空手問道。

「我用了二十萬兩黃金，買通了項羽身邊的三個近臣，又花五萬兩黃金，買通了楚國境內的近萬名孩童，最後還犧牲了七名死士，最終得到了一個這樣的結果！」張良像是一個賬房先生，一五一十地報著數目，只是說到那七名死士之時，神情頓時黯然起來。

紀空手道：「你爲什麼要這樣做？」

張良道：「我花五萬黃金是要這些孩童替我傳一句話，就說『范增曾道：他上知天文，下知地理，更閱人無數，可斷今日之天下，姓劉不姓項』！」

「他真的這麼說過嗎？」紀空手微笑而道。

「他當然沒有說過，所以才叫謠言！」張良道：「但是說的人多了，誰還相信這是謠言呢？有時候連我自己也以爲范增的確說過這句話！」

「但是你卻花了二十萬兩黃金買通項羽身邊的三個近臣，其用意何在？」紀空手看了龍賡一眼，問道。

「謠言流傳於市井，時間一長，也就失去了它的效用，唯有讓項羽親自聽到這些謠言，它才可以真正做到物有所値！」張良不緊不慢地道。

「我明白了！」紀空手一拍手道：「可是我想不通的是，這句話真的能管用嗎？」

張良淡淡笑道：「爲了造這麼一句謠言，足足耗費了我半月的時間，誠如剛才龍兄說過的一句話，項羽縱不是智者，也是一個非常聰明之人，要想讓他相信，談何容易？所以要造出一句有水平的謠言，的確讓我費盡了一番周折！」

紅顏站在紀空手的身邊，「噗哧」一笑道：「謠言不就是瞎話嗎？論起說瞎話的本事，我們紀大少爺絕不謙虛！」

眾人爲之一笑，張良道：「小公主說笑了，此事關係到楚漢爭霸的最終走勢，子房豈敢視同兒戲，謠言雖然只有一句，但是既要合乎范增的稟性與口氣，又要讓項羽心生疑惑，端的難煞人也。左思右想，最後才確定用這句話！」

紅顏樂道：「這倒要請教子房了！」

張良道：「范增少年成名，一向以名士自居，以後又歸隱山林數十年，難免養成孤傲自負的性情，從他的口中說出這樣的一句話來，殊屬正常，別人未必就不相信。而以項羽的稟性，以及他與范增之間的關係，他絕不相信范增會造反或謀逆，他所擔心的，倒是范增另擇明主，助漢滅楚，因爲他深知名士本性，重名未必重利，但求死後留名青史，不求今生良田萬頃，有了這樣兩點，就不愁項羽以假當真，從此對范增心生芥蒂！」

紀空手道：「既然如此，何以又賠上了七條性命？」

張良肅然道：「我也不想這樣，但是憑一句謠言就能廢掉范增，公子未免也太小看項羽了。於是我派出死士，僞造書函，扮成與范增聯絡的奸細，故意暴露行蹤，讓西楚軍士擒獲，這樣做看上去委實不太高明，但卻可以一點點地加重項羽的疑心，當卓小圓一事發生之時，項羽理所當然就到了忍無可忍的地步！」

紀空手看著窗外漸呈金黃的秋葉，眉間緊鎖，輕輕地歎息了一聲道：「那七名死士只怕已是屍骨無存了吧！」

張良心情沈重地點了點頭，道：「壯士一去兮不復還，死者逝矣，唯有厚恤活著的人，才能表示對死者的敬意，我已撥出七千兩黃金，七千畝良田，妥善安置了死者家屬！」

「你辦得好！」紀空手的眼神裡透出一股森然的殺氣，緩緩而道：「我們絕不能讓死者在九泉之下流淚，更不能讓范增的命活得如此富貴，二十萬兩黃金，七條人命，這樣大的代價，只有讓范增的頭顱來償還！」

「這一點也是我當時未能料到的。」張良頗有幾分自責道：「我原想，以項羽歷來的行事作風，又在氣頭之上，他是必殺范增無疑，但項羽這一次不僅不殺范增，而且活罪也免了，只是驅逐了事，這委實讓人費解！」

「范增活著一天，對我大漢就多一天的威脅！」紀空手沈吟片刻，猛然回頭道：「項羽既下不了這個手，看來只有我們代勞了！」

龍賡神色一凜，雙手抱拳道：「就讓我親自走一趟吧！」

紀空手與張良相望一眼，同時笑了起來：「有龍兄出手，看來范增必死無疑了！」

他們的臉色顯得十分輕鬆，這種輕鬆的情緒源自他們對龍賡的信任，此時的龍賡，劍術之高，已可排在天下前五之列，試問一個名士范增，又憑什麼與之抗衡？

但紅顏的神情卻顯得肅然，對龍賡叮囑道：「范增此行不乏高手相隨，但以龍兄的劍法，這些人未必是對手，雖無人看到過范增此人會武，但龍兄最好要多多留心爲妙！」

龍賡深知紅顏不喜多言，話一出口，必然有其深意，當下感激地道：「多謝小公主提醒，龍某謹記在心！」

他回頭看了紀空手一眼道：「我這一去，公子內傷未癒，須得在王府內加強戒備，以防鳳孤秦的事件再度重演！」

他這絕不是一句多餘的話，事實上自鳳孤秦事件發生之後，紀空手就料算到了鳳孤秦的同黨絕不會就此罷休，一定會還有動作，但一連過去了十幾天，漢王府中竟顯得風平浪靜，這未免也太過反常了些！

但紀空手知道，任何反常的背後，都孕育著陰謀的產生，暫時的平靜往往預示著更大風浪的襲擊。

「你放心！」紀空手並未有如臨大敵般的緊張，反而顯得胸有成竹地道：「就算再來十個鳳孤秦，我也不懼，因爲，除了紅顏之外，還有呂雉，有了這樣兩個女人，我完全可以高枕無憂了！」

龍賡不禁啞然失笑，他的確忘了紅顏，忘了呂雉，這兩人一個是知音亭的小公主，一個是聽香榭的當今閥主，名頭之響，猶在自己之上，而她們的武功之高，也未必在自己之下，自己的擔心的確顯得有點多餘了。

他大步而出，隨風而去，一路捲起無數黃葉，如蝴蝶般在他的眼前翻飛，望著這美麗的秋景，不知爲什麼，他的心中突然「格登」一下，似乎憑生一股莫名的愁情。

◆

秋風秋雨愁煞人。秋天，是一個多愁善感的季節，如深閨中的怨婦般讓人琢磨不透。

早晨起來還是一個多霧的天氣，到了午時三刻，天空中竟飄起了牛毛細雨，簷角傳來「嘀嗒」之聲，如佳人的眼淚讓人心懷惆悵。

陳平與張良站立在紀空手的身邊，在一張書案上，平鋪著一張標示著許多曲線與文字的地圖。

「這就是呂不韋所建百葉廟的平面圖，從圖上來看，整個建築佈局合理，設計精巧，並無出奇之處，但是此廟築在驪山北端，地勢險峻，沿千步梯而上，直達峰頂，作爲宗族祭祀之用未免小題大做，也不利於宗族子弟行走，這是第一個疑點；第二個疑點是距百葉廟不過數百步，有一個水瀑，水量充足，常年不涸，但水流並未成溪成河，反而流經百葉廟並形成一個深水潭，不溢不涸，可見地下另有暗河，有了這兩個疑點，我基本上可以斷定，在百葉廟下的確另有玄機！」陳平顯得非常自信，一講到土木勘查，天下間能夠勝過他的人，實在不多，是以紀空手與張良頓時興奮起來。

「即使廟裡另有玄機，找不到開啓的機關也是枉然！」紀空手興奮歸興奮，但在沒有看到那四百萬兩黃金之前，他還不至於得意忘形。

張良已經去了百葉廟遺址，知道那裡已是一片殘垣斷牆，到處是煙燻火燒的痕跡，是以對紀空手的話深有同感，不過他素知陳平深諳土木機關之術，便將一腔期望全部放在了陳平身上。

陳平沈思了片刻，道：「要找到開啓的機關並不難，而且我也已經找到了，不過，如果我的判斷無誤，這機關已經失靈，有等於無，我們要想進入地下，恐怕還得另想辦法！」

紀、張二人先喜後憂，看著陳平一臉的嚴肅勁，他們已然知道也許唯一辦法就只有集中人力，將驪山北峰夷爲平地，或許可以找到那四百萬兩黃金。

這個辦法雖笨，也未必不可實施，徵集數萬民工，花上十年時間，終有一天可以找到寶藏，但紀空手未經考慮就一口否定，因爲他心裡明白，時間不等人，楚漢大戰在即，他要用這四百萬兩黃金救急。

「坐在這裡看圖，還不如我們都去實地看看，說不定靈感一來，想出妙策也未可知！」紀空手深知此事事關重大，不敢耽擱，當下與陳平、張良一道，率領數百名貼身侍衛趕往驪山。

數百鐵騎冒雨而行，不過半個時辰的功夫，便趕到了驪山北峰腳下，紀空手抬眼望去，只見北峰足有千仞之高，古木森森，黃葉滿地，有一種說不出的奇險。由山腳至峰頂，更有一條青龍蜿蜒盤旋，時隱時現，正是用大塊青石鋪築的千步梯。

「且不說這百葉廟修得如此奇險，單是這千步梯，恐怕也得花上數十萬銀錢，無數人力。看來風傳呂不韋富可敵國，竟然不是虛吹！」紀空手冷然一笑，面對這宏偉的建築，心裡有一股說不出的滋味。

「暴秦之所滅亡，其根源就在於富的富死，窮的窮死，百姓活不下去，當然就只有起來造反，所以有智者言，打天下易，治天下難，看來不無道理！」張良也情不自禁地感慨道。

紀空手苦笑一聲道：「其實說到打天下，這位智者的話未免有失偏頗。且不用引經據典，單看我們如今，內外交困，險象環生，打天下又何嘗容易，一旦楚漢交戰，還不知要死多少將士，多少百姓，所以這句話只能這樣說——『打天下難，治天下更難』，要想開創一個亙古未有的盛世尤其難啊！」

三人同行，拾級而上，數百名親衛相隔十數步，緊緊跟隨，綿綿細雨如絲如織，飄然落下，近看是雨，遠看成霧，恰有一種詩一般的意境。

上了五百步梯，便是半山亭，亭子修得精巧美奐，三五株青竹，七八簇花卉，點綴得古亭平添一股雅趣。

「人要是有錢，想俗都不行。光造這麼一亭子，別說錢，就是這份匠心，都了不得！」張良讀著亭柱上的一幅對聯，輕歎一聲道。

紀空手站在亭中，望著滿山古木，淡淡而道：「你這話說得對，『雅俗』二字，其實正是有錢人用出來的，人若是沒錢，吃飯穿衣，談什麼雅，談什麼俗，塡飽肚子蓋住屁股才是正事。記得我在淮陰之時，一連餓了三天肚子，實在沒轍了，就去偷了人家的一條褲子，換了兩個窩頭吃，沒有人想做賊，只是逼急了，想不做賊都不行！」

張良望著紀空手頗顯激動的臉色，心中一動，尋思道：「他能以智計聞名天下，也許並非是因爲他天賦奇高，天生的絕頂聰明，而是因他自幼生活在沒有溫飽的環境裡，爲了生存下去，逼得自己激發潛能罷了！」

他所想的一點不錯，沒有人天生下來就絕頂聰明，也沒有人天生下來就注定是大富大貴，很多認識紀空手的人，都認爲他的運氣實在不錯，但沒有人天生下來就運氣不錯，運氣的好壞，其實取決於個人的努力，如果紀空手不是自幼孤苦，出身市井，他也不可能走到今天這一步。

陳平聽著紀空手說話，突然笑了起來：「我們現在算不算是賊啊？」

「當然不算！」紀空手也笑了：「黃金還沒到手，我們當然不算賊，就算是，也應該是俠盜，劫富濟貧的俠盜！」

「盜與賊難道還有什麼不同嗎？」陳平畢竟是富家子弟，對市井俗事了解不深，是以問道。

「所謂小賊，是指幹那小偷小摸，偷雞摸狗之事的人，根本上不了台面；而盜者，專幹大買賣，出入王侯府地，進出官宦之家，所下手的對象，非富即貴，而像我們這種一出手就是四百萬兩黃金的人，應該算是大盜，巨盜，普天之下獨此一家，別無分號！」紀空手嘻嘻一笑道。

張良不禁莞爾，打趣道：「其實照我來看，公子乃是古往今來的第一大盜，四百萬兩黃金固然讓人眼花繚亂，又怎能比得公子從劉邦手中奪得這天下呢？」

三人無不大笑起來，笑聲之響，竟引來陣陣回音，激蕩山谷。

再上三百梯，所經地段，竟是從岩石之中開鑿出來的路徑，長約百米，寬卻僅容兩人並肩而行，石梯兩邊全是高達丈餘的石壁，石壁上全是泛綠的青苔，在雨水的洗刷之下，滲出一種陰森森的感覺。

紀空手的心陡然一跳，似乎有一種不祥的徵兆生起。

他說不清楚這是怎麼回事，也不明白自己何以會有這樣的感覺產生，他只知道，這是一種非常真實的感覺，就像是一匹野狼總是能夠嗅到危機一樣，來自於人的本能。

他戛然止步，眼芒掠過兩邊石壁後的草木，茂密的枝葉如巨傘般撐在山石之上，仿如一頭臥伏的巨獸意欲吞噬這天地間的一切。

心脈之傷復發，若非呂雉的聽香榭一向以藥石見長，又精心調理了一段時間，紀空手也許至今還臥床不起。但紀空手體內的補天石異力來自於天地靈氣，取自然之道，合天地玄理，只要生機一日不滅，就絲毫不妨礙它的運轉，是以，他依然保持著高手應有的高度敏銳，對任何危險都有一種不可思議的預判能力。

他唯一顧忌的，是與高手的交戰，一旦再有強勁的外力襲入他的經脈之中，就很有可能導致他的心脈斷裂，生機盡滅，到那時，便是神仙也難救了。

當補天石異力運轉一個周天時，紀空手的耳目開始擴張開來，十數丈內的一切動靜盡在他的掌握之中。

時間一點一點地過去，足足有一炷香的功夫。紀空手負手而立，一動不動，就好像天地混沌初開時他就在這千步梯上，與剛才那談天說笑的嬉戲態度判若兩人。

一動一靜，在動靜轉換中顯得如此自然，如此和諧，不顯一絲轉換的痕跡，單從這一點看，紀空手的確是領悟到了武道真諦。

他如孤松般站立於眾人之前，靜得如此徹底，是因爲他需要心靜，只有心靜，他才可以用耳目去尋察潛在危機的來源。

然而，他失望了，他看到的是群山、細雨，聽到是風聲、雨聲……一切都顯得那麼平靜自然，就彷彿他剛才所產生的直覺，只是一種虛無的東西，好似從來就沒有存在過一般。

「公子……」張良不明白究竟發生了什麼事情，剛想輕聲問上一句，卻見紀空手的臉色變得十分嚴峻。

「傳令下去，隊伍分成三列，分批向上攀行。每列隊伍間距在五十步，同時要求每一個人箭上弦，刀出鞘，隨時作好戰鬥準備！」紀空手緩緩地下達著自己的命令，音調不高，卻帶著一種高高在上的威儀，讓人根本無法違背。

他相信自己，更相信自己的直覺。雖然他始終沒有發現任何的異常，卻堅信自己的直覺並沒有錯，出現這種情況，只能說明對手的武功極高，更善於隱蔽。

紀空手沒有猶豫，一人當先而行。

走出三五十步後，並沒有出現他所預料的驚變。

「難道真是我的直覺發生了錯誤？」這一下，連紀空手也開始懷疑起自己的判斷。

然而，就在他開始懷疑自己的一剎那，一陣古怪的聲音陡然響起。

這聲音由小到大，由遠及近，從高至低，初時如急急的鼓點，彷彿還在遙遠的天際，只不過一瞬間，其聲已大若風雷，彷彿就在耳邊，更讓紀空手感到心驚的是，伴著這聲音而來的，是自己所站的石梯竟然震動不已，有一種地動山搖的感覺。

地震？這是紀空手出於本能產生的第一個念頭。

但在剎那間，他靈光一現，想到了一個遠比地震更可怕的可能！

「快閃，閃到兩邊！」紀空手暴喝一聲，聲若驚雷，更帶著從未有過的驚悸。

第十章　無畏之戰

楓葉店一到秋天，總是可以吸引到不少人氣，因為，秋天到了，楓葉自然也就紅了。

楓葉店以楓葉為名，顧名思議，這個地方的紅楓實是太多了，是以才會以楓葉為名。

楓葉店的紅楓多是多，但究竟有多少，卻沒有人知道確切的數目，不過，到過楓葉店的人都明白，那裡的紅楓多如海，放眼望去，方圓百里全是赤紅。

所以楓葉店的人喜歡紅，不僅愛穿紅衣紅裙，就連門面樓壁都刷上了厚厚一層紅漆，鎮上最大的酒樓——五湖居裡賣的酒，取個名兒也叫「胭脂紅」！

「胭脂紅」是五湖居獨門秘方釀製的，入口清醇，酒味悠長，算得上是酒中極品，是以賣價不菲。據說一壺「胭脂紅」的價錢，不比整治一桌上好的菜肴便宜，因此，能夠光顧五湖居的客人，非富即貴，走卒小販之輩只能望門興歎了。

不過，凡事沒有絕對，對五湖居老闆王二麻子來說，至少今天是一個例外。

今天是五月二十八，曆書上云：諸事不宜！

所以王二麻子一大早起來，就召齊自己店中的大廚夥計，千叮嚀、萬囑咐，其實歸總起來就是一句話：忍氣避禍！

這是每一個開鋪做生意的人都信奉的一句名言，換一種說法，就叫和氣生財，王二麻子給店取名爲「五湖居」，而他臉上的招牌就是笑，有人開玩笑說：「你就是當著王二麻子的面罵娘，他也絕不會說個不好！」

這話雖然有些誇張，但卻說明王二麻子的脾氣的確是好。不過，此時此刻，他看著樓上的幾個客人，心裡卻一點也順暢不起來。

這幾個客人並不是一路的，前前後後共有三批人。第一批只是一個人，穿著講究，氣派非常，二十來歲年紀，長相算是在男人中拔尖的，他一落坐，就將腰間的長劍擱在桌上，顯得異常醒目。王二麻子以爲這是一個大主顧，誰曾想他只叫了一盤「相思豆」，喝著免費的清茶，從午前一直坐到現在，幾個時辰都未挪動位置。

「相思豆」的名兒好聽，其實就是炒黃豆與炒碗豆拼成一盤，總共只值一個大錢，這也難怪王二麻子看不順眼。

第二批人則是一對中年夫婦，點了幾個「五湖居」特有的招牌菜，又要了一壺上好的「胭脂紅」，看來是一對捨得花錢的主兒，可是王二麻子還是瞧著覺得彆扭。

這倒不是王二麻子的眼光太挑剔了，實在是這一對夫婦搭配得太不般配了。女的穿著妖嬈，模樣俊俏，兩條細細的柳葉眉微張，眉梢淡垂，顧盼間自有一股風流韻態，就連王二麻子這樣五六十的老漢，見了這風騷勁兒，也忍不住胡思亂想一番，可見這半老徐娘端的算得上是漂亮，再看這男的，個子矮瘦，五官像是挪了位似的，與「勻稱」二字毫不沾邊，一條不深長的刀疤自臉上橫斜而過，更顯得猙獰可怕，不敢恭維。兩人站在一起，正應了一句老話——「一朵鮮花插在牛糞上」！

這第三批共有五人，有老有少，有俊有醜，一來就叫了一桌子好菜，有山珍海味，有奇禽猛獸，讓廚子忙活了好一陣子，可是王二麻子偏偏高興不起來，這只因爲這些人身上都帶著兵器，橫眉怒眼的，還不知給不給錢呢。

想到這裡，王二麻子就站在櫃檯裡面唉聲歎氣，恰在這時，門口傳來夥計的招呼聲：「有客來了，樓上請！」

這一撥人只有三位，其中一位正是本鎮首富范鋒，范鋒此人年不過四旬，原先不過是小商販出身，後來闖蕩江湖，一去十年，回到楓葉店就成了大戶人家。誰也不知道他這十年究竟做了些什麼勾當，也沒有人知道他的發跡史，更沒有人知道他家裡的金銀多如山，雖說如此，卻沒有黑道上的朋友打他的主意。

王二麻子萬沒想到，以范鋒的權勢地位，竟然會對同行的兩個客人點頭哈腰，低聲下氣。但看同行的這兩位，一個矮胖，一個矮瘦，臉上似有幾分浮腫，穿著舉止也顯得一般，除了眼神裡偶爾閃出一道精光、顯出幾分幹練之外，其他的地方並無特別之處。

在王二麻子熱情招待之下，三人選了靠窗的桌前坐下，點好酒菜之後，那矮胖老者壓低聲音道：「范兄，看來楓葉店並不像你所說的那麼平靜啊！」

范鋒一怔，正要抬頭觀望四周，卻聽那矮胖老者道：「別東張西望，以免打草驚蛇！」

范鋒吃了一驚道：「海老，莫非你認得樓上的這些人？」

矮胖老者冷然道：「老夫知道這三夥人中至少有兩夥人是混黑道的，雖然老夫不認得他們，但從相貌兵器上推斷，應該不會有錯！」

那矮瘦老者淡淡而道：「看來飛雲寨和黑白府乃是有備而來，安了心想蹚這渾水！」

范鋒倒吸了口冷氣道：「江老的意思是說那一對夫妻竟是黑白府的雙無常，而那五個人是飛雲寨的連環五子？」

「不錯！」那矮瘦老者點了點頭道。

范鋒渾身一震，心中暗道：「怪不得這兩個老傢夥這麼著急趕來楓葉店，敢情這裡有大事即將發生！」

江湖上傳言，能夠勞動雙無常或是連環五子親自出馬的，都是價值萬金的大買賣，如今正值亂世，像這樣的大買賣已經少之又少，這就難怪雙無常與連環五子爭這票買賣了。

范鋒的眼神似是不經意地瞟了一眼那位正在嚼相思豆的年輕人，心裡一動道：「此人又是誰呢？假若他也想蹚這趟渾水，今天就有熱鬧好瞧了！」

就在這時，只聽一個聲音道：「肥肉就要出鍋了，饞得大夥都伸長了脖子，就等著吃上一口，可是肉只有一塊，總不能讓大夥兒都搶著吃吧！」

說話的人，正是黑白府的雙無常，這是一對夫婦，男的使銀鉤，女的使木鉤，仗著一套變幻莫測，威力奇大的鉤法，在江湖上大有名氣，因這二人下手狠辣，殺人無數，是以人稱「雙無常」。

「江湖上傳言，黑白府的雙無常一向蠻不講理，今日一見，才知傳言終究是傳言，絕不可靠。你剛才所說的話就很有道理，深得我心，可是我又在想，肥肉既然只有一塊，大夥兒又不能搶著吃，那麼給誰吃才是最合適的呢？」一個陰惻惻的聲音從連環五子的那一桌傳來，說話的正是連環五子的老大金一。

雌無常媚眼一拋，略帶磁性的嗓音頓時送入每一個人的耳中：「所謂盜亦有道，人在江湖，凡事都要講個規矩，金老大也不是才出道的雛兒，不會不曉得這個道理吧？」

「那就要看是什麼規矩了？」金一「嘿嘿」一笑，似乎抱定了後發制人的宗旨，想看看雙無常打的是什麼主意。

「當然是先來後到！」雌無常笑道：「這票買賣我們已經跟了四五天，行程數百里，當然不想有人橫插一腳！」

「你若這麼說，我就不得不提醒你一句了！」金一淡淡而道：「既講規矩，你就不該忘記還有『見者有份』四個字了！」

雌無常笑了，笑得很甜：「我記得以前也有同道和我們夫婦說過這四個字，你知道他們最終的結局嗎？」

金一悠然而道：「我不知道，也不想知道，我只知道，一個胃口好的人，通常都會被噎死！」

「啪……」他的話音還未落下，雄無常已拍案而起：「金老大，你別以爲你們人多，老子就怕了你們，既然你想在我們夫妻嘴裡搶食吃，就先問問我手中的銀鈎答不答應！」

除了金一外，連環五子同時站起，紛紛亮出兵刃，怒目橫對，大戰彷彿一觸即發。

「不可輕舉妄動！」

金一揮手示意自己人坐下，微笑而道：「我們都是爲了求財而來，不是爲了跑來免費殺人的，黑白府、雙無常，這名頭在江湖上也叫了十幾年了，鈎法精湛，殺人無數，要殺我們連環五子還不是小菜一碟，不過，就算你們殺得了我們，你們想過沒有，這票買賣你們就一定吃得住嗎？」

他這最後一句話正好說到了雙無常的心坎上去了，這幾日來他們夫婦二人得到消息，一路跟蹤下來，之所以遲遲沒有下手的原因，就在於對方人手實在太強，他們根本沒有必勝的把握。

雌無常是何等聰明人，金一這番話一出口，她已隱約猜出了對方的意圖，與雄無常對視一眼，這才試探著問道：「若是我們雙無常都吃不住的買賣，只怕連環五子也未必吃得住吧？金老大，你說我說得對嗎？」

「不錯！」金一點頭道：「這話一點不錯，與其你我都吃不著，何不聯手起來，一人一半！」

雌無常盯了金一一眼，淡淡而道：「這倒是一個好主意，一人一半，總比什麼都得不到要強，可是你們連環五子在江湖上的信譽實在太差，很難讓我們夫婦相信你們的誠意。」

金一似乎一點都不介意對方近乎嘲諷的措辭，緩緩而道：「信不信由你，可時間不等人，如果我估計不差，再過一個時辰，那筆買賣就要從這樓下經過，到時你再決定，只怕就遲了！」

雌無常咬了咬牙道：「好！我答應你，若是你們事後反悔，可別怪我們雙鈎無情！」

金一笑了起來道：「雙無常既然如此爽快，我們連環五子也不是做作之人，你儘管放心，你我既然聯手，看來這塊肥肉是吃定了！」

雙無常與連環五子無不大笑起來，臉上甚是得意，彷彿一切已在他們的掌握之中一般。

「只怕未必！」一個冷冷的聲音從角落傳來，眾人一驚之下，循聲望去，卻見那位嚼著相思豆的年輕劍客已站了起來。

此人年紀雖然不大，但氣度雍容，自有一股威嚴的氣質。當他站起來的時候，雌無常的眼睛陡然一亮，似乎這才發現對方竟是如此的瀟灑，舉止間透出一種風流倜儻的魅力。

「閣下高姓大名？」她雖是半老徐娘，但聲音依然不失嗲勁，不失風騷，聽得雄無常眉頭一緊，臉色頓時沈了下來。

「在下不過是一個浪跡江湖的浪子，四海飄泊，居無定所，是以從不以姓名示人。諸位若嫌稱呼上有所不便，就叫我『無名』吧！」面對雙無常與連環五子咄咄逼人的目光，年輕人似乎渾然不覺，淡淡而道。

「敢問一句，無名兄弟孤身一人到此，莫非也是看上了這票買賣？」雌無常上前一步，媚眼亂拋，身如楊柳扭動著，透出萬種風情，但她的手卻一點點地伸向腰間的木鈎……

「這票買賣價值數十萬，的確是一樁惹人眼紅的買賣。」無名笑了笑，卻搖了搖頭道：「但我卻不是爲此而來，我千里迢迢趕到這楓葉店，幹的是殺人的買賣！」

「你是一個殺手？」雌無常面對對方如此冷靜的應對，心頭一跳，問道。

「不錯！」無名冷漠地道：「我從不免費殺人，一條人命在我的手裡，可值十萬！」

他顯得十分孤傲，說話間透著一股極度的自信，不知爲什麼，任何話到了他的嘴裡，都讓人覺得毫不誇張。

「你莫非看中了我們中間的某一個人？」雌無常的手已握住了木鈎，冷冷地道。

「黑白府雙無常與飛雲寨的連環五子，的確是黑道上頂尖的人物，天下間想要你們的腦袋的人，縱然沒有一千，亦有八百，不過，我看各位的腦袋距離十萬之數，似乎都還差點！」無名此話一出，眾人雖然聽得並不入耳，但每一個人，都舒緩了一口氣，懸著心頓時放了下來。

剛才還是一觸即發的緊張態勢頃刻間化爲無形，樓上的氣氛隨之輕鬆了不少。

「這麼說來，你殺你的人，我們做我們的買賣，大家井水不犯河水！」金一微笑著站起來道。

無名卻坐了下來，搖了搖頭道：「金老大如果是這樣想，那就大錯特錯了，你們可知道，這票買賣的正主兒是誰嗎？」

他這一問正好問到了雙無常與連環五子的心坎上，無論是雙無常，還是連環五子，都是在短時間內得到消息，隨即趕來，誰也不清楚對方是誰，有什麼來頭，只知道對方此行車中所載的貨價值不菲，幹下這一票，足可以逍遙一世。

是以，眾人的目光全都盯在無名的身上，都想通過無名的嘴來解開自己心中的懸疑。

無名的眼芒緩緩從樓上眾人的臉上劃過，就連范鋒三人也不遺漏，然後才一字一句地道：「他就是當今西楚重臣范增！」

◆

無論是張良，還是陳平，在他們的記憶中，紀空手總是那麼悠然恬靜，從容不迫，始終有一種泰山崩於前而色不變的鎮定，可在這一刻，他們眼中的紀空手竟然是一臉莫名的恐懼。

這種恐懼來自於聯想，來自於歇斯底里的內心，發自於肺腑，讓每一個人都深深地感染上這種情緒，以至於誰都沒有回過神來，頭腦在剎那間竟呈空白。

紀空手心裡雖然驚懼，卻十分清楚，知道此時時間可貴，再有一絲的猶豫，只怕自己的衛隊就會全軍覆沒。

「呀……」他別無選擇，只有在剎那間將全身勁力提聚於掌心，雙掌互動間，一股螺旋氣勁捲向站在身外數步之外的張良與陳平。

他出手之快，根本不容張、陳二人有任何的反應，兩人感到自己的身體被一股無形卻又有質的大手托起懸空，飄然落向石梯兩邊的峭壁之上。

張良人一落地，驚魂未定間，一眼看到了驚人的一幕，這才陡然明白了紀空手何以驚悸的根源。

但見那石梯之上，滾動著成百上千的圓石與滾木，一個緊追一個，連綿不絕，每一個圓石和滾木都重逾千鈞，借著山勢飛速而下，彷彿那流瀉的飛瀑，根本不是人力可以阻擋得了的。

而紀空手與他的衛隊此時正置身於一段兩邊都是峭壁的石梯之上，無論是進是退，都難逃一死，倘若求生，就只有從峭壁而逃，若非紀空手已有警覺，只怕誰也難以逃過此劫。

「轟隆隆……」說時遲，那時快，一瞬之間，圓石滾木已如奔馬俯衝而下，眼見就要撞上紀空手時，紀空手暴喝一聲，整個人竟直直升空丈餘，雙腳正點在轉動不已的滾石之上。

他此時勁透雙腿，如風車般向前直蹬，頻率之快，竟然超過了滾石之勢，他更像一個高明的雜耍大師一般，顯得冷靜而鎮定，洞察著周圍的異樣動靜。

如此之多的圓石滾木從山頂滾下，絕非平白無固，而是人爲所致，而且要想在短時間內備好成百上千的巨石樹木，顯然不行，可見對方是有備而來。

「敵人是誰？」紀空手心中突生一大懸疑。

便在這時，「嗤……」地一聲弦響，隱沒在山搖地動般的響聲之中。

一片密林處驟起狂風，風過處，草葉爲之中分，一道快逾流星的寒芒破空而出。

暗箭！出奇不意的暗箭！

此箭一出，勢如風雷，虛空中暴閃出無數股急轉不停的氣旋！

這更是一支奪命的箭，它以無比精準的準頭及變幻莫測的行進路線，直罩向紀空手的面門！

此時的紀空手，處在生死存亡的緊要關頭，這暗箭固然凌厲，這圓石滾木固然霸烈無比，但對紀空手來說，還不算是最致命的。真正致命的東西來自於他自己，來自於體內的心脈之傷。

呂雉曾言：「心脈之傷並非是不治頑症，只要調理得當，你修養半年一載，未嘗不可痊癒，但在這段時間內，切不可妄動真氣，否則，就有危及生命之虞！」

呂雉身爲聽香榭的閥主，其藥石手段已是世間少有，是以，她所下的結論，絕對正確無誤，可是，在這緊要關頭，若是紀空手不動真氣，豈非死路一條？

認識紀空手的人，都說他生性隨和，性情恬淡，可以隨遇而安；但了解紀空手的人卻知道，這只是紀空手外表的一面，其實在他的骨子裡，在他的內心深處，永遠湧動著一種叫做「傲骨」的東西。

紀空手堅信，人可以沒有錢，卻不能沒有傲骨，活著就要像雪蓮一般，綻放在冰天雪地之中。所以，他沒有絲毫的猶豫，補天石異力在瞬息之間提聚，奔湧在自己脆弱的經脈之中。不是魚死，就是網破，他選擇了一個輝煌的人生結局。

「轟……」強勢的勁力順腿而出，撞向飛奔而來的一塊巨石，碎石橫飛，煙塵彌漫間，紀空手借著反彈之力，整個人向上翻出一道精確的弧度，堪堪躲過暗箭的偷襲。

與此同時，他的人已落在峭壁之上，回頭看時，只見自己的貼身衛隊已傷亡大半，石梯之上，到處是一堆一堆幾成肉醬的屍體，烏紅的鮮血化成小溪，染紅了這一級級的青石梯。

面對這種慘狀，紀空手的心裡充滿著極度的悲憤，同時也激發起他胸中的熊熊戰意，無論對手是誰，無論對手有多麼強大，他都將與之一戰！

他的眼芒緩緩劃過那些驚魂未定的戰士的臉龐，也從張良與陳平的臉上緩緩劃過，這些都是他的朋友與戰士，他沒有理由不為他們而戰。

「公子，你的傷……」陳平看到了紀空手眉間透發而出的那道殺氣，心頭一驚，低聲勸道。

「公子，今日的局勢不利於我等，不如先退一步，他日再捲土重來也不遲！」張良也勸道。

紀空手淡淡而道：「我這一生中，一向以智計勝人，從不逞匹夫之勇，你們知道這是為什麼嗎？」

他平空問起這麼一句話來，讓張、陳二人都為之一愣。

紀空手頓了一頓，自問自答道：「這只因為我始終覺得，人之所以能夠凌駕於萬獸之上，主宰天地萬物，就在於人有頭腦，可以思想，若是鬥勇鬥力，人是根本無法與猛虎蛟龍相比的。可是此時此刻，我突然覺得，人若是太會思想了，難免就會瞻前顧後，那樣活著未嘗不是一種累，所以今日在這千步梯上，我絕不會再退縮！」

紀空手的話既已至此，張良與陳平只有默不出聲，不過，他們已經拿定主意，就算犧牲自己，也要保全紀空手的生命。

他不再理會張良他們，也不再爲自己死去的戰士感到悲痛，他要拋去七情六欲，進入到「守心如一」的境界中去。

要做到真正的「心中無刀」，單是棄刀還不成，棄刀只是一種形式，要練成真正的「心中無刀」，即使有刀在手，它也只不過是一種殺人之器，而刀不在手，它的鋒芒卻能無處不在，往往殺人於無形。

這種境界說起來容易，要真正做到卻又是何等艱難，古往今來，普天之下，真正可以做到「守心如一」的人又有幾個呢?

紀空手也無法做到，「守心如一」的境界對他來說，只是一個可遇而不可求的機會。

但他可以靜心，以一種沈穩的姿態面對強敵。

細雨依舊，彷彿給這個天地罩上了一層淡淡的輕紗，使得眼前的景物都變得朦朦朧朧，如詩如畫。

清風依舊，捲送著泥土的清新氣息，捲送著一絲淡淡的血腥，卻給這天地平添了一份肅殺。

淡若雲煙的殺氣，如雨如霧，彌漫在這片山石草木之間，一切顯得是那麼靜寂，彷彿剛才所發生的只是一種幻象，從來沒有出現過一般。

「嗷……」紀空手突然仰首長嘯，如一頭出沒在荒原的孤狼，對著落日的餘暉狂嘯一般，其聲直穿雲霄，可以裂石穿金，久久迴盪在山谷之中，自有一股不可抑制的豪氣。

他隨手拾起了把戰士所遺棄的鋼刀，吹去刀上沾染的一點血珠，然後沿著滾木圓石留下的道道殘痕，踏級而上。

千級石梯上的殺意愈來愈濃，人聲俱靜，鳥獸無鳴，唯有紀空手踏在石梯上的「咚咚……」腳步聲好似擂響的戰鼓，讓人感到陣陣殺氣。

風寒，雨寒，刀意更寒，紀空手緊握的鋼刀上，竟然凝結了一層薄薄的冰珠，那晶瑩剔透的冰珠裡，滲出一種血紅，與鋼刀的冷硬構成一種驚心莫名的邪異。

他傲然而行的身影一步步登高遠去，每一個目送他的人，心中都想到了四字：勇者無懼！

當他踏過最後一級台階之時，眼前是一片殘垣斷牆，讓他驀生心寒之感。

剛才還是愈來愈濃的殺意，竟然在瞬間消失得無影無蹤，彷彿殺意只存在於千石梯上，這種詭異的現象並沒有讓紀空手感到吃驚，反倒在他的意料之中。

紀空手並不知道對方到底是什麼來頭，也不知道對方有多麼強大，他們很神秘。但不管怎樣，紀空手卻看出對方絕對不是一般的高手，他之所以直進不退，其實並非想逞一時之勇，而是他不想失勢，在這樣的高手面前失去氣勢，就等同於自殺。

然而不退反進，並不意味著生機的出現，至少迄今爲止，紀空手的內心如弦緊繃，一點也感覺不到輕鬆，倒是他手中的鋼刀乍現出一匝流彩，給隱現烏芒的刀身鍍上了一層流動的殺氣。

他再踏前五步，鋼刀自後向前繞弧，換了一個角度，斜出，就在每一個人都認爲他會停步不前時，紀空手動了！

他動了，並非用刀，而是用拳！

虛空之中頓時亂成一團，氣流狂湧，亂石激飛，本是下墜的雨絲被打亂了程式一般四濺飛竄，朦朧之間，天地彷彿變得模糊起來。

虛空亂了，但拳風不亂，鐵拳疾行空中，瞄準的是一段長約五丈的殘壁。

他莫非瘋了？這只是一段用青石築成的牆壁，他何以要將它轟倒呢？

「轟……」強勁的拳風轟擊在石壁之上，竟然擊穿了一個尺長的大洞，牆體震晃之下，轟然而倒。

塵土飛揚間，一條人影並不清晰地出現在紀空手的視線之中，紀空手的眼芒陡然一亮，他不在意人，卻在意此人手中的劍，劍並無出奇之處，出奇的是此人握劍的姿式讓紀空手有一種似曾想識的感覺。

「鳳孤秦？」紀空手幾乎叫出了這幾個字，可是他最終忍住了，因爲死人是絕對不會站在自己面前的，所以紀空手斷定此人絕非鳳孤秦。

「好強勁的一拳！」那人似乎看到了紀空手臉上閃現出的一絲驚詫，微微一笑道：「幸好這一拳是衝著這石牆而來，若是衝著在下，只怕在下有幾條命也不夠活了。」

紀空手彷彿並未因自己這一拳落空而感到驚訝，反而認爲這是意料之中的事。他已隱約猜到了來人的身分，心頭一沈，知道今日的驪山之行確是凶多吉少。

「你能躲過本王這一拳，可見不是尋常之輩。」紀空手淡淡而道：「然而讓本王不明白的是，你明明是一個早已成名的劍客，何以如此不自重，躲在暗處，做出一些小人行徑？」

那人的臉上流露出一絲怒意，卻一閃即逝，搖了搖頭道：「聽你的意思，莫非你認得在下？」

紀空手道：「本王認得你的劍，冥雪宗鳳陽門下，劍路大體相近，特別是你以雙指握劍，正是冥雪宗特有的持劍姿式，所以本王斷定，你不是鳳不敗，就是鳳棲山！」

那人淡淡笑道：「你何以這般肯定我不是鳳陽？」

紀空手冷然一笑道：「你不配！鳳陽乃一代宗師，舉手投足，盡顯王者之氣，更有一種壓倒一切的氣勢，而你所欠缺的，正是這種氣質，這也正是你習劍多年終未有成的根源所在！」

那人心中「格登」一下，彷彿被紀空手一語中的，頓時有幾分黯然之色浮於臉上。

紀空手猜的不錯，此人正是「三殺劍神」鳳不敗。

鳳不敗自小投身冥雪宗，學武迄今已經四十五年，自問劍法一流，罕逢敵手，是以，一向自負得緊。但在他的心裡，始終有一個不爲外人道知的遺憾，那就是無論他怎麼努力，但在劍術上的造詣始終無法超越鳳陽，更遑論無敵於天下。

他冥思苦想，窮究原因，始終都找不到正確的答案，倒是紀空手似是無意的一句話，讓他茅塞頓開，有一種「撥開烏雲見明月」的感覺。

他不得不承認紀空手的眼力的確驚人，不過，他也清楚，無論紀空手有多麼強大，無論紀空手如何不簡單，今日他的驪山之行，都勢必是一場無可避免的劫難。

因爲，這本就是鳳陽一手策劃的殺局！

在鳳不敗的心中，鳳陽就是神。鳳陽行事，神出鬼沒，鳳陽的劍術，宛若神鬼般莫測，而鳳陽策劃的殺局，縱是神仙也難逃算計。

是以，當鳳不敗再次抬頭望向紀空手時，眼神中多出了一絲情緒，不知是憐憫還是同情，就像是一個獵人，看到待捕的野獸應有的表情。

一切都如鳳陽料算的那樣，紀空手的衛隊在頃刻間折損了大半，唯一沒有料到的，是紀空手竟敢孤身一人直闖上百葉廟遺址，這在某種程度上來說，打亂了鳳陽行動的步驟，給了紀空手的部屬通風報信的機會。

攔截已是多餘，對鳳陽來說，正確的行動就是充分利用有限的時間，在對方援手未到之前制服紀空手。

於是，鳳不敗出來了，他在看似無奈的情況下現身而出，而事實上，即便紀空手沒有發現他的藏身處，他也會自動出來，因爲，他只是整個殺局中的第一枚棋子。

「我的確是處處不及大師兄！」鳳不敗輕歎一聲，繼而話鋒一轉，「但未必就及不上你，風聞你的劍法不錯，但今日你以刀代劍，就已落了下風！」

紀空手在說話之際，其實注意力根本就沒放在鳳不敗身上，他更關心的是，在這百葉廟遺址之上，究竟還有哪位高手暗中相候。

「如果以兵器來判斷一個人的武功高低，其實是你落了下風！」紀空手似有一心二用的異能，答道：「名劍寶劍，只是人爲的一種包裝，對於一個殺人的人來說，只要能夠殺人，就算是屠夫案板上的剔骨刀，廚子手中的菜刀，它都是銳利的殺人之器。而對於一個不殺人的人來說，名劍寶劍，只是一種體現身分的裝飾，或是一種擺設，一旦用之，還要心存顧忌，像這樣的劍器，有等於無！」

鳳不敗點了點頭道：「你說得很對！所以我手中的劍雖然不是上古神兵，卻已殺人過百，算得上是殺人之器了。」

紀空手道：「但在今天，它不是！」

「爲什麼？」鳳不敗道。

「因爲它遇上的是我！」紀空手的臉上突然閃現出一絲莫名的笑意。

鳳不敗只怔了一怔，已感覺到了一股至寒的殺氣自身下襲來。

他距紀空手至少在七尺之外，無論紀空手出手如何快，以鳳不敗的經驗與眼力，絕不會讓對方的刀氣欺近身體才有所察覺，但不可思議的是，當鳳不敗有所警覺之時，刀鋒已在三尺之內。

他幾乎沒有任何的反應，只是出於本能地揮劍而出。

「叮……」一聲金鐵脆響激蕩在殘垣斷壁間，發出一種沈重而鬱悶的回音，煙塵在旋飛中揚起一地。

鳳不敗雖然出手倉促，但只退了一步，看似兩人的功力處在伯仲之間，但只有他的心裡清楚，紀空手並未用上全力。饒是如此，紀空手刀中所滲出的森然寒意借這一觸之機，竟然隨劍身而入，直透進鳳不敗手上的經脈，令他的手出現了短暫性的神經痲木。

紀空手當然清楚自己的這一刀帶給對方的感受，是以，飄身直進，手中的鋼刀在煙塵中若蒼龍乍現，氣流湧動，將漫天飄飛的細雨用一隻無形的大手凝結成一個水球，在高速中急劇地轉動出一個絕佳的弧度。

鳳不敗不是弱者，平心而論，他的劍術當可排名在天下前二十名之列，但他絕沒有想到紀空手的出手會是如此霸烈，完全超出了他的預想。是以，他不敢有任何的大意，劍氣逼出，織成一道密不透風的劍網，企圖阻擊對方驚人的攻勢。

紀空手冷哼一聲，腳下移動的頻率幾達電速，刀勢如狂飆捲出，撕天裂地般的殺氣帶著毀滅性的力量破過對方的劍網，直撞過去。

「呼……轟……」暴響驟起，兩股強力碰撞擠壓，使得那團水球瘋狂爆裂，水球裡的每一滴水珠，都猶如注滿了活力的機體，沿爆炸的中心點向四周擴散衝擊，使得空氣爲之一緊。

「呀……」鳳不敗悶哼一聲，連連跌退，他能夠避過對方的刀氣，已屬幸運，當然無法將自己防護得滴水不漏，挾帶著勁力的水珠仿如一顆顆彈珠，擊打在他的肌膚上，有一種針刺般的鑽心之痛，更感覺到一種刺骨的寒意。

鳳不敗心中怒火頓起，竟然忘了來時鳳陽的再三叮囑，長劍一橫，氣注劍體，一道淡淡的異彩在瞬息間繞行於劍身之間，竟有一種說不出的詭異。

水霧竟在剎那間靜止、消失，雨絲彷彿又回歸到它正常的軌跡，天地間的一切彷彿都已失去了生機，竟變成死一般的靜寂。

紀空手心中不由一跳，暗道：「此人一旦全力出手，看來絕非善類！」

紀空手所料不差，鳳不敗能夠得享盛名數十年，又豈是沽名釣譽之輩，他揚言殺人過百，其實並不誇張，因爲他獨創的「三殺」的確是一種殺人於無形的奇絕劍術。

「三殺」，其實就只有一式，於一式劍法中暗含三道殺機，是爲「三殺」，這正是鳳不敗賴以成名的絕技。

紀空手微微閉上雙眼，面對如此凌厲多變的劍勢，眼睛在這一刻間反而多餘，所見到的任何表像都有可能誘導自己做出錯誤的判斷，是以，紀空手並不想用眼睛去觀察動態，而是用心。

他的心已靜若止水，不起一點波瀾，就像是一面水磨銅鏡，已經清晰無比地感觸到了對方劍氣的存在，他甚至已將周圍數丈內的一切動靜納入自己的感應之中，絕對不遺漏半點異變。

「嗤……」風動！衫下肌膚頓感一道火辣般的刺痛，紀空手知道，鳳不敗的劍鋒堪堪從自己的腰間掠過，雖只差毫釐，但已讓自己度過了生死兩重天。

但這絕不是鳳不敗這一劍的尾聲，恰恰相反，這只是「三殺」的開始，紀空手正欲拖刀之際，只感到剛才從腰間擦過的劍鋒竟然繞行回來，從一個刁鑽至極的角度殺至，神奇般地刺向自己的背心。

「轟……」用刀格擊已是遲了，但紀空手還有一隻空手，五指一緊即爲拳，竟然用一隻肉拳迎著劍鋒而上。

鳳不敗心中一喜，因爲他懂得，無論對方的拳頭有多麼的冷硬，都無法與劍鋒一試鋒芒，若逞一時之勇，就只有斷腕的下場。

可惜的是，他高興得太早了，也低估了紀空手。就在拳至劍鋒不過一尺處時，那拳頭一振間，幻作拈花指，以電閃的速度搭在了劍身之上。

一道如高溫電流般的流體透入劍體之中，發出「哧哧……」怪響，鳳不敗的劍在刹那之間變得透體通紅，雨絲落下，化爲騰騰水霧。

鳳不敗心中大駭，在同一時間做出了兩個動作：撤劍、飛退。

這幾乎完全是出於下意識做出的反應，是以，動作之快，簡直不像人爲，也正因如此，他的衣衫只被勁氣割裂成條，而肌膚得以保全完整。

他退得很快，不過一眨眼的功夫，他的身影已繞到了一道斷柱之後，紀空手既已妄動真氣，深知生死已無定數，又豈能就此善罷干休，當下長劍脫手，撞向石柱，同時人刀合一，如離弦之箭疾沖而去。

然而，就在此時，他突然看到了一個奇異的景象，換作別人，在這激戰正酣之際，誰都會將之忽略不計，但紀空手卻洞察到了，而且心中驀生警覺。

這的確是一個容易讓人忽略的細節，可紀空手就是紀空手，他看到後的第一反應就是：「雨絲都是以直線下墜，除非有風，才會改變軌跡，可石柱之後明明無風，雨絲卻爲何以無規則的形態在飄飛呢？這是否說明，石柱之後另含殺機呢？」

他這麼一想，整個人完全以一種下意識的動作向左偏離了七寸，當他的人一閃到石柱背後時，一道宛若殘虹般的淒美劍弧堪堪從他的右肩穿過。

七寸，只有七寸，倘若沒有向左橫移七寸，就是一劍穿心的結局！

◆

無名的第一句話就像是黑夜炸響一道驚雷，雷聲過後，靜寂無邊。

無論是雙無常，還是連環五子，似乎都沒有足夠的心理去承受這樣的結果。范增之名，天下盡知，身為項羽最為倚重的謀臣，單憑這一點，已足以讓天下人忌憚三分。

雖然雙無常與連環五子是黑道精英，一向我行我素，膽大包天，但此事既然涉及到江湖五閥之一的流雲齋，他們都意識到了今天的這趟買賣棘手得很，也許錢財還沒到手，自己的性命倒搭了進去。

「你們怕了？」無名的臉上露出一絲不屑之色，冷然而道。

雙無常與連環五子相望數眼，誰也沒有吭聲。

「你們害怕乃是人之常情，不怕倒顯得反常了！」無名淡淡而道：「當今天下，五閥爭鋒，聽香榭多年不出江湖，入世閣因趙高之死而瓦解，知音亭雖有小公主當家，也已是盛名不再，是以，真正能夠與流雲齋抗衡的，也不過是問天樓，五閥之中，尚有其三不能與流雲齋一比高下，憑黑白府與飛雲寨的實力，只怕也是以卵擊石罷了！」

他的話雖有道理，但聽在眾人耳中，端的刺耳，雌無常首先發難道：「這麼說來，公子以一人之力足以抗衡流雲齋了？」

眾人無不笑了起來，無名搖了搖頭道：「非也！我今日來，是因為我雖懼流雲齋，卻不怕范增，如今的范增已是項羽的棄臣，殺之也許正解了項羽的心頭之恨！」

他這一說頓時又將雙無常與連環五子才消的妄想重又勾了起來，眾人你一言我一語，這才了解了范增被逐的真相。

金一突然冷笑一聲道：「照公子所言，如今的范增不過是一隻落水狗而已，人人可打，那你又何必與我們聯繫，做掉范增呢？」

眾人頓起疑心，無不將目光聚在無名身上。

無名淡淡而道：「你們可知道范增此行共有多少駕車嗎？」

金一一口答道：「共有十七輛，十輛載貨，七輛載人！」

「載的什麼貨？」無名接著問道。

「一輛青貨，三輛黃貨，還有七輛全是白貨！」金一所說全是江湖切口，青貨代替珠寶，黃貨實指黃金，白貨即是白銀，他行走江湖多年，劫貨殺人無數，是以，只要一看車轍，便能料算無誤。

無名一點頭道：「載的是什麼人？」

「有五輛車載的是本主與家眷，另外兩輛車以重簾遮蓋，未知其詳，隨行馬隊共有七十二人，其中倒不乏高手！」金一顯然對這票買賣十分看好，是以，無名一問，他倒背如流。

無名冷笑一聲道：「這七十二人縱有高手，也不足為懼，我所擔心的是那兩輛車裡，才真正藏匿著一流的高手！」
在不知不覺中，無名彷彿成了這一批人的頭兒，無論是雙無常，還是連環五子，都似乎將無名當作自己的主心骨，漸漸地唯他馬首是瞻。
「依公子所見，這些高手會是誰呢？」金一試探地問了一句，他畢竟老謀深算，早已拿定主意，若是范增此行中真的有自己惹不起的人物，他寧可放棄，也絕不做掉腦袋的買賣。
「我不知道！」無名的臉上閃過一絲茫然，卻又堅決地道：「不管是誰，擋我者死！」
他的話剛一落地，但見他的身前閃過一道白光，就在人們以為是一種幻象之時，卻見他盤中的一粒黃豆一分兩半，切得整齊之極，在盤中滴溜溜地轉動不停。
他出劍之快，端的駭人，從拔劍、出手，到還劍入鞘，整個過程如行雲流水一般，一氣呵成，更難得的是，他能在如此疾速的情況之下保持著如此驚人的準頭，就這一手，已經足以讓他躋身於劍術名家的行列。
在范鋒的這一桌上，三人無不吃了一驚，那矮瘦老者一臉肅然，與那矮胖老者相望一眼，眉頭俱已皺起。
矮瘦老者搖了搖頭道：「聞所未聞，但是看他的劍法，又豈是真正的無名之輩？」
矮胖老者的眼睛一亮道：「的確如此，此人的劍法之精，已臻大家風範，他以無名自稱，也許是有意掩蓋身分吧！」
矮瘦老者道：「海兒的分析不無道理，不過此人縱然有欲蓋彌彰之心，但他亮出這一劍式，已經讓我們有跡可尋了！」

他顯得胸有成竹，似乎已猜到了無名的來歷，故意賣著關子，那矮胖老者「哦」了一聲道：「倒要請教江兄！」

矮瘦老者沈聲道：「能使出如此精妙劍法之人，普天之下，不會超過十人，這十人之中，一心想要范增頭顱的，至多也不過三五人，此人既在這三五人之列，相信海兄可以推斷出此人的來歷了吧！」

矮胖老者若有所思道：「這三五人中，漢王劉邦雖在此列，但他此刻身居高位，權柄在手，絕不會輕易涉險，是以可以排除；冥雪宗鳳陽，劍術之精，已不在閥主之下，可是他此時年近七旬，與眼前此人對照，風牛馬不相及也，是以也在這三五人之外，我倒想起一個人來，無論年齡、劍法都十分相近，莫非……」

他停了一停，沾酒在桌上寫下「龍賡」二字，隨即抹去。

龍賡之名，此刻已名滿天下，但真正能夠認識他的人，實在不多，他一向行蹤隱密，神出鬼沒，宛若神龍見首不見尾，是以，在當今江湖，他的名字更像是一段傳奇，聽的人多，見的人少，如他的赫赫戰跡流傳於人們的口中。

范鋒與矮瘦老者渾身一震，心中暗道：「此人若是龍賡，只怕今日斷難善了！」

此人以「無名」自稱，難道真的如那矮胖老者所言，他就是劍術幾可通神的龍賡嗎？

不知道，也沒有人知道！至少到現在為止，誰也不能肯定他的身分！

但雙無常與連環五子陡見無名出劍，無不心中驚喜參半，他們驚的是此人如此年青，劍術卻如此精湛，縱算他們聯手，也未必是此人的對手；喜的是有了無名的出手，加上他們雙無常與連環五子本身的實力，今日的楓葉店之行未必就會落空。

金一趨前一步，拱手道：「公子非尋常人也，今日一戰，我連環五子當以公子馬首是瞻！」

雌無常不甘示弱，盈盈一揖道：「我夫婦誓死追隨公子！」

無名拱手還禮，淡淡一笑道：「如此甚好，我殺人，你們取財，各盡所能，各取所需，當真再好不過了！」

他的眼芒緩緩地過劃過窗際，似是有心，又似是無意，突然說了一句：「來了，終於來了！」

他這一句話雖然無頭無尾，但在場的每一個人都聽懂了他話中的意思：「范增來了，范增終於來了！」

樓上的氣氛爲之一緊，頓有山雨欲來風滿樓的態勢。

那矮胖老者的心頭一跳，順著無名的目光望去，但見遠處的一座山崗上，升起一縷淡淡的輕煙，與藍天白雲交織一起，根本難以被人察覺。

「看來無名真是有備而來！」矮胖老者的目光與矮瘦老者的目光相觸一處，心裡嘀咕了一句：「是禍躲不過，躲過不是禍，該是我們哥倆出馬的時候了！」

這兩位老者正是流雲齋門下的胖瘦使者，這矮胖的叫海江，這矮瘦的叫江海，同是項梁的師弟，算得上是流雲齋中老一輩的元老級人物了。

他們趕到楓葉店，是奉項羽秘令行事。

項羽能夠稱雄一方，號令諸侯，當然不是一個頭腦簡單之人。相反，他不僅城府極深，而且極有心計，屬於那種大智若愚的人物。他深知楚漢大戰在即，一旦沒有了范增，自己很難在戰略、戰術上做出正確的判斷，雖然有關范增的謠言鬧得沸沸揚揚，自己還親眼目睹了范增偷窺春色的事實，但從項羽的心內深處來說，還是捨不得這位一向倚重的謀臣。

然而項羽生性多疑，一直擔心范增是否對自己忠心，謠言一起，使得范增的問題已然成爲他的一塊心病，再加上他實在抹不過「虞妃」的面子與眼淚，才做出驅逐范增的決定。

他之所以派出流雲齋中頂尖高手胖瘦使者趕赴楓葉店，是因爲楓葉店地處交通要津，東通西楚，西連關中，正是古驛道的交彙處，他給胖瘦使者下了兩道秘令：一是如果范增選擇西進，則殺無赦；二是范增選擇東行，則一路保護，負責范增的生命安全。

這兩道秘令一正一反，其實是項羽的疑心作祟，但唯有如此，項羽才能真正試出范增是否對他忠心，所以胖瘦使者趕到楓葉店後，又會同流雲齋插在楓葉店的耳目范鋒，周密佈置了兩套計劃，以備不測之需。

胖瘦使者最初接到項羽的秘令時，都以爲項羽過於小題大做了，畢竟這裡是西楚的地盤，就算有一些黑道人物見財起意，但以范增衛隊的實力，完全可以擺平，可是當他們看到無名亮出那驚人的一劍時，他們才真正佩服起項羽對事態發展所做出的前瞻性和預判能力。

既然范增就要到了，胖瘦使者眼見有人意欲行刺，當然不能袖手旁觀。是以，當無名緩緩地站起身來時，海江笑嘻嘻地站起來道：「各位說得這麼熱鬧，聽得我這老頭子也動起心來，既然見者有份，何不也把我們三位也算進去呢？」
無名的眼鋒一閃，道：「原來三位也是同道中人，不知怎麼稱呼？」
「大家做的是動手不動口的買賣，稱呼省了也罷！」海江說道。
「說得也是。」無名淡淡一笑道：「但不知三位是衝著人來，還是衝著貨來的！」
海江瞟了眾人一眼道：「既是衝著人來，也是衝著貨來。道上的朋友常言，殺人越貨，當然只有先殺人後取貨了！」
他說得愈是輕鬆，連環五子聽著就愈是心裡來氣，本來一樁好好的買賣，他們跟了幾天，一到楓葉店後，想不到先殺出一對黑白府的雙無常，緊接著又多了一個劍術精湛的無名，幾十萬的財貨已然平白失去過半，誰想這還不算，偏偏又多出一些人來橫插一腳，實在讓他們心有不甘。
連環五子中的老四名曰火四，性情暴躁，當下站起來道：「要想殺人越貨，可不是嘴上說說就行的！」
海江冷笑一聲道：「莫非你想考考老夫的武功不成？」
「正有此意！」火四眼見對方滿臉不屑之色，哪裡按捺得住，雙掌一推，身前一隻酒碗呈螺旋式平飛而出，直撲海江的面門。
這碗中盛滿了胭脂紅，在飛速旋動中居然滴水不漏，端的是又準又穩，這不僅需要有深厚的內力作爲基礎，還要有一個平衡的角度，的確頗有難度。
酒碗到了海江面門一丈處，突然變線加速，以一種弧線直撞向海江胸口，來勢之猛，就連海江也不敢大意。

「錚……」他單手平推間，一個翻腕，手中頓時多了一把鐵扇，鐵扇張開的剎那，勁風由扇沿而生，正好托住了旋動不已的酒碗。

「轟……」就在此刻，突然酒碗中的酒水冒出尺餘的青火，如蛇般撲向海江的眉間。

第十一章　處心積慮

如此驚變，出乎了所有人的意料，即使如海江這種一等一的高手，臉色也變了一變。

然而他處驚不亂，手臂一振間，酒腕冒著青火竟照原路而回，眼見快到火四桌前，海江鐵扇一揚，一股若狂飆般的勁風疾捲過去，青火倒噬而回。

火四顯然沒有想到海江的應變速度如此之快，那青火隱挾勁力，勢頭極猛，令火四幾乎沒有任何的反應。

「叮……」就在青火快要捲上火四的亂髮之際，一道冰寒般的光芒橫在火四與青火之間，「哧……」地一響，火勢頓滅。

海江一驚，這才看清出手之人竟是無名。

無名本不想出手，無論海江等人是友是敵，都已在他的考慮範圍之列，他現在所關心的，是即將到來的范增車隊，雖然雙無常與連環五子的出現在他的計劃之外，但有了這兩批黑道煞星的襄助，無形中爲他製造亂局提供了條件。

他心裡十分清楚，要想取得范增首級，只有一個機會，那就是亂中取勝，形勢愈亂，刺殺成功的概率也就愈大，但他絕不想在范增到來之前先亂了自己的陣腳。

「既然大家是爲了同一個目的而來，又何必爲了一點小事而大動干戈呢？」無名的臉上顯得十分平靜，但他剛才在出手之際，已然試出了對方的功力竟然不在自己之下，心裡頓生疑意。

海江心中更是驚駭不已，他剛才催勁反擊，用了八成功力，換作旁人，縱是竭力相抗，也未必能化解得了自己這一式借力打力。可無名不僅輕易化解了他這八成功力，而且立馬就能開口說話，根本不用調勻內息，單憑這一點，就將自己比了下去。

「老夫也不想如此，但士可殺不可辱，有人想欺負到老夫頭上，老夫當然要給他一點教訓！」海江毫無息事寧人之心，說話挺衝，倒像是有意要將事態擴大一般。

連環五子聞言，霍然站起，紛紛亮出兵刃，便要撲前，眼看一場混戰就要發生。

無名伸手一把攔住，眼睛卻死死地盯住海江，冷然道：「你是誰我不管，但你要想在這裡鬧事，恐怕打錯了算盤！」

海江避過無名那冷寒的眼芒，冷笑一聲道：「若是老夫不聽呢？」

無名淡淡一笑道：「你若不聽殊屬正常，你若聽了反而不正常了。如果我沒有猜錯，你剛才所用的內功路數好像是流雲齋一脈的，而你以鐵扇爲兵器，不是姓海，便是姓江！」

無名一語道破天機，海江霍然色變。

其實自范鋒三人上得樓來，無名就對他們一直留意，雖然這三人都刻意壓低嗓門說話，但無名內力深厚，早已一字不漏地聽在耳中，也已識破了這三人的身分。

但他遲遲不想揭穿，是想穩住三人，以免打草驚蛇，驚動了范增的車隊。然而海江刻意尋事，頓時讓無名改變了主意，決定在范增到來之前先行將三人解決。

這似乎是不可能取勝的一戰！無論是海江，還是江海，就功力而言，未必在無名之下，再加上一個范鋒，無名想勝，根本是一種妄想！

但無名似乎絲毫不懼，臉上流露出一股自信，並不認爲自己要做的事情是一種妄想，相反，他似乎有所依恃，竟似有十分的把握一般。

海江忍不住打了個寒噤道：「你既然知道老夫的身分，還敢如此狂妄，當真是活得不耐煩了嗎？」

「我的確是活得有些不耐煩了。」無名淡淡而道：「如若不是，我也不會在今天趕到楓葉店來！」

這是他與海江的最後一句對話，話一落地，他的劍已然出手了。

這是無聲無息的一劍，沒有一點徵兆，用一個字來形容，那就是快。彷彿他所刺出的不是劍，而是一陣風，融入空氣中的一陣颶風。

正因爲快，所以虛空中竟然沒有絢麗的劍跡，當海江感覺到劍的實質時，一道懾人的殺氣如天網般直罩而來。

如此快絕的一劍，端的是世間少有，但對海江來說，他的反應也絕對不慢，雖然他的心神在無名出劍的刹那的確出現了一絲震顫，但這並不影響他的出手。

「刷……」鐵扇如孔雀開屏般張開，十三根扇骨就像十三把利刃，射向虛空，同時封住了對方攻擊的十三種角度。

扇，是一種重守不重攻的武器。擅於用扇的人，一旦全力防守，可以滴水不漏，海江無疑是此道中的頂尖兒高手，是以鐵扇一開，無名的劍陡然回收。

無名只是一個人的化名，不管這個無名究竟是誰，但此人對劍道的研究確已到了非常精深的地步。在鐵扇張開的一瞬間，他已經洞察到了自己的劍路無法突破對方的防線，乾脆以退爲進，拉回氣勢，逼得對方的氣機前移。

這種在強攻之時陡然撤力的方式本是武者大忌，所謂高手對決，氣勢爲先，先機一失，處處受制。但無名卻敢反其道而行之，這只因爲他算準了海江必用全守的姿態來對付自己，毫無攻勢可言，一旦自己因爲海江催發的勁力必會失重前移，從而出現不應有的破綻。

唯有如此，才可能出現無名期望的那種速戰速決的機會，無名當然不想放過，是以冒險一試，不想竟然成功。

海江只感到自己的勁力有一種不受控制的跡象，帶動著自己整個身體向前滑移，便在此時，他驀感寒芒一閃，無名的身體仿若一柄無形有質的巨劍，以摧枯拉朽之勢正面撲來。

江海與范鋒心中駭然，似乎沒想到無名的劍道竟然達到了如斯境界，給人一種不可思議的感覺。海江的功力之深、招術之奇，是江海最了解不過的，但饒是如此，依然在無名的一劍之下逼得露出破綻，這實在是不可思議的事情。

但這是事實，千真萬確的事實！

流光的異彩在劍身的周圍閃躍，幾乎凝成一道充滿野性的毀滅力量，貫注著這虛空中的每一寸空間，鐵扇所結成的氣網被劍氣拉開了一個口子，且迅速擴大，逼得海江「噔噔……」連退數步，顯得手忙腳亂起來。

「他是龍賡，他真的是龍賡！」海江忍不住在心裡驚叫道。他雖然與龍賡從未謀面，但對這位年青劍客幾年來創下的赫赫戰跡早有耳聞，在他的印象中，也只有龍賡，才能使得出這般又狠又準的劍法。

他不想被這漫天的殺氣吞噬，就只有強行出手，雖然這一刻並不是什麼最佳的出手時機，但對海江來說，他已別無選擇。

海江絕對是一個一流的高手，在流雲齋中的地位也極爲尊崇，否則項羽也不會將他派到楓葉店來，擔負保護范增的職責。可是今天他實在有些低估了無名，一旦受挫，心中在無形間多出了一絲懼意。

「呼……」海江在飛退間鐵扇飛舞，用冷硬的扇骨與無名的劍鋒在刹那之間點擊了三十餘下，兩人都是以快打快，那種速度完全超出了人爲想像。但無名的每一劍擊出，都帶著驚人的反震之力，讓海江的手臂有一種遭到電擊般的震痛，心中不由暗暗叫苦。

雷霆般的攻勢突然一收，就在海江微感詫異之時，一抹異樣的亮芒閃現，如蒼穹中劃過的強光，吸納了這酒樓中所有的光線……

在所有人的眼裡，在這一刹那，就只有這一道亮芒的存在，沒有了無名的身影，也沒有了海江的身影，更沒有其他，沒有人可以說出這是怎麼回事，但都感覺到它的淒美。

喧囂狂亂的虛空，湧動著沈悶而欲動的殺氣，渲染著一種狂躁不安的情緒，強光閃現之前，虛空是一個整體，強光乍一出現，空氣彷彿被人撕裂，碎成片斷。

是劍！這是無名的劍！劍中所帶出的意境，充滿著無窮的毀滅！

無名的劍居然有這麼可怕，如此驚烈，這讓在場的每一個人都感到不可思議！

一個人的劍法到了這樣可怕的意境，這可能嗎？每一個人的心裡都產生出這樣的疑問，但海江的回答是肯定的，因爲他對這一幕並不陌生。

海江不知道這是一種什麼劍法，卻知道劍練到武道至極處，還比剛才的這一幕更可怕，因爲他親眼目睹過項羽的流雲齋劍法。

劍鋒在急劇地飛旋，迸射出瘋狂而張揚的殺意，帶著數十股變異的力道，將這虛空幻化成死亡的地獄。海江的臉色已變，眼神已變，明顯地流露出一股絕望的情緒，強行提聚的勁氣隨著扇弧織起一道道氣牆，企圖阻止死神前進的腳步。

退，一退再退。海江的退並不是倉促的退，而是極具章法。即使如無名這等凌厲的劍氣，要想突破他設置的每一道氣牆，都絕非輕而易舉。

眼看著海江連退十步之後，無名的心中突然產生一個不好的預感，以海江的功力，絕不是坐以待斃之輩，何以他總是在守，從來不攻，難道說他也在等待一個一擊致命的機會？

他的這個念頭還未消退，突然之間，他感到了一股勁風襲向自己的背心，其速之快，有如電閃，準頭之精，似乎早有預備。

與此同時，海江反守爲攻，鐵扇一振，配合著這股勁風對無名形成了一個夾擊之勢。

◆

七寸的距離，對蝸牛來說，是一個不短的距離，但對於一個優秀的劍客來說，七寸簡直不是距離，一個抖腕，就可以讓自己的劍鋒橫移。

紀空手不是劍客，卻是一個超一流的刀客，雖然他所追求的是「心中無刀」的境界，但他的整個人已融入了一股刀的氣質在其中，鋒芒內斂，卻無處不在。

換在平時，七寸的距離對他來說，的確不算距離，而此時此刻，他心裡明白，這七寸的距離是由生到死的距離，生死存於一念之間，生死又何嘗不是繫於數寸之間呢？

他整個人飄飛丈餘，刀鋒一閃即滅，一連劃出了七道氣牆，這才穩穩地站住腳根，抬頭看時，卻見鳳不敗的身邊已多出了一個老者的身影，模樣清癯，眼芒冷寒，手握雙劍，渾身透發著一股不可抑止的戰意。

「雙劍合璧鳳棲山？」紀空手眉間一緊，驚叫道。

「不錯！正是區區在下！」那人的臉上有一股說不出的傲意，眼神中更有一絲說不出來的詫異，「你能躲過老夫剛才的劍，的確有些本事，不過，老夫可以明確地告訴你，今日就是刀神再現，他也有來無回！」

「誰是刀神？」紀空手突然提出這麼一個問題，顯示他並未在意對方的恐嚇，即使面對當世一流的兩大劍手，他依然表現得十分鎮定。

「你連刀神都沒有聽說過嗎？」鳳棲山吃了一驚，眼睛直瞪瞪地看著紀空手。

在當今江湖，「刀神」二字乃是一個名號，是武者對一個名叫聶政的人的尊稱。據說聶政用刀，已到了出神入化的地步，縱然手中無刀，但他舉手投足儘是刀氣，往往可以殺人於無形，他與曹劌、專諸、要離、荊軻等人在歷史上並稱列國五大刺客，在江湖上的地位更是尊崇。但凡武者，無人不知，是以鳳棲山根本不相信紀空手會連「刀神」也沒有聽說過。

但紀空手的確是沒有聽人提起過「刀神」二字，他原本只是一個市井混混，只因機緣巧合，才踏足江湖，是以對於許多江湖典故，竟是聞所未聞。但當他乍聞「刀神」二字時，心中似有觸動，整個人頓時精神一振，似有神交一般。

「刀神是誰？本王的確不知，但本王可以確定的是，只要動起手來，你們就會看到一個真正的刀神出現在你們面前！」紀空手緩緩將刀横在胸前，十分自信地道。

這不是玩笑，至少對鳳不敗和鳳棲山來說，絕對不是！

但鳳不敗和鳳棲山絲毫不懼，兩人聯手，他們並不懼怕任何人，這同樣不是一句玩笑。

綿綿細雨，在三人的頭頂上化爲虛無，那柔柔的雨絲在旋飛中構築起寧靜的基調。

靜，真的很靜，這種死一般的靜寂，彷彿只存在於這段空間，存在於他們的心間。

彌漫在這一片靜寂之中的，是殺機！無形無質，在不知不覺中醞釀出令人驚魂的戰意。

紀空手心裡明白，眼前的兩人並不是今日出現的全部敵人，雖然他沒有感覺到其他人的氣息，但他堅信還有第三者的出現，抑或還有第四者，他不知道自己何以會有這種感覺，但這種感覺已真實地寫入了他的心裡，他確定！

這完全是一種高手的直覺，也是他的第六感官的反應，他只希望這隱身的高手暫時不要出現，只有這樣，他或許可以為自己贏得一點時間，等待強援的到來。

「本王一直覺得奇怪，二十年前的冥雪宗，高手如雲，鳳陽及其弟子竟在一夜之間失蹤，只留下一個鳳五獨撐門面，這究竟是怎麼一回事情？」紀空手提起這樣一個話題，就是想拖延時間，因為他明白，無論是人在明處的鳳不敗與鳳棲山，還是躲在暗處的鳳陽，必定會對這樣的話題感興趣。

果不其然，鳳棲山淡淡一笑道：「你現在才想起來，不覺得太晚了一些嗎？」

「不晚！能在死前弄清這個疑團，本王就算死也甘心了！」紀空手故意這麼說道。

「其實這只有一個原因，那就是保存實力等待機會！」鳳棲山道：「我們鳳家雖然是衛國四大家臣之一，但開創冥雪宗卻有百年歷史，以我們冥雪宗這些年來的聲勢，其實已有足夠的實力與問天樓抗衡，卻為了一個虛無的名份，偏偏要受人擺佈，這種委屈實在是不足以對外人道也，如果我們脫離問天樓，公然與衛三公子為敵，卻又違了祖訓，也不是我們希望看到的結局，於是無奈之下，我們就選擇了歸隱，一切聽天由命！」

紀空手冷哼一聲道：「說得好聽，既然如此，何以今日你又敢公然與我問天樓為敵？你們弒主奪權，難道沒有違背祖訓嗎？」

他以劉邦的身分說話，義正嚴辭，原以為鳳棲山必定啞口無言，想不到鳳棲山竟然「哧」地一聲輕笑道：「自衛三公子死後，這問天樓便已名存實亡，你也算不上我們的主人了，你此刻卻以我們的主人自居，豈不可笑？」

紀空手一怔道：「本王身爲問天樓閥主，有何可笑之處？」

鳳棲山道：「我們鳳家既是衛國四大家臣之一，效忠的主人當然是衛姓，所以劉姓入主問天樓，本就是名不正言不順，難道還想要我們冥雪宗爲你賣命嗎？」

紀空手道：「這麼說來，你們冥雪宗是要背叛問天樓，另立門戶了？」

「你說對了！」鳳棲山道：「若非如此，今日驪山之行，你也看不到我們了！」

「你們自信能殺得了本王嗎？」紀空手冷笑道。

「不知道！」鳳棲山道：「我們也不想知道，因爲我們原本就不打算殺你！」

紀空手是何等聰明之人，頓時明白了今日冥雪宗的用意，冥雪宗之所以精英盡出，費盡心機，竟是想以自己爲人質，追查到鳳影的下落，同時若能要挾自己得到一些好處，也算是意外之喜。

但紀空手也同樣看到了一線生機，禍兮福所倚，雖然此時實力對比懸殊，但只要對方心存顧忌，自己就未必沒有機會。

「韓信來了嗎？」紀空手淡淡地問了一句，似是無心卻令鳳棲山頓時色變。

這絕對是一個天大的秘密，淮陰侯潛入關中的消息，僅限於鳳陽、鳳棲山、鳳不敗三人知道，就連鳳孤秦也不知情，眼前此人又何以得知這個消息呢？

「你怎麼知道他來了？」他心中這麼想著，嘴裡已脫口而出，話一出口，他才大感不妥。

「你不必問，本王也不會告訴你！」紀空手的眼裡閃出一絲寒光道：「今日驪山之行，是你們替本王設下的一個殺局，但未必就不是本王替淮陰侯設下的死局，天外有天，局中有局，誰笑到最後，誰才是真正的勝者！」

這正是鳳棲山他們所擔心的，今日驪山一戰，對他們來說，原以爲勢在必得，穩操勝劵，但是紀空手的表現處處出人意料，並且至始至終充滿自信，這反而讓鳳棲山他們未戰先怯，有所猜疑。當紀空手這句話說出口時，鳳棲山與鳳不敗的心神震顫了一下，氣機中閃出一絲波動。

就這麼一絲波動，淡若無形，稍縱即逝，但偏偏就被紀空手捕捉到了。對他來說，這無疑是千載難逢的戰機，是以，他毫不猶豫地出手了。

刀在手，懸凝虛空，潛遊在鋼刀之上的殺氣猶如缺堤的潮水般狂泄而出。

流動的風，飛旋的雨，在刹那之間交彙一處，化作一匹奔馬向鳳棲山與鳳不敗二人身上飛撞而去。

鳳棲山陡感自己的氣機閃開一絲裂紋時，就知道有些不妙，因爲他氣機的外沿清晰地感應出紀空手的氣勢在逼近，出現這種現象，就只說明對方已經出手了。

高手相爭，只爭一線！鳳棲山先機既失，卻並未出現紀空手預想中的驚慌，而是顯得非常沈著，雙劍橫於空中，全身的勁力提聚於劍鋒之上，流轉成一道道如烈焰般的氣旋。

「哧……轟……」瘋狂的勁氣在高速旋動中相撞，引發驚人的爆炸，積成一團的雨球向虛空四散，彷如夜空中的禮花，美麗而富有動感。

鳳棲山只覺得胸口一悶，冷哼一聲，紀空手的刀氣咄咄逼人，如流瀉的水流無孔不入，有如這空氣般無所不在，就連這流動的風，旋動的雨，彷彿也成了這刀氣中的一份子，割體生痛，幾乎讓他的雙劍脫手而飛。

他唯有退，退一步海闊天空！對鳳棲山來說，退一步是爲了等待，等待鳳不敗的劍來。

肅冷淒寒的雨霧中，一道劍芒劃過，正橫亙在鳳棲山與紀空手對立的空間。

這是鳳不敗的劍，非常及時而有默契的一劍。在冥雪宗，鳳棲山最好的朋友無疑是鳳不敗，因爲他們是真正的兄弟，多年浸淫劍道使他們之間形成了一種無形的默契，是以，鳳不敗的劍出，總是能夠出現在鳳棲山最希望出現的位置上，從來沒有錯過。

這一次當然也不會例外，刀劍在空中的一點交擊，迸出一團火花，頓時阻緩了紀空手刀鋒行進的速度。

紀空手冷笑一聲，腳尖點地，縱上半空，拖起一路狂風，向鳳不敗掩殺而去。

他此刻以一敵二，絲毫不亂，顯得沈著冷靜，雖然面對的是當面兩大高手的夾擊，但他搶佔了先機，是以應對從容，並未落得下風。

紀空手心裡明白，這種抗衡的局勢絕不會維繫多久，最多在二十招內，自己所占的先機就會失盡，到那時，自己很難從這兩人的夾擊中全身而退，也就是說，自己要想有所作爲，必須出奇方能制勝。

劍鋒一震間，幻化萬點寒芒，閃爍在這虛空之中，鳳棲山與鳳不敗只感到呼吸一緊，頓感眼前一黑。

天未變色，地未變色，只是這天地間多出了一道耀眼的強光，將虛空中的光線盡數吸納。

鳳棲山不再猶豫，暴喝一聲，飛身搶進，劍芒迎著強光而去。

鳳不敗縱身躍起，如一隻盤旋的鷹隼，逼近紀空手的頭頂。

兩人幾乎是在同一時間起動，如電閃般撲向了自己的獵物。

「呼……轟……」一連串的震響，如隆隆雷聲，在三人的周邊處激蕩，隨之而來的是千萬道洶湧狂猛的氣流，向四方激撞擴散。

「哧……」一聲劍的輕響，從紀空手的耳邊劃過，紀空手知道，這是鳳棲山的劍鋒從自己耳邊擦過的聲音，雖只差毫釐，已是險之又險。

「哧哧……」一串火星濺出，卻是鳳不敗的劍尖與紀空手的刀鋒在空中交錯。

這些有聲有形的東西對紀空手來說，並不可怕。可怕的是看不到的東西，是一種用感官才能發現的東西。當紀空手一旦出手時，他就感覺到在自己的周圍，有兩股如山般的壓力正一點一點地向自己推進，一正一反，彷彿將自己推向漩渦的中心……

鳳棲山與鳳不敗都是少有的用劍高手，功力深厚，臨戰的經驗異常豐富，倘若是一對一的血戰，紀空手還有幾分勝算，但以一敵二，紀空手若不出奇兵，絕對難與之抗衡。

形勢是如此的嚴峻，紀空手一退再退，就在鳳棲山與鳳不敗三劍從不同的角度劃弧而來時，紀空手突然不退反進，根本不顧敵人的攻擊，而是鋼刀一顫，點削向兩人的咽喉。

這是一場豪賭！賭的就是對方不敢與己同歸於盡，這種賭法風險極大，但對紀空手來說，已經別無選擇，否則他只有在被動中受制於人，根本不可能有取勝的機會。

這場豪賭，不僅賭的是勇氣，而且賭的是智慧。紀空手已從鳳棲山的話中明白對方並不想置自己於死地，這對紀空手來說，就已足夠，敵人對自己既然心存顧忌，以紀空手一貫的行事作風，當然不會輕易錯過。

所以他必須賭這一把，不僅要賭，還要賭得堅決、果斷。

他的鋼刀一顫間，頓時讓鳳棲山與鳳不敗都猛地吃了一驚，誰也沒有想到紀空手竟然不以常理出招，採取的竟是同歸於盡的打法。

對鳳棲山與鳳不敗來說，無論他們臨戰的經驗有多麼豐富，無論他們多麼富於想像，他們都絕對沒有想到紀空手會使出這樣的一招險棋，因爲他們不知道，這位位極人臣的漢王已不再是問天樓閥主劉邦，而是出身市井的紀空手。按照他們固有的邏輯，劉邦此時權柄在握，榮華富貴集於一身，絕不會捨得放棄這好不容易到手的一切，更不會求死！

這的確是人性的弱點，就算是頂天立地的英雄，也通常會出現這樣的問題，鳳棲山與鳳不敗的推斷當然不會有錯，錯就錯在他們並不知道此劉邦已非彼劉邦，心性恬淡的紀空手若會以常理行事，他就不是紀空手了。

如此驚變令鳳棲山與鳳不敗都出現了一絲下意識的猶豫，猶豫的時間足夠他們算計利弊。如果不出意外的話，他們的劍一旦到位，的確可以制服對手，但他們的速度再快，也無法再擋擊紀空手那柄飄忽的鋼刀，因爲那所要付出的代價必是他們的身家性命。

沒有人可以視生命如鴻毛，即使鳳棲山見慣生死、歷經滄桑，但當面臨生死抉擇之時，他也會義無反顧地求生忘死，更不想用自己的生命去換取別人的生命，即使此人的生命昂貴至極。

於是，他近乎出於本能地將劍一斜，整個人橫移了三尺，帶動著鳳不敗的劍去格擋鋼刀的攻勢。

紀空手心頭一鬆，知道自己在這場豪賭上贏了對手。這個世上，有人可以將錢財視如糞土，卻沒有人將自己的生命視若無物，這個道理紀空手很小的時候就領會了，是以，他堅信這是一個不敗的賭局。

就在鳳棲山與鳳不敗出現剎那間的猶豫之時，他們的氣機立刻出現了一道極小的裂縫，彷彿繃裂了一般，氣勢爲之減弱。

這是一點破綻，雖然只有一點，而且稍縱即逝，但紀空手絕對不會輕易放過，這是他唯一取勝的機會。

「哧……」刀鋒中突然噴出一道如烈焰般的精芒，以電閃之勢迅速切入那道裂縫之中，虛空中頓時響起撕裂空氣的暴響。

「呀……」喧囂的虛空中，傳來鳳不敗與鳳棲山的兩聲悶哼。

紀空手一刀破了敵人夾擊之勢，身上承受的重壓頓減，在未失先手的情況下，他的心境在剎那間一片空明，更將自己的意念融入刀氣之中，彷佛普天之下，除了他手中的那柄鋼刀之外，再無他物。

這是一種境界，一種可遇而不可求的境界。當紀空手進入到這種境界中時，他覺得這虛空竟然靜寂無邊，猶如鬼域。

任何氣機都在他的掌握之中，靈知如千萬條無形的觸手，深深地感知著這虛空中的一切動靜。

面對這一切，鳳棲山與鳳不敗對望一眼，都感受到了一股如山般的壓力迫頂而來，雖然他們的氣血尚在浮動之中，握劍的虎口猶在滴血，可是他們心裡已十分清楚，不動只能是坐以待斃。

於是，他們出手了，凝聚全力放手一搏，虛空中已是一片狂潮。

如潮水般的劍氣滾滾而來，縱算紀空手占到先機，也只有一退再退。

紀空手的身形退得很快，如鬼魅般飄忽不定，退到第十七步時，他突然發覺，自己已是無路可退。

因爲，他已退到了一段懸崖邊上，懸崖之下，就是那水波不止、高深莫測的冰瀑潭。

◆

同樣是一把鐵扇，擺出的卻是全攻的架式，與海江的鐵扇互爲犄角，構築起一連串讓人窒息的攻勢。

無名知道，江海出手了，這既是他意料之中的事，也是意料以外的事，他早就算到江海必定會出手，卻想不到江海的出手會如此之快，如此的隱蔽，以致於他心生警兆之時，已身陷雙扇的夾擊之中。

滿樓的人驚呼起來，火四更是叫罵了起來，誰都可以看出，無名的劍法雖高，未必就能躲過胖瘦使者這致命的一擊。

罵聲不足以讓江海收手，事實上，他一直觀望著無名與海江的交手，之所以遲遲不動，就是爲了等待一個絕佳的時機，當機會來臨之時，他沒有理由放棄。

不僅如此，他甚至凝聚了自己全身的功力，大有一舉斃敵的決心。鐵扇漫天飛舞，殺氣彌漫了整個虛空，無論從哪一種角度來看，無名似乎都死定了。

江海忍不住笑了，的確，眼看著獵物掉入自己早已設下的陷阱之中，他沒有理由不笑，可是就在他笑得最燦爛的時刻，他驀覺腰間一痛。

江海心驚之下，只覺得半邊身子已經麻木，頹然跌倒地上。

偷襲來自於身後，而江海的身後，只有范鋒。

這是誰也料不到的結局，出手的人竟是范鋒，無論是江海，還是海江，都沒有想到范鋒是個奸細，是以，才會讓范鋒輕而易舉地得手了。

海江驟聞驚變，暴喝一聲，鐵扇一振，快若電閃。

范鋒的心中雖驚，臉色卻絲毫不變，手中的劍一旋，直指江海的咽喉，僅距三寸距離時，才戛然凝在虛空。

海江心裡明白，只要自己再進一步，范鋒的劍就會刺入江海的咽喉，他與江海情同手足，有著數十年的交情，在這生死攸關的一刻，難免投鼠忌器。

就這麼一猶豫，他陡感背部一寒，無名的劍鋒已然刺入他的肌膚之中。

海江情知大勢已去，以無名的劍法之精，出手之快，無論他如何掙扎，都是徒勞，輕歎一聲後，「噹」地一聲響，他的鐵扇掉落地上。

這一切來得突然，去得同樣突然，其間一波三折，充滿懸念，看得雙無常與連環五子目瞪口呆，心中駭然不止。

無名看了一眼范鋒，淡淡地笑了。

范鋒抱以同樣的微笑。

「我來楓葉店前，有人告訴我說，五湖莊裡有內應，所以我一上樓來，就刻意留意著樓上的每一個人，卻萬萬沒有想到竟會是你！」無名看著范鋒猶在滴血的劍鋒道。

范鋒顯得非常平靜，淡淡而道：「所謂十年磨一劍，我只是略盡人事而已！」

海江無名火起，「呸」地一聲道：「老子瞎了眼了，竟然沒認出你是個臥底，想當年你只不過是一個混混出身，若非閥主抬舉你，哪來今日的風光？」

范鋒冷冷地看了海江一眼道：「的確如此！如果不是閥主抬舉，我范鋒充其量只是個混混，哪來今日這般風光，但我所說的閥主，不是項羽，而是問天樓的衛三先生，承蒙他老人家教授武藝，又曾在當年救我一命，所以范鋒無以為報，甘作臥底！」

海江這才知道范鋒底細，想到他與江海竟然栽到一個無名小卒手裡，不由氣血攻心，差點暈了過去。

其時正值五閥相爭，相互間互派臥底的事情層出不窮，海江身在流雲齋數十年，所見的臥底不下百人，但他還從來沒有見過像范鋒這樣的臥底。范鋒其人，就像是棋局中高手所下的一招閑棋，看似無用，但一到關鍵時刻，就能發揮出他應有的功效。也往往是這樣的人，不動則已，一動就給予敵人最致命的打擊。
像這樣的臥底，究竟還有多少呢？海江不知道，也不想知道，他只知道有范鋒這樣的一個臥底，已足以讓他功虧一簣，命喪黃泉！
范鋒並沒有理會海江一臉喪氣的模樣，而是深深地向無名鞠了一躬道：「我的劍法遠不及公子，今日能夠得手，純屬僥倖，是以接下來的事情我是有心無力，這就先行告辭了！」
「你要走麼？」無名關切地問了一句。
「我必須走，楓葉店已不是我久留之地了！」范鋒淡淡一笑，突然劍光一閃，一道白光正從江海的咽喉中劃過。
帶著血珠的劍鋒，帶著殺氣的范鋒，都已飄然而去，沒有帶走的是滿樓彌漫著的濃濃血腥，目睹著這一切，海江的心裡已經多出了一種驚懼。
他知道，只要無名的劍鋒再刺入三寸，自己必然與江海是一樣的結局，雖然自他踏入江湖以來，就料定自己會有這樣的結局，可是當這一天終於到來之時，他的心裡還是有些承受不起。
襲人的寒氣侵入肌膚，令他忍不住打了個寒噤。
「你是問天樓的人？」海江似乎心有不甘，他明知自己將死，卻不願意糊裡糊塗地死去，是以問道。
「不！」無名的回答出乎所有人的意料。
「你莫非就是龍賡？」海江的眼睛陡然一亮，因爲對他來說，如果死是一種別無選擇的結果，他更願意死在高手的劍下。

所有的人都將目光聚集在無名身上，因爲有關龍賡的傳說，他們都有所耳聞，即使海江不問，他們的心裡也存在著同樣的懸疑。

無名顯得十分平靜，緩緩而道：「不！我就是我，一個殺手而已！」

無名並沒有回答他的話，只是低頭傾聽了一會兒，緩緩地抬起頭來：「范增來了！」

樓上的眾人無不一驚，便在這時，一陣馬蹄車輪之聲隱約傳來，每一個人都聽得清晰入耳。

「范增既然來了，你也該去了！」無名說這句話的時候，臉上分明有一種落寞。

血光飛濺之間，海江砰然倒在血泊之中。

第十二章　將王之戰

冰瀑潭就在百葉廟邊，四面全是懸壁，高達百尺，猿猴都無法攀及，從上往下俯視，就彷彿一個圓圓的銅境，水波不興，猶如一潭死水。

但它絕不是一潭死水，人站懸崖之邊，可以隱約聽到飛瀑下落的隆隆之聲，那水霧彌漫水面，顯得高深之極，讓人根本無法測度，憑生一股肅冷之意。

此時的紀空手，彷彿進入了一個兩難的絕境，無論是進是退，對他來說，都顯得十分困難。遠處不斷傳來金戈鐵馬之聲與陣陣慘呼，令紀空手心急如焚，他知道，張良和陳平絕不會讓他一人孤身作戰，必然指揮著衛隊，強行進攻，但他們所面對的是當世一流高手，實力之懸殊令他們根本無法與之抗衡，誓死一拚，也是徒然。

紀空手現在唯一指望的是呂雉與紅顏的到來，雖然她們是女流之輩，但以她們本身的實力以及麾下眾多的高手，當可解今日燃眉之急，問題在於，咸陽至驪山畢竟有些路程，紀空手真的能堅持到她們的到來嗎？

這是一個連紀空手自己都無法回答的問題，然而，他的臉上不顯一絲頹廢神情，依然是那麼沈著冷靜，身居亂局而從容若定。

這並不是說紀空手有了應對鳳棲山與鳳不敗的把握，恰恰相反，他已覺得自己的心脈之傷隱隱傳來絲絲陣痛，似有發作的先兆，若非仗著純厚的補天石異力護體，只怕根本無法堅持到現在。

鑽心之痛令他的肌膚滲出點點冷汗，甚至濕透了背上衣衫，這種生不如死的感覺，讓紀空手的忍耐力幾乎達到了一個極限，然而，他憑著頑強的意志，自始至終讓自己的臉上流露出一絲平和的微笑。

其實，有的時候微笑也是一種武器，此時此刻，對鳳棲山與鳳不敗來說，就是一種無形的震懾，他們搞不懂紀空手何以在這種情況之下還能笑得出來，難道說紀空手真的有所依恃，能從這絕境之中脫困而去？

鳳棲山的雙劍舞得呼呼生風，猶如兩個活動的風車般，鳳不敗的劍鋒拖起一路狂飆，與鳳棲山互爲犄角，一步一步向紀空手緊逼而去。

既然無路可退，紀空手自然停止了身形，他如山的身影挺立在懸崖之邊，就像一株千年古松，迎八面來風依然迄立，頓生一股君臨天下的霸氣。

這是一種睥睨眾生的豪氣，更是一種俯視天地的大氣，它與生俱來地潛藏於人的本能之中，只有當潛能升至極限之時，它才會自然而然地透發出來，給人以無形的震懾。

此刻的紀空手一動不動，但王者所具有的獨特氣質給了他特有的魅力，即使如鳳棲山、鳳不敗這等倨傲不馴之輩，也戛然止步，不敢壓迫過緊。

對立的空間只有三丈，對他們三人來說，無論是誰，要越過這三丈的距離都絕非難事，可此時此刻，這三丈的距離卻形如天塹，成了一個誰也不敢逾越雷池半步的壕溝。

刀與劍都懸凝空中，如不動的雕塑，但從它們身上散發出來的殺氣，卻充斥了整個虛空。

如果這種相峙一直能夠持續下去，對紀空手來說無疑是一個不錯的結果，然而，紀空手的心始終緊繃，根本沒有放鬆的跡象，因爲就在他想放鬆一下神經的剎那，他又感到了那種似曾相識的氣息。

自紀空手踏上千步梯始，他就一直感覺到有一股無形有質的氣機緊鎖著自己的心神，這股氣機從何而來，紀空手不得而知，但他卻感知到這股氣機似乎與自己體內的補天石異力同出一脈，絲毫不顯排斥的跡象。

這種異象不僅讓紀空手感到困惑，而且讓人感到吃驚，當他想起剛才與鳳棲山的對話時，他的頭腦突然間靈光一現。

——韓信！只有韓信才具有與他同屬一脈的補天石異力！

也就是說，韓信人在暗處，其實一直在關注著自己。他想必與自己也有相同的直覺，不敢確定自己究竟是劉邦還是紀空手，是以才遲遲沒有出手！

「龍藏虎相，李代桃僵」，這是一個亙古未有、計劃縝密的驚人之作，以紀空手的智慧，若無五音先生的點撥，他也絕不敢策劃實施，因爲這實在是一個龐大的計劃，一環緊扣一環，不能有半點疏漏，一旦有點失誤，很可能通盤皆輸，是以，唯有真正大勇大智者，才可以將之操縱自如。

以韓信的智計，也非尋常之人可比。也許他有這樣的猜想，這樣的困惑，但他絕對不敢相信這世上竟有這樣的一個計劃存在。

然而，不管對方是誰，韓信都必須出手，只有將此人擒下，他才有可能得到鳳影的下落。

他此時身為數十萬江淮軍的統帥，轄數郡之地，竟然甘冒奇險，千里迢迢趕到關中，這只因為鳳影是他的最愛，他不能容忍別人用他的女人來要挾自己，以至於讓自己不能放手一搏，爭霸天下。

鳳影在他心中的地位，的確是任何女人都不可取代的，鳳影長得很美，但絕不是最美，比她美的女人並非沒有；鳳影富有女人獨有的魅力，但絕不是妖媚，比她風情萬種的女人不在少數。但不知為什麼，韓信就是不能將她忘卻，愈想忘卻，愈是思念，彷彿她的一顰一笑總在眼前。

以韓信的為人，為了權勢利益，竟然連自己最好的兄弟也敢背叛，按理來說，他是很難對自己的感情始終如一，更不要說「忠誠」二字。然而，他獨獨對鳳影的這段感情，卻看得比自己的生命還重，難道這真的就是一個「緣」字嗎？

這看上去無法解釋，更無理可尋，其實細究起來，韓信認識鳳影是在問天樓的刑獄地牢中。其時的他，不過是一個市井裡的小混混，又身陷牢獄，正是人生最落魄的時候，突然遇上鳳影這樣一個美麗而高貴的少女，由不得他不情竇初開，萌生愛意，將自己全部的感情寄託在她的身上。是以，在他的心裡，已經將鳳影視作了自己情感的港灣，更將她看成了自己的另一半。

那是他的初戀，對任何一個人來說，初戀都是最美好的，韓信當然也不例外。也許正是他幼年失去父母之情，少年又失兄弟之義，所以他才會將自己對鳳影的愛看得彌足珍貴，甚至是自己生命中的唯一。

這聽起來似乎很可笑，但人性本就如此。人的思想往往是矛盾的結合體，有的時候無法用任何道理去解釋，好比一個禍國殃民的大奸臣，壞事做盡，卻偏偏是一個盡孝之子一般，誰又能測出這人心之深、人心的變化無常呢？

正因爲鳳影是他的最愛，是以他在等待，等待一個可以完全制服對手的機會，他才會出手。

因爲，他不想給自己的生命留下遺憾。

當紀空手再一次用自己的靈覺去感知韓信的氣機時，他的心開始往下沈，他不得不承認，今日的韓信，已不再是當年跟著自己騙吃混喝的韓信了，單是韓信這淡若無形卻渾厚無比的氣機，就已經進入了當世絕頂高手的行列，而且，韓信遲遲不動，說明他非常冷靜，絕不冒失。

紀空手心裡明白，高手相爭，不動遠比動更爲可怕。動則有形，不動則靜，讓人根本無法測度他下一步的行徑，而一旦行動，必是雷霆一擊，絕對有著必勝的把握。

紀空手深深地吸了一口氣，企圖平緩一下自己的心情，然而就在此時，他再一次感到了從心脈上傳來的鑽心之痛，氣機爲之震動了一下。

就只一下，他已經感覺到那股氣機同時動了。

他明白，韓信終於要出手了，雖然他不清楚韓信的藏身之地，但他已感覺到了那無處不在的劍氣……

他強斂心神，將全身的勁氣提聚於掌，等待著，等待著自己今生最大的強敵……

「呼……」一股龍捲風驟起，不知始於何處，迅速席捲了這片虛空，風過處，形成一段寬約七尺，長達數十丈的真空，沒有雨絲，沒有空氣，只有那無形卻有質的沈沈壓力。

草葉連根拔起，殘瓦碎石在旋動中激湧，使得這段空間朦朦朧朧，如海市蜃樓，顯得一點都不真實，虛幻得猶如傳說中的地獄。

紀空手的刀橫在胸前，心動的一剎那，他突然感到腳下的地面在晃動，細微得讓人幾不可察。

他幾乎要懷疑這只是自己緊張時產生的一種幻覺，然而他沒有，因爲此時他的心境就像是一口水波不興的古井，一粒細微的塵土墜落其中，都會引起一道道漣漪。

心中無刀是武道一種至極的境界，心中無物則是佛家所追求的禪定境界，難道這一刻間，紀空手已經堪破生死？

他不知道，他也無法知道。他只知道眼前的鳳棲山和鳳不敗都只是一種幻象，一個幌子，真正的殺機其實就暗藏在他們身後的那段真空之中。

「哧……」一道旋風平地而起，聚捲著草葉瓦石，形成一個巨大球體，在原地飛速旋轉，它每轉動一分，天色就漸暗一分，當它旋轉到一個極限之時，陡聽一聲爆炸般的驚響，整個山峰都爲之震顫。

「呼……」從球體中間躍出一道耀眼奪目的白光，劃亮了這暗黑的天地，白光過處，大地兩分，裂開一條深達數尺的巨縫，泥土如波浪翻捲，氣旋若潮水漫湧，直湧向紀空手的立足之地。

一劍之威，竟然驚天動地，蒼穹變色，紀空手的臉上的笑容也變了顏色。

他的心中一片駭然，根本沒有想到韓信的劍法竟精湛如斯。劍道，其實就是天地之道，韓信的每一個動作都暗合天地的節奏，的確是領悟到了武道極致的境界，是以，一劍動，天地俱動，劍中已暗藏天地之威。

紀空手這才明白，即使自己不受心脈之傷，也未必是韓信的對手，雖然他與韓信都受益於補天石異力，但武道一向講究專心，正因爲自己心計奇高，智謀過人，所思所慮過於繁雜，不及韓信那麼一心鑽研武道，才會漸漸落了下風。

然而明知不敵，他也絕不放棄，因爲他對韓信之恨，深可入骨，絕不容忍韓信當年對自己的背叛。他性本恬淡，一生豁達，可以容忍敵人對自己的無情，可以容忍部屬對自己的不忠，卻容不得自己最好的朋友對自己的不義。因爲，這是一段他付出了太多的感情，這是一段他用真心鑄就的友誼，一旦成空，竟成難以割捨的遺憾。

是以，他必須一戰！

長刀斜立，如戰旗飄揚，他的整個人如磐石般傲立不動，衣衫與長髮飄飛，構成一幅極富動感、意境深遠的畫面。

紀空手的眼芒如電，鎖定住愈逼愈近的滾滾氣浪，漫天黃土遮迷不住他的雙眼，透過這霧一般的虛空，他甚至看到了另一雙咄咄逼人的眼睛。

那是韓信的眼睛，深沈得如夜幕下的蒼穹，讓人永遠無法測度到他的內心，那眼睛裡所帶出的無情，猶如冰源上刮過的寒風，不僅冰寒，而且徹骨。

紀空手不再猶豫，暴喝一聲，迎前一步。

只踏出了一步，紀空手驀覺天地乍變。風動，雲動，風雲在剎那間湧動，整個人彷彿置身於暴風雨之中，承受著四面八方呼嘯而來的勁氣。

「呀……」他怒嘯一聲，橫刀斬下，迎著這氣浪的最前端，挺身而去。

「隆隆……」

驚響驟起，爆炸連連，驚人的刀氣如巨斧一一劈下，那氣浪如水流般竟然斬截不斷，氣勢不減半分，直向紀空手撞擊而來。

紀空手避無可避，腳步一點，人已縱入半空。

他的速度之快，快逾電閃，人在空中盤旋，更如獵鷹般虎視眈眈，企圖在亂局之中尋求一點稍縱即逝的反擊時機。然而，他失望了，他所見的，依然是一片層層氣浪，依然是一片漫漫黃沙。

氣浪還是那股氣浪，黃沙還是那些黃沙，當氣浪裹挾著黃沙席捲到紀空手的腳下時，竟然形成了一個巨大的漩渦，如惡獸的大嘴，向空中飛撲而去。

紀空手大駭之下，強行提氣，意欲在空中換位移形，同時刀氣貫出，如山嶽壓下……

「轟……」

兩股巨大的氣流終於在半空中激撞，虛空變得喧囂不堪，千萬道勁氣如洪流飛瀉，撕扯得這天地間的一切不成模樣。

紀空手只感到胸口一悶，仿如一堵氣牆壓在胸口，有一種窒息的感覺，當他正要俯衝而下時，只聽得「咯……」地一聲輕響，他體內的勁力頃刻間變得空蕩蕩的，身形頓時輕飄飄地倒栽而下。

他無奈地歎息一聲，知道自己的心脈終於承受不了巨大的壓力，斷了！這已非人力可爲，唯有認命！

墜下的身形已如柳絮，完全處於一種失重的狀態，唯一清醒的，是紀空手的頭腦，他正感覺到自己的生機一點一點地流失到體外……

在紀空手的這一生中，曾經有過不少的奇蹟，他的名字就像是傳奇的化身，上演著一次次讓人不可思議的輝煌，然而，這一次，他已明白，縱算是再有奇蹟發生，他也不可能生還於世。

「轟……」

氣浪的餘勁再一次撞向他的身體，他的整個人一彈而起，竟然向懸崖飄去。

人如斷線的風箏般跌飛，但紀空手的臉上卻露出了一絲淡淡的笑意，誰也不明白他為什麼會笑？但每一個人都看到他的身影依然飄逸，彷若得道者飛升而去。

意識正漸漸遠去，殘存在紀空手頭腦裡的思想，也放飛於天地。然而，當他回光返照的那一刹那，他分明聽到了呂雉與紅顏撕心裂肺的慘呼聲，還有一聲響徹山谷的狼嗥。

身體在急劇地下沈，心也在急劇地下沈，天地彷彿在這一刻間淪陷，就像鴻蒙未開的宇宙荒原。

◆

海江與江海去了，去了另外一個世界，范增來了，來到了赤紅如海的楓葉店。

楓葉如詩，楓葉如畫，換作平時，范增目睹車外這片迷人的風光，必定詩性大發，然而此時此刻，他已經沒有了這等雅興，只是拿著手裡的一幅畫，怔怔地出神。

畫像中之人正是卓小圓，笑靨如鮮花綻放，有一種說不出的妖媚，雖然肌膚畫得不如真人柔滑水靈，但線條精致，筆法柔美，與真人有著幾分相似，可見畫圖的人頗費了幾番苦心。

這是范增這些日子來憑著記憶所畫的，雖然自己因為這個女人慘遭驅逐，丟掉了一世功名，但在他的心裡，並沒有半點記恨，反而對她更生刻骨銘心的思念。特別是想到卓小圓出浴時那動人的一幕，范增便癡了，醉了，心中忍不住長歎：「如能擁佳人同眠，便讓我立刻去死也心甘情願，哎……」

得不到的東西才是最美的。這是男人通常的心理，何況卓小圓的美本就無可挑剔，這就難怪名士范增多風流了！

然而，范增雖然好色，卻絕不沈迷於女色，這些日子以來，他想得更多的，還是當今天下的未來形勢。

按理來說，他既遭項羽放逐，考慮這些大事未免多餘，然而他從種種跡象中看來，自己未必失寵於項羽，此次放逐，也許只是項羽所用的攻心之計。是以，他一路東來，只是令自己的車隊緩緩而行，竟將這次放逐當作一次遊山玩水的旅行。

他的確是一個城府極深的人，以他的年齡與數十年修養而成的靜心功夫，就算卓小圓施以暗香，他也絕不至於做出偷窺春色這等醜行。他之所以這樣做，其實只是順水推舟，以釋項羽心頭之疑罷了，這份良苦用心，只有他自己知曉。

事實上他早就聽到有關自己的謠言，也知道項羽對自己起了戒心。范增表面上十分平靜，其實心裡早就開始盤算著如何應對項羽。當他那晚行至小院，聽到卓小圓焚香沐浴之聲時，一來他確實癡迷於卓小圓，二來他聽到了項羽悄然而至的腳步聲，當即靈機一動，這才幹出了偷窺之事。

這樣做的好處，可以盡去項羽對自己的戒備之心，范增知道項羽同樣是一個心機深沈之人，自然懂得一個心懷叵測之徒必然不動聲色，處處處心積慮，瞻前顧後，以防動機暴露。像這一類人，平日不喜張揚，行事藏頭露尾，絕對不會因小失大，做出偷窺之事來。而自己一旦做了，雖然背負好色之名，卻可以借機表明自己的清白，謠言也就不攻自破了。

這絕對是一個明智之舉，而且絕無性命之憂，因為范增清楚，真正犯忌的事情是背主棄義，偷窺春色還不至於讓項羽殺掉一個他所倚重的謀臣，就算將他放逐，也只是臉面上一時過不去，一旦前線軍情緊急，項羽自然會急召他回軍中效命。

想及此處，范增的臉上禁不住露出一絲得意的笑容，彷彿一切都還在他的掌握之中。

「得得……」馬蹄聲清脆起來，顯然是進入了楓葉店，鐵蹄與石板踏觸，令長街似有些微震動。

「相爺，前面就是五湖居了，那裡的廚子原是宮廷裡的大廚，做得一手好菜，咱們是不是就在那裡打尖歇息？」說話的人叫范同，是范府的管家，跟著范增十幾年，是以並不拘謹。

范增沈吟了片刻，搖了搖頭道：「算了，老夫此次是以放逐之名回鄉，不宜過於張揚，還是過了楓葉店尋個僻靜小鎮打尖吧！」

「是！」范同不再說話，指揮馬隊緩緩從長街而過。

范增坐在車中，悠然地閉上眼睛。

對他來說，這是他第三次來到楓葉店，是以他對楓葉店並不陌生，如果他沒有記錯的話，再走兩百步，就是楓葉橋，五湖居就在橋的那一端，那裡無疑是整個鎮上最熱鬧的地方。

熙熙攘攘的人流，撲鼻而來的肉香，拉長嗓音的叫罵聲……組成了一幅鬧市圖畫，在范增的記憶裡，一切猶在，讓他的心裡驀然湧出一種親切感。

然而，就在此時，「希聿聿……」一陣馬嘶長鳴，整個馬隊戛然停下。

范增心頭一緊，驚坐而起，喝道：「范同，出了什麼事？」

范同人在車外，聲音變得很緊張，顯得有些驚慌道：「相爺，橋上有人攔道！」

范增的心「格登」一下，暗叫道：「該來的還是來了！」當即掀簾來看。

但見百步之外，楓葉橋上，一個孤傲的身影昂然挺立，雙手緊抱，衣袂飄飄，一把長劍抱在胸前，劍未出鞘，但周身散出一股無形的殺氣，直透人心。

范增冷冷地盯注了半晌，眼芒一寒，又審視著長街上的情況，剛才熱鬧的長街在一剎那間變得靜寂無聲，人流紛退，如潮水般湧向長街的兩邊，使得車隊與楓葉橋之間，騰出一段百步距離的空間。

對於范增來說，這種場面是他此次行程預料中的事情。以他的身分地位，的確是很多人心中的刺殺目標，為了防患於未然，他設計了不下三種應變方案，以確保安全。是以，當這種驚變驟起之時，他絲毫不慌。

讓他感到有些詫異的是，對方只有一個人，而且人立橋上，竟然是公然行刺，出現這樣的情況，只有兩個原因，一是此人初出江湖，不知天高地厚；二是此人有所憑恃，渾然無懼。

遠遠望去，那人氣勢沈凝，如高山嶽峙，的確有劍術名家之風範，但范增還是有一種莫名的預感，認為敵人的精銳主力其實正混跡於人流之中。

這才是讓范增遲遲沒有動手的原因，小隱隱於山水之間，大隱隱於市，但凡智者，誰都明白隱於人流之中才是最好的舉措。真正的隱者，就如尋常百姓一樣，鋒芒內斂，縱然與你相對，你也根本識不破他的底細，身爲名士的范增，當然明白這個道理。

但就算范增明白這個道理，要想在這成千上萬的人中尋找到真正的敵人，也是白費心機，唯一的辦法，就只有讓敵人自己跳出來。

「范同！」范增的眼睛緊了一下，叫道。

「在！」范同趨近車前道。

「通知車隊繼續前進！」范增冷然道：「老夫倒想看看，是誰敢攔老夫的車隊！」

范同怔了一怔，趕緊點頭道：「是！」當即站直身子，大手一揮，車隊又緩緩地動了起來。

居高臨下的無名看著重新蠕動的車隊，神經開始一點一點地繃緊，他已經感受到了大戰將臨的那份緊張，更看出這絕不是一場尋常的狙擊，而是真正的血戰、惡戰。

他之所以有這樣的徵兆，是因爲那兩輛緊隨范增的車駕重簾緊閉，根本看不到裡面的任何虛實，但他卻感到在那重簾之後，有兩雙眼睛正盯視著自己的一舉一動，包括無形卻有質的氣機。

這種感覺玄之又玄，讓人覺得似乎不可思議，但對於每一個高手來說，只要能將自己體內的潛能激發出來，這並非不可辦到，這其實就是高手特有的直覺。

無名當然是一個高手，而且是超一流的高手，是以，他的直覺不僅敏銳，而且準確，當他靜心下來的剎那，周邊一切動態的東西也相對靜止，只有敵人若隱若現的殺機非常清晰地印入他的心中。

一百步，八十步，五十步……

車隊在一步步地前移，殺氣也在一步步地緊逼！虛空中充斥著不斷加強的壓力，密度之大，就連空氣也難以擠入進去。

無形的敵人，無形的殺氣，長街上，小橋頭，一切看似無形，卻充滿著「山雨欲來風滿樓」的緊張氣息。

車隊在三十步開外停下，再一次與無名形成相峙。

這一次輪到范增有一種失算的感覺，當車隊行進在人流之中時，他的注意力高度集中，與自己的衛隊隨時作好了應對突發事件的準備，在他的預想中，敵人在百步之外，就開始出現，最大的可能就是爲了吸引自己的注意力，從而爲同夥創造可乘的機會。

然而，這一幕並沒有發生，一切顯得那麼平靜，反而讓范增有手足無措的失落感，他已經意識到，自己所面對的敵人，並不是頭腦簡單之輩，寧靜之下必定暗藏著更大的殺機。

他緩緩地把手伸出車窗之外，做出了一個奇怪的手勢。

范同一臉肅然，當即翻身下馬帶著身邊的三個人向橋上走去。

這三個人都是追隨范增多年的家將，一個使錘，一個使刀，還有一個卻是赤手空拳，三人年齡相近，身形剽悍，腳踏長街，發出「咚咚」之響，顯得頗有氣勢，三人緊跟范同而行，所過之外，人流紛紛向後而退，

這使錘的名叫范十一，使刀的叫范九，空手的那位叫范五。范增門下的親信，以數字排名，數字愈大，排行也就愈靠前，而不是以武功的高低來排名。這三人無疑是范氏門中的精英，與范同一起，並稱「范門四將」！

這四人既出，范增的隨行衛士們無不凜然，在他們的記憶中，很少看到這四人同時出手，一旦發生了這種情況，那就證明范增非常重視橋上的那名劍客，至少，已將他當作勁敵來看待。

昔日起事之初，范增受命入趙聯絡義軍，半途遭大秦名將凌宇率三百勇士伏擊，當時范增的身邊，就只有四大天王隨行，而凌宇本是當世一流劍客，手下三百勇士又儘是師門子弟，那一戰拚殺下來，甚是慘烈，最終以凌宇戰死、范增諸人全身而退而告終。事後，范增論功行賞，發現四人身上的傷痕共計一百七十三處，不禁歎曰：「這哪裡是人，乃是真正的不死之神！」

能夠得到范增如此評價，可見「四大天王」在范增心中的地位，同時亦看出這四人絕非江湖中的一般高手可比。

但無名似乎並沒有將這四人放在眼裡，甚至連看也沒有看上一眼，只是半低著頭，依舊雙手抱劍，俯視腳尖，大有泰山崩於前而不色變的鎮定。

眼見范同等人一步一步逼近他十步範圍之內，無名這才緩緩地抬起頭來，眼芒如利刃劃過虛空。

范同心中陡生驚意，似乎沒有想到無名的目光竟然如此銳利，精光乍現間，顯示出純厚無比的內力。他當即停步不前，雙手抱拳道：「在下范同，此地正是鬧市長街，想請閣下借一步說話！」

「不必！」無名冷然道：「以你的身分，還不配與大爺說話。」

范同沒想到對方竟如此輕視自己，強壓怒火道：「哦？這麼說來，倒想請教閣下高姓大名了？」

「我這人最怕的是鬼魂纏身，是以殺人之時從不留名。今日你我是敵非友，這姓名不留也罷！」

無名淡淡而道，依然是一臉傲意。

「看來你很自信。」范同冷笑一聲道：「你我之間還沒有交上一招半式，你就自以爲已穩操勝券，未免太托大了！你爲什麼就不問問大爺我姓甚名誰，再說這些狠話呢？」

「我不必問。」無名冷然而道：「你既是飯桶，想必也沒有多大的能耐，還是識相一點，滾回去讓范增來見我！」

他指名要范增出馬，看來的確是來找麻煩的。范同明白了對方的來意，已知善者不來，當下「鏘——」地一聲，拔劍而出。

「我這個人挺識相，可就是這劍不識相，偏偏要和你比個高低，我看你還是亮兵刃吧！」范同沈聲道，向前踏出一步。

無名冷冷地看了他一眼，眼芒中透出一股無盡的寒意，令范同的心速頓時加快：「你用劍？」

「是！」范同幾乎是硬著頭皮答道，不知爲什麼，當他的目光接觸到無名深沈無底的眸子時，心裡竟生出一絲懼意。

這在范同的一生中並不多見，他自入江湖以來，出生入死，歷大小戰役一百二十七起，還從來沒有未戰先怯過，但今天他突然感覺到一種不祥的預兆，總覺得自己有些流年不利的味道。

「你不該用劍！」無名道。

「爲什麼？」范同仰起臉道。

「因爲我用的是劍！」無名的聲音很輕，卻自然而然地流露出一股震懾力。

范同剛想笑，卻聽得一聲清脆的龍吟之音驟起，無名已拔劍。

無名拔劍，人卻未動。他拔劍只是傳遞一個信號，龍吟之音未滅，從人流中突然閃出五道鬼魅般的身影，卻用不同的兵刃、從不同的角度構成一個聯合的殺陣，向范同等人疾衝而來。

這殺陣有一個名目，叫「五子登科」，正是連環五子得享盛名的最大本錢，據說連環五子單對單的打法實在平常，而他們能在黑道中成爲一流的人物，可以說與這套陣法有著莫大的關係。

連環五子以金、木、水、火、土這五行之名爲姓，其實也是因爲這套陣法暗合五行生剋之理，無論在步法上，還是兵器配置上，都充分考慮到五行之間的關聯，以期發揮出最大的功效。

是以，當連環五子對范同等人分而圍之、形成夾擊之勢時，四大天王無不感到自己的周圍有一股壓力存在，迫得他們必須出手。

范五選擇的對象是水三。水三是空手，范五用的是一雙鐵掌。兩人以掌對拳，倒也般配。然而水三只接了一掌，身形一移，迅速與木二換位，還沒等范五回過神來，木二的紅木棍幻出萬千棍影，已經撲天蓋地而來。

「五子登科」，本就以步法見長，練至純熟時，通過精妙的移形換位，可以讓五個人形同一人出手，端的是妙不可言。無名看了片刻，心中卻在叫糟，因爲連環五子的身法固然精妙，以奇見長，可惜功力尙缺火候，一旦四大天王穩紮穩打，不被幻相所惑，那麼連環五子落敗就是遲早的事。

他與連環五子只是因爲一時的利益走到一起，並無任何的交情，按理說，人爲財死，縱算連環五子就此而死，無名也大可不必自責。但對無名來說，一旦連環五子過早落敗，必會影響到雙無常的出手，這樣一來，僅憑自己一人之力要想製造亂局，實在有些勉爲其難。

無名緊了緊手中之劍，心想：「如果我親自出手，再加了連環五子，當可在十招之內取敵首級，然而我的目標並不是眼前的這幾個人，過早出手勢必會暴露自己的實力，到時候難取出其不意之效。」

他此刻頗有些左右為難，無奈之下，只有靜觀其變。

雙方交手到三十招後，戰局大變。連環五子的身法雖然精妙，但在四大天王合力破解之下，已漸落下風。就在此時，范五又與水三照面，突聽「哧……」地一聲，一口唾沫如飛彈般從水三的口中激射而出，距離太近范五已避無可避，「哎喲」一聲，昔日曾力敵百人的戰將頓倒地身亡。

一口唾沫竟然能夠置人於死地，當真是駭人聽聞，何況對方還是身經九死一生的范五？可誰又想到這唾沫之中，暗藏著一支黃豆大小的菱形鏢，而鏢身之中有一個空管，管中既有爆炸裝置，又注有一滴丹頂紅，一入人體，見血封喉。那范五縱有九條命，也敵不住這一口唾沫。

范同等人又驚又怒，又帶著幾分莫名其妙，同時發動新一輪的攻勢。連環五子頓時被籠罩在刀光劍影之中，刀、劍、錘三者聯手，疾捲起驚人的殺氣，在這長街之上爆閃出無數個氣旋，如潮水般洶湧，即使是站在十步之外的無名，衣袂與長髮亦隨風亂舞，兩邊的人流禁受不住這勁風的吹襲，再一次紛紛後退。

交擊聲不絕於耳，飄忽的身影交織竄動，根本無法辨清哪是范同等人，哪是連環五子，只感到七八條如鬼魅般的影子在雲團霧裡狂舞。

激戰正酣，但無名的目光始終盯住著數十步外的范增以及他身邊那兩輛重簾的車駕。

范增看著這一場惡戰，臉上似乎是無動於衷，但心中卻有幾分疑惑。他人雖不在江湖，卻對江湖上的人與事並不陌生，他已認出對方正是黑道中的連環五子。

「連環五子一向是獨來獨往，我行我素，從來沒有聽說過他們投靠了誰，然而看今天的這種形勢，他們的行動頗有組織，難道說他們此次竟是有備而來？」范增心裡這麼想著，忍不住看了一眼身後的那兩輛大車，心裡稍微安定了一些。

這兩輛大車之中，究竟有什麼秘密呢？這只有范增才知道。

范增心裡十分清楚，狹路相逢，雙方比的就是實力，只有暫且隱藏實力，伺機而動，才有可能給予敵人的致命一擊。所以，他不急，一點都不急，即使四大天王已折其一，他也只是隔岸觀火、靜觀事態的發展。

「哎呀！打死人啦……」從不遠處的人群中突然傳出一個女人的慘呼，范增循聲望去，卻見距離自己不過數步遠的人流有一些騷動，一男一女撕扯著擠出人群，好像是夫妻之間的鬧架般，甚是熱鬧。

范增哪有閒心觀看熱鬧，手勢一抬，當即有幾名侍衛迎了上去。他眉頭皺了一皺，剛剛回過頭來，卻突然感到有一滴濕漉漉的東西黏到了自己的臉上。

他順手一抹，卻聞到了一股淡淡的血腥味，心中不由得抽搐了一下。

血！是血！只有人血，才有如此濃重的腥味！

他猛然回頭，只見剛才還在慘嚎的女人，渾如一頭母夜叉般，手持木鈎，旋飛了一名侍衛的頭顱，她的臉上沒有絲毫的淚水，有的只有濃濃的殺氣。

范增心頭一亮：「黑白府的雙無常！」他之所以敢如此肯定，不是因爲他見過他們，而是從他們手中的兵器上作出的判斷。

他不由得感到有幾分詫異。連環五子與雙無常都是江湖中獨來獨往之人，雖然武功精湛，但敢向流雲齋挑戰，未免太膽大了一些，除非他們的背後真的有人撐腰。

當今江湖之上，無論在聲勢上，還是在實力上，敢與流雲齋抗衡的只有劉邦的問天樓，難道說那位靜立橋上的劍客，真的是問天樓的高手？

范增緩緩地回過頭來，不再理會雙無常與侍衛間的廝殺，重新將目光盯視在無名的身上。

「此人既是問天樓的高手，那麼他會是誰呢？」范增沈思片刻，驀然想到了什麼，驚道：「難道他就是龍賡？」

龍賡無疑是當今天下風頭最勁的劍客，有關他的傳說，實在不少，然而很少有人親眼目睹過他的真容。范增也是在一個偶然的機會聽到項羽提起過他的名字，以項羽的武學修爲，尚且對此人欽服不已，范增自然也就留了個心眼，記住了這個名字。

如果此人確實是龍賡，那麼眼前的這一切也就不難解釋了，因爲只有龍賡，才會自視清高，公然行刺。

「呼……」雄無常的銀鈎一閃，擊斃了一名侍衛之後，幾乎可以直面范增，而此時的雌無常木鈎幻化數百道虛影，將飛湧而來的侍衛盡數攔在自己身後。

對雙無常來說，這的確是一個誘人的機會，只要將范增制服，這筆買賣也就十拿九穩了！

他們身在江湖，當然知道流雲齋的勢力之大，根本不是他們這號人可以惹得起的。但對他們來說，范增此行所帶的財物實在非常可觀，是以他們不想錯過。

俗話說「人爲財死」！雙無常卻不是這樣要錢不要命的人，如果說范增此時還身居相位，又或者沒有無名的出現，當他們知道這批貨的主人就是范增時，他們也許會選擇放棄。然而，當這兩種情況都成爲現實時，也就難怪他們要心生僥倖了。

既然已下決定，他們出手絕不容情，畢竟他們都是身經百戰的高手。是以他們沒有放過這稍縱即逝的戰機。

此時的雄無常，距離范增最多不過兩丈，而兩丈的距離，正是雄無常手中的銀鈎攻擊的最佳距離。雄無常當然不再猶豫，暴喝一聲，銀鈎如彎月升起，寒芒若月光傾灑整個虛空。

氣旋在鈎尖湧動，誰都可以看得出來，這絕對是致命的一擊！

范增依然是背對著，臉上顯得極爲平靜，他的神態似有幾分悠然，仿若觀花賞月，渾然不覺背後襲來的殺機。

殺機暴露於雄無常的眼神裡，也暴露於他的銀鈎之上，他整個人就像一頭出擊的獵豹，面對獵物充滿著勢在必得的信心。

這一擊的氣勢之烈，宛若橫掠沙漠的風暴，似乎可以將眼前的一切吞噬毀滅，讓人一見之下心生恐懼。

第十三章　初占上風

銀鈎以電芒之速劃過虛空，愈來愈近，但范增似乎根本不知道自己身後發生了什麼，毫不在意，反而臉上多出了一絲淡淡的笑意，是那般的寧靜，那般的優雅，不失半點名士風範。

一丈五……一丈……五尺……距離在不可思議的速度下縮短，銀鈎上的血腥也愈來愈顯得真實，但就在這一刻，一陣莫名的風生起，捲起了范增身邊一輛馬車的重簾。

換在平時，這只是一個再普通不過的小細節，「風捲重簾」，是詩人筆下的一幅畫面，一般的人通常都不會去注意它，然而對雄無常來說，這不是一個細節，而是一種異變，一種絕不尋常的異變。

就在他心中一顫之間，那重簾捲起外，突然多出了一隻手，沈穩有力、速度奇快的大手。

這隻手出現得詭異而及時，彷彿一切都經過了嚴密的算計一般，就在銀鈎僅距范增背心不過七寸處，這隻手已橫在當中。

「啪……」大手拍在銀鈎之上，竟似成了一隻黏性十足的鐵鉗，硬生生地將銀鈎懸在空中，紋絲不動。

雄無常心中大駭，幾乎驚叫起來，似乎根本沒想到這世上還有人僅憑肉掌就可破去自己的全力一擊。

可是他還沒有來得及叫出聲來，驀感手上一麻，一股如電流般的勁氣透體而入，竟將他的身體震飛半空。

「呀……」雄無常悶哼一聲，借著慣性彈身落地，只感到眼前一黑，一條如鬼魅般的人影搶到他的身前，大手一張，鎖住了他的喉骨。

以他的功力，竟敵不過來人一招，這實在有些不可思議，就算來人攻其不備，但要想在一招之內將雄無常制服，普天之下這樣的人實在不多。

雌無常陡見驚變，要想搶近已是遲了，她與雄無常畢竟夫妻情深，難免投鼠忌器，是以僵在當場，竟不知該如何是好。

「放下兵器！」來人是一個清瘦的老者，聲音極冷，聲調帶有一種不可抗拒的威嚴。

雌無常情知兵器脫手，更是死路一條，正猶豫間，卻聽得「咯……」地一聲輕響，老者的手上稍微加了一點力，雄無常的臉憋得如楓葉般紅，差點閉過氣去。

「哐……」木鈎脫手落地，雌無常只能從命。

那老者冷漠地橫掃了雌無常一眼，道：「老夫實在是搞不明白，憑你們夫婦的這點身手，不僅活到現在，而且還可以在江湖上成名立萬，這是否也太容易了？難道真的是江湖歲月催人老，一代不如一代強嗎？」

他一臉老氣橫秋，說起話來更是以前輩自居，但雙無常夫婦卻偏偏猜不出此人是誰，心中直犯嘀咕。

「你既是前輩，何不與我們夫婦公平一戰？若是靠一些偷襲的手段取勝，我看你也算不了什麼！」雌無常心中一動，淡淡而道。

她已看出此人的功力雖深，卻自負得緊，是以想用激將法逼得他給自己一個機會。雖然此人出手不凡，但她自忖自己夫婦全力以赴，使出「勾魂十式」，未必就鐵定會輸。

老者聞言，深深地看了雌無常一眼，淡淡而道：「老夫本來不想取你二人性命，但既然你們刻意求死，那老夫就成全你們吧！」

他手臂一振，將雄無常推出數尺，同時大手向虛空一抓，竟將兵刃還到雌無常手中。

他亮出「隔空取物」這一絕活，頓令雙無常臉色變了一變。以他們本身的功力，要做到這一點不難，難就難在要想在這麼遠的距離準確無誤地送到別人手中，沒有雄渾的內力根本不成。

「前輩果然身手不凡。」雌無常心中雖驚，但臉上顯得十分平靜：「能有這等身手之人，絕非無名之輩，小女子斗膽問上一句，不知前輩高姓大名？」

老者冷然而道：「老夫歸隱十數年，對名利之心看得漸漸淡了，不提姓名也罷，但今日既是我復出的第一戰，不想讓你們二人死得糊裡糊塗，還是告訴你們吧！」

他頓了一頓，傲然道：「老夫姓吳名法，想必你們不會陌生吧！」

他此言一出，縱是數十步外的無名聽了，心中也大吃一驚，雙無常更是渾身一震，禁不住後退一步。

十數年前的江湖之上，只要一提起「無法無天」這四個字，可謂是無人不知，無人不曉，因爲這句話代表著兩個人，兩個絕世高手，他們的名字就叫吳法、吳天。

這兩人是一對兄弟，其功力之高，據說已不在五閥之下，當年兩人聯手，闖入阿房宮中行刺秦始皇，事雖未遂，卻面對數十名高手的合圍得以全身而退。消息傳出，轟動了整個江湖，然而他們卻在名聲最盛之際突然消失，成爲當時江湖的一大懸疑。

若非他們今日現身於此，誰又想到如此叱吒風雲的人物竟會藏身於范府之中，而且一待就是十數年，范增面對強敵猶能鎮定自如，果然是有所依恃。

雙無常相互對望了一眼，都似乎從對方的眼神中讀出了一絲怯意，這並非是他們膽小，實在是對方來頭太大，無形中給他們的心理造成了極大的震懾。

然而他們心裡明白，今日一戰，只能進不能退，進則還有一線生機，退則死無葬身之地，何況他們在江湖上多少有些名氣，根本不容他們做出任何未戰先怯的舉動。

兩人深深地吸了一口氣，緩和了一下緊張的情緒，這才緊了緊手中的武器，同時將目光鎖定在一丈之外的吳法。

風過處，長街一片肅殺。

吳法的身影不動如山，如高山嶽峙般傲立，衣衫無風自動，在他身體的四周形成一股狂湧的氣旋，動靜相對間，只是增加了這氣旋旋動的狂野，更顯示出了這肅殺中的一絲淒寒。

雄無常站在雌無常身前，兩人僅距一步之遙，卻互爲犄角，構築起一道看似平常、實則精妙的防線，他最先感受到吳法身上透發而來的那股無形的壓力，那種氣悶的感覺，讓他的心率跳動達到了一個極致，血管中湧動的血就像是一匹無羈的野馬，似乎在要體內膨脹、爆炸。

他有一種似曾相識的感覺，心裡突然產生一個奇怪的念頭：「這種仿如高山大海般的氣勢無名也有，如果此時站在這裡的不是我，而是無名，這一戰會是一個怎樣的結局呢？」

這種想法十分幼稚，根本不像是一個行走江湖多年的人應該想到的事情，但雄無常的確是這麼想的。當他站在吳法面前時，他的確感到自己就像是一個無知的孩童。

在他踏入江湖之時，就聽說過「無法無天」的名頭，也知道他們的可怕，但是他絕沒有想到吳法的武功高到了這種層次，那種從精神上傳出來的攻擊力，如泛濫的洪流直接襲捲向自己的心頭，如果自己心理承受能力稍弱一些，就很可能直接導致神經崩潰。

雄無常的臉色在這一刻間突然平靜下來，平靜得有些異常，就好像他根本不知道自己的面前所站之人是誰一般，憑生一股強者的自信。

「置之死地而後生！」雄無常身經百戰，當然知道這句話的意義，他更懂得，大戰在即，任何想法都是多餘的，不如全力一拚。

「你真的以爲我們夫婦如你想像中的那麼不堪一擊嗎？」雄無常淡淡地笑了起來，能在這個時候發笑的人，不論武功，單是這份心態就讓人刮目相看。

吳法的神情明顯地呆了一呆，似乎也沒有想到雄無常還能發笑：「難道不是嗎？對老夫來說，這不是想像，而是事實！」

「你太自信了！」雄無常此時最大的心理障礙，就是剛才被吳法一招制服，雖然吳法有偷襲暗算之嫌，但畢竟是一個事實。是以雄無常現在需要做的，就是一點一點地找回自己身爲高手的信心：「想當年，我們夫婦踏入江湖，一連挫敗十七人，對手無一不是武林中少有的高手，這同樣也是一個不爭的事實！」

吳法冷然一笑，似乎覺得雄無常有些可笑，一個人的實力並不是靠嘴說出來的，而是靠拚搏爭取來的，如若是靠嘴，那麼市井中的說書先生都可排名在天下前十了。

他實在是太自負了，是以沒有注意到雄無常的幼稚可笑未免有些反常，其實，以雄無常的名聲，他若是當真如此幼稚可笑，焉能活到現在。

這一切的反常只源於雄無常突然聽到了一句話，一句用斂氣束音之法傳來的話。斂氣束音的原理十分簡單，就是以內力震動聲帶，將聲音傳遞到一個人的耳鼓深處，使其能夠清晰地聽到原聲，此法一施，除了此人之外，任何人無論離此人多近，都無法聽到一點聲音。

此法看似簡單，卻唯有擁有高深內力者方可施爲，雄無常自問自己欠缺火候，但雄無常心裡清楚，此時長街之上，可以斂氣束音者並無幾個，而無名應該是其中之一。

他與無名也只是今日才得以相識，甚至不知道無名真實的身分和姓名，但是不知爲什麼，他相信無名，更相信無名絕不會害他，因爲那一句話是：「腋下三寸，是此人的破綻！」

是人都會有破綻，只是武功愈高的人，他的破綻就會愈少，出現的頻率也自然不會太多，武道中人嘴上所說的抓住戰機，其實就是抓住敵人的破綻，實施打擊。因此，高手的破綻雖少，卻大多都是致命的，只要你抓住一點，往往就可以得到意想不到的結果。

以雄無常的武功修爲，是很難發現吳法武功上的破綻的。一來是因爲兩者之間對武道的理解有一定的差距；二來，以吳法的功力，縱有破綻，也是瞬間即逝，雄無常斷難辨清。然而無名卻不同，他本身就是一名超卓的劍術名家，有著超乎常人的洞察力，又加之他人在局外，頭腦清晰，是以吳法的一舉一動，都被他盡收眼底，從而判斷出吳法的破綻來，倒也並非稀奇。

「嘿嘿！既然如此，那老夫是一定要領教賢伉儷的高招了！」吳法的臉上滿是不屑之意，顯然未將雙無常放在眼裡。

雄無常回過頭來，瞟了一眼雌無常，似是不經意地皺了皺鼻子，雌無常的臉色卻變了一變，心中驚道：「這老鬼竟然一出手就用『勾魂十式』，豈不正是犯了迎對強敵的大忌！」

但雌無常深知雄無常外表雖然粗魯，卻膽大心細，他若如此做，必然有這樣做的道理，是以，一言不發，只是將勁氣悉數提聚於掌心。

雄無常轉過頭來，與吳法正面相對，沈聲道：「今日一戰，你本已勝了，我夫婦二人的性命本就被你掌握，然而，你實在是太自負了，也小瞧了我們，只怕要吃到輕敵的苦頭了！」

吳法不由一陣大笑，雙手一拱，似有戲弄之意道：「承蒙提醒，老夫一定領情，待會兒送二位上黃泉路時，不讓二位感到痛苦就是了！」

「如果上黃泉路的人是你呢？」雄無常十分認真地問道。

「那老夫就只有認命了！」吳法看著雄無常的憨態，覺得實在有趣，忍不住笑了起來。

「那你就認命吧！」此話一出，雄無常的整個人都彷彿變了，眼神中暴射出無窮的殺機，飛身而動。

他動得很快，若一陣淒厲的寒風，在這喧囂的長街之上，形成了一道狂野而無序的氣旋，與剛才的他幾乎判若兩人。

吳法眼前突然感到一片迷茫，若行雲流水的勁氣襲捲而至，迫得他退後一步，這才合掌拍出。

「轟……」無形的掌力如潮水般飛湧而出，震得虛空一片混亂。

虛空的確很亂，亂得無序，亂得毫無章法，就像是鴻蒙未開的天地一般，一切都顯得那麼混沌，但最亂的還不是這些，而是鈎影，是掌跡，漫天飄忽著萬千影跡，充斥著每一寸空間，便連空氣也在剎那間絞成片斷。

三條扭曲的人影在交錯，在旋動，完全是以一種極速的方式在運動。殺氣如風，在鼓動中顯示出驚人的活力，當這種活力達到極限時，三條人影竟然憑空消失在這段朦朧的虛空中。

沒有人可以憑空消失，人就是人，不可能如空氣一般不著一絲痕跡，出現這種現象，或許只是人的一種幻象。

但銀鈎與木鈎俱在，在瘋狂地跳動，掌影亦在，與鈎影共舞，如果說這也是人的幻覺，何以又顯得這般真實？

沒有人能夠解答這個問題，就像沒有人看到吳法與雙無常一樣。人既不見，那麼人在哪裡？是不是這漫天的殺氣已將人的身軀盡滅，化成了一片虛無？

長街上的人流顯得那麼沈寂，似乎被眼前的這一切驚得目瞪口呆，沒有任何反應，如果說他們所見到的是一幕神話，他們就不會感到那幾欲讓人窒息的沈沈壓力，但如果不是神話，那是什麼？

這個問題就連范增也無法回答，他只知道，雙無常並非如所有人想像的那般脆弱，他們的實力已具備與吳法相抗衡的能力，一旦吳法心存輕敵之心，這一戰的勝負就是未定之數，誰也無法預料到最終的結局。

天地之間已是一片蒼茫，就像這未知的結局揪緊了每一個人的心，就在這時，虛空中突生一聲炸響，那無形的風暴消失了，消失得乾乾淨淨，三條人影隱而復現，靜立於長街，竟然一動不動。

這是否說明，這一戰已經結束？

◆

長街之上，一動一靜。靜則靜極，動則驚天。

范同與范十一、范九面對連環五子布下的「五行陣」，都有一種置身漩渦的感覺，彷彿被一股無形的力量影響，不能殺得盡興。

范同顯得有些訝然，更有幾分吃驚。他的確沒有想到這幾個江湖二流角色一經配合，竟會擁有如此強大的殺傷力，身法步法如此精妙，讓人根本無法事先預判出他們下一個動作。最讓人防不勝防的是，這幾人似乎每個人都有一套陰損的絕活，一旦使出，總能出其不意，范五便是一個很好的例子。

不過，范同在數十招之後，已經清楚，這連環五子招式陣法雖奇，但內力似有不足，百招過後，己方三人必可穩操勝券，然而這必須要有一個前提，那就是不出任何意外。

這種擔心絕不是多餘的。范同混跡江湖多年，臨戰經驗之豐，少有人及，他一直就有一種預感，認定今日的長街形勢複雜，敵人絕不僅僅只有現身出來的這幾位，甚至連一動未動的無名，也不是敵方真正的主力。

如果連無名都不是敵方真正的主力，那麼誰才是真正的主力呢？

沒有人知道，就連范同也無法回答這個問題，他希望這只是自己杞人憂天的想法，他只希望但願如此！

范同的劍再一次展開，大開大闔，劍速卻慢了下來。隨著這劍緩緩地遊動空中，濃濃的殺氣正一點一點地擴張開來，湧動的壓力如山嶽般推移而去。

他已看出，無論自己的劍有多快，都難以對付連環五子這變幻莫測的陣法，與其如此，不如以己之長，攻敵之短，用內力滲透的方式，控制縮小連環五子活動的範圍。

他的劍風一變，范十九、范九的攻勢也隨之而動，三人互為犄角之勢，頓使這段空間的壓力劇增。

這邊的廝殺正酣，那邊卻靜寂得讓人心慌，就在一聲炸響過後，范增的心頭一跳，似有一種不祥的預兆。

他相信吳法的實力，就像相信他自己一樣，他也堅信憑吳法的實力，完全可以擺平眼前的敵人，是以，他的注意力始終放在無名的身上，不敢有半點的懈怠，根本沒有注意到自己身後發生了什麼。

等到他驀然回頭之時，他所看到的雙無常雙鈎在手，臉上顯露出無比驚詫的神色，直直地目光緊盯住人在四五步外的吳法，如同見到了鬼魅一般。

鈎上無血，吳法的衣衫也無血。但在吳法的腳下，卻有一串血漬。當范增的目光移向吳法的臉上時，他所看到的吳法，雙目之中充滿了驚異，臉上也漸漸失去應有的紅潤與光澤。

范增的心裡一緊，如一塊大石急劇下沈。

吳法竟然死了！這的確是出乎每一個人意料之外的結果，至少這個結果對於范增來說，簡直不可思議。

他的眼芒極冷，緩緩地從雙無常夫婦的臉上劃過，似乎想從他們的臉上讀出事情的真相，然而，他失望了，因爲他已看出，就連雙無常自已也未必知道吳法的死因。

這絕不是范增的臆想，事實上，雙無常的確不知道剛才的虛空裡究竟發生了什麼。因爲不明白，所以他們才會感覺到恐懼和驚詫，而且僵立當場。

在雙無常出手之際，他們的確抱著必勝的信心。是以，甫一出手，就用了「勾魂十式」，專攻吳法腋下三寸處，他們之所以如此大膽，是因爲他們的心裡十分清楚，這是他們唯一求生的機會，只要這腋下三寸的確是吳法的弱點，那麼他們就還有活下來的希望。

然而事情並非如此簡單，他們的「勾魂十式」非常霸烈，也確實在一眨間攻到了吳法腋下三寸的空間，但是一入此處，兩人頓時感到一股驚人的殺氣標出，氣勢之盛，雙鈎竟然無法再進一寸。

「不好！」雄無常大驚之下，已然明白這腋下三寸處絕非是吳法的破綻，不僅不是，而且還是吳法氣機的最盛處，憑他夫婦二人之力，恐怕難以擺脫這股殺氣的襲殺。

以雙無常的武功，縱是面對吳法這樣的強敵，沒有百招之數絕不至於落敗，然而雄無常既有先入爲主的思想，是以，一上來就全力搶攻，這樣反而沒有給自己留有一點餘地，等到他感到情形不妙時，已經難以脫身了。

陡遇險情，雄無常又驚又怒。他驚的是吳法的功力之高，竟然能在瞬息間搶到先機，給予自己致命的打擊；他怒的是無名以東音之法傳來的消息，竟是假的，以至於讓自己夫婦二人身陷萬劫不復之地。

他在倉促之間，已經沒有思辨的能力，其實他若用心去想，就應該明白無名絕對沒有害他的理由，問題在於，剛才那斂氣束音的人，真的就是無名嗎？

他無法知道，只知道一股濃濃的死亡氣息直罩其身，彷彿被一隻無形的大手扼住了脖子，幾欲窒息一般，吳法那驚人的掌力如利刃般穿透雙無常所布下的氣機，正疾奔雄無常的胸口而來。

雄無常的心中湧出幾分苦澀，刹那間萬念俱灰，他心裡似乎已然明白，自己若能活下來，就絕對是一個奇蹟。

奇蹟的出現，通常都只有十萬分之一的概率，寄希望於如此細微的概率，只不過是人心中一種聊勝於無的心理。

但這一次，奇蹟真的出現了，就在吳法的巨掌僅距自己的胸前不過七寸處時，雄無常陡覺壓力一減，竟有一種龍出淺灘的輕鬆感覺。

驚魂未定間，雄無常出於本能地向吳法望去，他實在搞不明白，吳法何以會在關鍵時刻放過自己，直到他看到地上濺著一串血漬，他才曉得另有原因。

「你是誰？」范增對著死去的吳法問了一句，他看上去顯得非常平靜，但誰都可以聽出范增的聲音裡有一腔悲憤之情，畢竟他與吳法兄弟相識多年，乍見吳法因爲自己而丟了性命，心中著實難過得緊。

他這一問令雙無常夫婦都吃了一驚，心中暗想：「此人和死人說話，不是神經，就是有病！」兩人相望一眼，頓時意識到此時動手，正是制服范增的一個機會。

不過，幸好他們沒有動手，因爲，范增的問話居然有人回應，而且就在吳法的身後。

「我這人對名利不感興趣，是以殺人之後，從不留名，但既然是范相問起，我若不說，豈不大不恭敬？」一個人隨著吳法的屍體緩緩倒下之後顯露出來，臉上帶著一絲淡淡的笑意，緊握的長劍拖地，劍鋒之上，赫然染上了血漬：「我姓李，名世九，對范相來說，原本是一個陌生的名字，但相信過了今天之後，范相這一生一世都很難忘記了！」

范增的眼中暴閃出一股凌厲的殺意，冷冷地盯著李世九，打量良久，才搖了搖頭道：「你認爲你還能活得過今天嗎？」

李世九淡淡而道：「我不知道，雖然我是一個無名之輩，但別人若想殺我似乎並不容易！」他顯然十分的自信，這不僅是因爲他是龍賡的劍廬童子，而且他知道龍賡既然來了，就絕對不會坐看自己死去。

一個默默無聞的劍廬童子，竟然能夠一劍擊殺名滿天下的吳法，這實在讓人不可思議。且不說二者在武功上的差距，單是吳法在江湖中的名氣李世九就無法望其項背，難道這真的是一個奇蹟，又抑或只是一種僥倖？

這世上絕對沒有太多的奇蹟，也不會總有僥倖存在，李世九之所以能夠一劍擊殺吳法，其實全是龍賡在幕後一手策劃。

以龍賡的眼力，當然可以看出吳法武功中的真正破綻，他故意將吳法氣機最強處說成破綻，是希望雙無常能夠全力出手，吸引吳法的注意力，與此同時，他卻將吳法真正的破綻用斂氣束音的方法告訴李世九，讓他在最佳的時機以最快的速度出手。

所以可以這樣說，真正殺吳法的人，不僅僅只有李世九，它還需要龍賡的眼力和預判能力、雙無常的掩護加上吳法的輕敵之心，有了這幾樣因素的存在，吳法想不死都不行。

范增的眼裡跳出一絲疑惑，他原以爲，能夠殺掉吳法的人，縱算不是絕頂高手，也應該與吳法的功力在伯仲之間，然而眼前此人，無論在氣勢上，還是在名氣上，都不足以對吳法構成威脅，但他殺了吳法，這不得不讓范增產生一種匪夷所思的感覺。

范增的眼芒緩緩從李世九身後的人群中劃過，並沒有洞察到任何的異樣，有一個人的相貌似有相識之感，但范增卻沒有太多的留意，因爲他認得此人正是五湖居的老闆王二麻子。

他兩過楓葉店，都在五湖居中吃飯打尖，是以對此人還有一點印象，當下也不以爲意，重新將目光盯注在李世九的身上。

「你真的這麼認爲嗎？」范增看著一臉自信的李世九，冷哼一聲道。

「你難道不這麼認爲嗎？」李世九不答反問，淡淡而道。

范增搖了搖頭道：「老夫真的想相信你的話，可惜……」他的話只說到一半，突然「蓬……」地一聲巨響，碎木橫飛，殺氣四溢，一條人影如鬼魅般閃出車廂，直向李世九撲來。

旋風驟起，不是因爲來人，而是因爲此人手中的刀，此刀一出，天地爲之一暗，氣息因此而森然。

明晃晃的刀，挾帶著一股悲憤慘烈的情緒，劃破距離，劃破虛空，連閃十三道殺氣，以不同的角度襲向李世九。

此刀已有必殺之勢，如一頭神話中的幻獸，意欲吞噬一切。

「砰……」一聲炸雷般的驚響，震動了整個長街，仿如地動山搖一般，李世九悶哼一聲「蹬蹬……」連退了十數步，臉色瞬息數變，顯然遭到重創。

塵土飛揚，陰風慘烈。飆揚的勁氣猶似暴風般狂烈，吹得眾人幾乎睜不開眼睛，但李世九卻感覺到一把刀橫在虛空，刀已出鞘，鋒芒畢現，猶如地府中勾魂的旗幡。

刀形只在空中如曇花一現，好似一道撕裂烏雲的閃電，刀芒一閃間，天地彷彿又變成了一個巨大的黑洞，包容著世間萬物，吞沒了每一個人的視線。

如此驚天動地的刀，壓得所有人都喘不過氣來，雙無常臉色一變，搶在來人再次出刀之前橫在了李世九面前。

他們夫婦做出如此的舉動絕不是因爲講義氣，認識雙無常的人都知道，「義氣」二字，對他們夫婦來說只是一記響屁，從來沒有當真放在心上。他們之所以要這麼做，只是因爲他們都是老江湖了，看出目前的形勢十分嚴峻，他們如果還想活著回去，唯一的選擇就是與李世九聯手一搏，這樣還有一線生機。

「滾開！」來人的聲音很冷，冷得就像他手中的刀，讓雙無常禁不住都打了個寒噤，下意識地後退一步。

此人個子不高，身材矮瘦，整個人就像是一塊寒冰，冷得足以拒人於千里之外，他的臉上湧動出一股悲憤的情緒，眼中更是冒出三尺怒火，讓每一個見了他的人都以為見著一座火山，隨時都有爆發的可能。

「吳天——」雄無常的心裡「格登」一下，終於明白了來人是誰！

因為只有吳天，才會在此時如此悲憤，才會對李世九恨之入骨，因為死去的人是他的兄弟。

江湖傳言，「無法無天」能夠得以名揚天下，很大程度上應該歸功於吳法，因為吳法所幹下的大事，遠比吳天要多，然而當吳天真的現身人前時，許多人才真的知道，傳言並不可靠，吳天遠比吳法更為可怕。

吳天的可怕之外，就在於他擁有超乎於常人的冷靜，面對自己兄弟的死，他雖驚，雖怒，但不亂方寸，至始至終不失大家風範。正因為他始終保持低調，頭腦異常清晰，是以他從不輕敵。

尊重對手，其實就是尊重自己，而尊重每一個對手，正是一個武道高手得以成功的因素。吳天無疑是在這一方面做得很好的人，是以，當雙無常夫婦攔在自己面前時，他壓制下心中的怒火，習慣性地止住了前行的腳步。

「滾開，否則老夫不在乎多殺兩個人！」吳天的眼芒一閃，射出咄咄逼人的氣勢。雖然雙無常也是置吳法於死地的禍首之一，但吳天一眼就看出情勢十分的嚴峻，他只有採取懲辦首凶、餘者不究的方針，爭取速戰速決。

雙無常迫於吳天的威勢，禁不住再退一步，他們此時進退維艱，都同時瞟了一眼身後的李世九。

李世九迫於無奈之下硬接了吳天驚天動地的一刀，饒是他內力高深，還是感覺到體內的氣血翻湧不斷，難受異常，喉頭一熱，吐出一大口烏血來，然而，經雙無常這麼緩上一緩，他已迅速調勻了氣息，劍橫胸前，臉上分明又多出了幾分自信。

「兩位退開吧，他還殺不了我！」李世九顯然看出雙無常尷尬的處境，朗聲道。

雙無常的目光又回望吳天，卻見吳天的眼神依舊冷寒逼人，死死地盯在李世九的臉上，顯得異常專注，而他們堂堂黑白府的雙無常，在吳天的眼裡竟有如無物。

雙無常不由心灰意冷之下，黯然退開，想到自己夫婦二人行走江湖這麼多年，名頭也掙得不少，卻在今日連逢高手，受人輕視，當真連歸隱之心都有了。

「你很自信！」吳天冷冷地看了李世九一眼：「通常一個自信的人，都必定有所依恃，然而你劍術雖高，還不足以對老夫構成威脅，是以老夫想問一句，你憑什麼這般自信？」

「我不憑什麼，只憑一句話！」李世九面對吳天懾人的氣勢，夷然不懼道：「這句話就是邪不壓正！」

吳天一怔之下，冷然笑道：「什麼是邪？什麼是正？正邪之間如何區分？憑什麼你就是正，而我就是邪呢？其實這些問題俱在人心一念之間，由你自己怎麼說罷了！」

李世九淡淡一笑道：「你云我云，人云亦云，並不足以掩蓋事情的真相，公道自在人心，絕不是某一個人就可決定得了的。我記得當年有兄弟二人，不惜冒著生命危險，夜闖阿房宮行刺大秦始皇，這等英雄行徑，江湖人聽了無不翹起拇指，連口稱讚二人乃俠義之士，請問閣下，他們是正是邪？」

吳天沒想到李世九竟然提起他兄弟二人最輝煌的一段往事，心中頓生出一股豪氣，道：「當時大秦暴政，百姓如置水深火熱之中，但凡是血性的漢子，理應站將出來，義無反顧地去做這件事情，我兄弟二人只不過是比別人先走了一步，也算不了什麼壯舉！」

「不！」李世九搖了搖頭道：「俠之大者，爲國爲民，那時的『無法無天』，一身正氣，無愧於『大俠』之稱，哎！可惜的是，只不過短短十數年間，他們卻由道入魔，助紂爲虐，讓人好不痛心！」

吳天沒想到今日一戰，竟然引出一個大是大非的問題，不由呆了一呆，怒聲斥道：「你放屁！老夫一生行事光明磊落，這十數年更是隱退江湖，不問世事，何來的由道入魔，何來的助紂爲虐，你這將死之人竟敢亂放厥詞，且看老夫如何收拾你！」

李世九冷笑一聲，音調不輕不重，神情不卑不亢道：「你若沒有做過這些事情，又何怕別人評說。我且問你，你說你沒有由道入魔，助紂爲虐，那麼你這十幾年來都幹了些什麼？」

吳天自踏足江湖以來，便以俠義自居，當年更是憑著一腔血性，幹出了那件驚天動地的大事來，今日陡聞李世九如此譏諷自己，甚至將自己歸類於邪魔一類，心裡的怒火早已騰升三尺，若非他靜心功夫了得，恐怕早就當場發作起來。

「老夫這十幾年來藏身范府，未出江湖一步，每日都是過著談劍論道的閒適日子，這難道也有錯嗎？」吳天深深地吸了一口氣，平緩了一下自己激動的情緒，然後才反問道。

「這當然沒錯。」李世九淡淡一笑道：「可是范增是何許人也？你與他為友，這就大錯特錯了！」

吳天望了一眼范增道：「老夫交友，講究情趣相設，性情相合，我與范相多年交情，情同手足，難道這還有錯嗎？」

「就因為他是范相，是西楚項羽的范相，所以你才錯了！」李世九的口齒犀利，款款而道：「項羽此人，天性殘暴，善喜殺戮，自起事以來，每攻一城，必屠城三日。當年破關中，更是殺了無數無辜百姓，掠走許多民間財富，其行徑實與大秦始皇無異。你不但不將他除之，為天下百姓除害，反而全力襄助他手下的重臣，這不是助紂為虐又是什麼？」

這一席話說得有理有節，饒是吳天如此聰明之人，也被問得啞口無言，半天說不出一句話來。

范增情知若是任李世九繼續說下去，雖不至讓吳天反戈相擊，但吳天的心裡必生芥蒂，終究會為日後種下隱患，是以冷笑一聲道：「好一個伶牙俐齒之徒，你莫非憑你這一席謊言，就能讓吳兄放你一馬嗎？你實在太幼稚了，須知殺弟之仇，不共戴天！」

他這一句話頓時提醒了吳天，畢竟他與吳法是親兄弟，兩人自小相依為命，偶得上古秘笈，修煉十年始有所成，後又同出江湖，出生入死，方才掙得偌大的名頭，如今名頭猶在，人卻去了，吳天焉有不報仇之理。

他的眼芒一寒，冷冷地看了李世九一眼，喝道：「你拔劍吧！就算是助紂爲虐，老夫今日也要殺了你，以報殺弟之仇！」

李世九渾然不懼，拱手道：「既然如此，請！請出招！」

誰都沒有想到李世九竟會如此悠然，在人們的想像之中，李世九與吳天的功力根本就不在一個層級上，他面對吳天，就算不躲，也應該自然而然地心生怯意，然而李世九沒有，沒有絲毫的怯意，反而有一種不可思議的自信。

吳天的臉上流露出一絲驚詫，一閃即沒，然後，緩緩地向前跨出一步，只跨出一步，整個空間頓時一暗，殺氣已彌漫了每一寸虛空。

風動，雲湧，不在天上，卻在吳天刀鋒所向處。

森寒的殺意在長街上空激動，懾人心魂的風聲如一曲喪鐘迴盪在每一個人的耳畔。

雙無常心中暗自慶幸，慶幸面對吳天的人不是自己，如此強烈的殺機絕不是尋常之人可以匹敵的，至少雙無常自問不敵。此時尚未出招，吳天的氣勢已是這般強盛，一旦出手，將會是一幕怎樣可怕的景象？

吳天的眼芒愈發顯得冷寒，似乎正吸納著這天地間的一切陰氣，臉色一連數變，蒼白得愈發詭異。

吳天握刀的手，很穩，穩得就像一座山嶽，停懸在半空之中，長街上的每一個人都將目光投聚在這隻手上，因爲，他們心裡都十分清楚，手動的那一刻，就是這一戰的開始，這絕對是勿庸置疑的。

這的確是一隻握刀的手，不大，亦不小，剛剛能夠握住刀柄，認得這隻手的人都知道，這隻手足可值十萬黃金，當年大秦始皇張榜天下，開出天價要買十隻手，此手便名列第七。能入這張皇榜之人，都是名動天下的人物，吳天的手能夠位列其中，堪稱是一件極爲榮耀的事情，由此可見，吳天的手絕對可怕。

沒有人知道這隻手會在什麼時候動作，所以，所有的人都在等待，並且默默地承受著這隻手所帶來的壓力，唯一不能等待的人，就是李世九，他身在局中，等待下去，只能是坐以待斃。

所以，他必須動，在這隻手還未動作之前而動。

他人未動，衣衫已無風自動，「呼呼」作響，鼓漲得猶如氣球一般。

然後，他的身體由左至右開始擺動，如晃動的鐘擺，以一種頗有節奏的規律加快擺動的速度……

吳天的眉間一緊，看不懂李世九想幹什麼，像這樣古怪的出手方式，吳天還是生平僅見。

然而他很快就看出了一點苗頭，隨著李世九的身影愈動愈快，每一個人的眼裡都開始出現幻影的現象，一個，兩個……彷彿有七八個李世九同時出現長街的那端。

這並不玄奇，只是屬於武道中極尋常的移形換位，利用虛虛實實的假像來干擾對手的視線，用在一般的高手身上確有奇效，但李世九將之用到吳天身上，就顯得太幼稚了。

吳天冷然一笑，已經無心與李世九再糾纏下去，準備出手了。

然而就在此刻，風停，李世九幻動的身影也頓時停住，幻影雖滅，但在李世九的身邊卻多出了三個人來，每一個人都顯得異常剽悍，神情間都有一種夷然不懼的凜然，就如從李世九本身中衍生的三個化身一般。

沒有人看到他們從何處而來，也沒有人知道他們從何處而來，他們就像是一縷清風，飄忽而至，更似傳說中的神魔，憑空而生，令吳天的心頭如大石壓下，沈至極底。

他終於明白李世九何以顯得這般自信，原來李世九竟是有備而來，這四人站到一起，或站或蹲，或前或後，竟在一瞬間結成了一個進退有度的劍陣。饒是吳天這老江湖的目力，也不能在一時之間看出劍陣的破綻來，同時他意識到，這四人同出一門，單是這份心有靈犀的默契配合，就足以讓自己感到頭痛。

風，動了，動得十分突然，就像是從一個空間跳到另一層空間！

風動，是因為有人出手了，對吳天來說，這種如死一般的寂靜實在讓人難以忍受，他更願意轟轟烈烈地拚殺一場，於是，他終於出手了。

靜，其實就是一種壓力，壓力愈大，就愈是靜寂無聲，讓人在心理上產生奇異的幻想，從而影響自己對事物的判斷能力。但這只是吳天出手的原因之一，他真正的目的，是想攻其不備，打敵人一個措手不及，從而在氣勢上占盡先機。

氣勢，是一種抽象而奇妙的東西，它無形，卻有質，沒有人真正看見過它，卻能用自己的感官去感知它的存在。就像是一條不大的河流，假如它從一塊平坦而荒蕪的原野穿過，你可以欣賞到落日餘輝灑滿河面的靜謐，也可以欣賞到小橋流水人家那種恬適的詩意，卻永遠感受不到那種動態的激情、動態的美；假如這條河流是從高山峽谷中穿過，你所受感染的是一種激情的跳躍，聲響的迸裂，以及熱血的沸騰，氣勢也正從那一瀉千里的流態動感之美中產生。

高山的岩石，假如不動，它就只是一塊岩石，不構成任何的威脅，一旦它動了，從高山之巔滾落而下，其勢之烈，試問天下有誰敢擋其鋒？

沒有人可以擋擊高山滾石之勢，吳天深諳這一點，是以，他出手了！

高手的出手，講究的是一種感覺，一種朦朧且實在的感覺！李世九分明看到吳天手中的刀懸凝於空中，一動不動，卻已經感覺到了那凜然的刀鋒。

所以，他沒有猶豫，也不敢猶豫，腳步迅速前移。在移動中其他三人互為犄角，形成一個完美的整體。

他們都是龍賡的劍廬童子，能夠被五音先生選為劍廬童子的人，他們對武學的天賦自是不言而喻的。他們自幼進入劍廬，追隨龍賡已有十數年之久，每日耳濡目染的全是有關劍道的學說，久而久之，也就練成了一套高深的劍術，再加上五音先生與龍賡的點撥，使得他們終於研究出一套劍陣，合四人之力，取長補短，進退自如，渾如一人，故名曰「一元陣」！

這「一元陣」威力之大，絕不在任何劍術名家之下，就連龍賡闖入陣中，若無百招之數也休想脫困而出，也就難怪李世九面對吳天能夠夷然不懼，從容不迫。

然而，就在李世九發動劍陣的那一刻間，驚變發生了！

驚變之所以稱之為驚變，就在於這種變化產生於頃刻之間，更出乎所有人的意料之外，這驚變的源頭並非來自李世九，也非來自吳天，而是那佇立橋上不動的無名。

長街之戰，始於無名，但無名自現身以來，就如一尊雕塑般佇立橋頭之上，一動未動，彷佛所發生的一連串激戰都與他無關。然而，就在所有人都漸漸忘記了他的存在之時，他卻動了，如雷霆電閃般動了。

他不動，是因爲他在等待，等待一個出手的最佳時機，他動了，是因爲這個機會終於被他等到了。

他的目標是范增，李世九他們發動劍陣之時，范增出於本能地心神一分，而分神的這一瞬間，就是無名出手的機會。

劍出，雙手微推，劍鋒自雙手中分處而出，積聚良久的氣機透過這三尺劍體，如電芒般吞吐而出，化作一股若有若無的煙雲，縈繞在整個劍體的周圍，朦朧得有些詭異。

無名與范增只距五丈，五丈的空間頓時被一股狂潮般的壓力所充斥，擠壓得這空間扭曲變形，空氣也停止了流動，變得似乎愈來愈乾燥，讓人有一種幾欲窒息的感覺。

而這一切的發生，只有一個原因，那就是無名手中的劍已經進入了這段虛空。

在這一刻間，距離已不再是距離，時間也已不是問題，然而這一劍的氣勢，在這幻滅無常的虛空裡奔瀉，湧動的是這劍中絕美的風情。

劍鋒一閃一滅，再現之時，已在范增面門三尺之內，這一劍之快，已經超出了所有人的想像。

面對這一劍，名士范增的臉上只有一絲詫異，卻未驚，不亂，他賴以成名的是智謀，而不是武學，何以他還能如此鎮定？

從來就沒有人看過范增使用過一招半式，也沒有人聽說過范增對武道有過研究，在所有認識范增的人當中，都認定范增只是一個智者，一個名士，而絕非武者，就算他曾經踏足武學領域，也只是學些皮毛而已，高明不到哪裡去。

無名最初也如此認為，而且非常肯定，可是當他劍出的一剎那，他才發現自己錯了，而且錯得要命。

劍鋒擠入那三尺的空間，陡然一滯，速度明顯地減緩。無名只感到自己握劍的手竟然像是遭到了電擊一般，出現了絕不該有的震顫現象，驚駭之下，他這才發現，這三尺的空間看似寧靜，裡面卻湧動著萬千氣流，密度之大，如磐石緊密，帶出一股強大的黏力，緊緊地鑽住了自己整個劍體，限制著自己劍鋒的發揮。

如此渾厚的內力，若非是絕世高手，誰能擁有？

差之毫釐，謬以千里！對無名來說，就這麼一點微不足道的錯誤，已經足以要命！

范增的臉上流出一絲淡淡的笑意，似乎早已料到會有這個結局，事實上他從無名出手的剎那，就知道自己已經穩操勝券。

楚國范家一直是楚國的望族之一，自楚國立國以來，數百年間屹立不倒，不可謂不是一個驚人的奇蹟。但是誰又知道，在這個奇蹟的背後，凝集了范家多少代人的心血與汗水，這才鑄就了這個不可思議的輝煌。

縱觀楚國數百年歷史，遭遇內亂外患不下百起，在這百起禍亂之中，不難看到范家保駕勤王的影子，如果真的是書香門第，范家子弟憑什麼在禍亂之中屢立奇功呢？

其實，這一切只因爲范家還有一門不爲世人所知的道家絕學——「紫氣東來」，這門絕學練到極致，足可躋身天下高手前十之列。

正因爲有了這「紫氣東來」，范增才可以做到心若止水，才可以在無名的劍鋒擠入面門三尺處時猶能從容鎮定，也正因爲有了「紫氣東來」，范增才可以成爲深藏不露的絕世高手，令無名的劍鋒再難寸進。

無名震驚之下，只感到自己置身於一個氣流的漩渦中心，萬千道強勢的勁氣以不規則的路線拉扯著這虛空中的一切，彷彿要將這虛空也撕裂粉碎。

無名握劍的手心滲出了絲絲冷汗，非常清楚范增內力的狂野，正因爲他心裡清楚，所以正喪失著內心那原本不可動搖的自信。

「轟……」無名就是無名，當然不會坐以待斃，他在瞬息間提聚起自己渾身的勁力，手臂一振，劍鋒竟然再次挺進。

「嗤……」虛空中頓時響起裂帛之音，彷彿空氣被利刃割裂一般。

然而劍鋒只挺進了一尺有三，便再難寸進，這對無名來說，絕對是一個不祥的預兆。

他幾乎已將自己的功力發揮到了極致，卻依然不能最終突破范增的氣機，這只能說明，范增的內力之深，已在他之上，若想出現奇蹟，他就唯有施展——大雪崩定式！

「呼……轟……」天地間驀然一變，變得煞白耀眼，劍已不在，虛空中彷彿多了一片無邊的雪原，長街上的每一個人都神情一滯，感到了一股刺骨的冰寒。

此際乃秋季，正是楓葉赤紅的時候，怎麼會有冰？又從哪來的雪？

冰雪來自於無名的劍，劍鋒一閃，已是嚴冬，巍巍雪峰為之崩裂，積雪若飛瀑疾瀉，湧動出毀滅的力量，意欲吞噬這天地中的一切。

即使守心如一的范增，乍見這一劍的氣勢，也無法無動於衷。他對劍道並不陌生，卻還是第一次目睹有人竟然可以將劍式演化得如此精妙，如此霸烈，於是他出手了！

他的確用的是手，但既不是攤開為掌，也不是緊握成拳，而是十分優雅地將手指一搭，構成了一個十分優美的蓮花指，那神態之從容，彷如佳人拈花，但舉輕若重，彷彿他的每一個動作都足以撼動山嶽。

一團淡淡的紫氣自指間而出，襯得這虛空一片詭異，它遊動的速度非常緩慢，就像是蝸牛爬行一般，但誰都已經看出，這紫氣中蘊含著一股無形的力量，一旦爆發，縱是神仙也不可擋。

紫氣化作了一道堅不可摧的山樑，將那飛瀉的殺勢擋在了三尺之外。

無名唯有退，也必須退，他的劍勢雖然與那團紫氣一觸即分，卻感覺到自己的劍勢如決堤之洪水突然流失，雖然只有一瞬的時間，卻讓無名感到了異常的駭異。

如此強大的內力的確是無名生平僅見，他之所以心中駭異，更在於他的無知。在此之前，他根本不知道范增的武功竟然如此高絕，一時之間，根本無法適應。

平心而論，無名算得上是第一流的劍客。首先，他善於等待機會，不到最佳時機，絕不出手；其次，他的劍法的確精妙，輔之於強大的內力，可以對任何人都構成威脅。可惜的是，他遇上的是范增，是深藏不露的范增，面對如此強大的敵人，無名幾乎沒有什麼機會。

他一連退了七步，將好不容易搶得的先機拱手相讓，面對步步緊逼的范增，他的氣機甚至出現了一絲波動。

這一絲波動若在平時，完全可以忽略不計，然而高手相爭，只爭一線，范增當然不想錯失這個機會。對他來說，一直在等待，等待一個可以置對方於死地的機會，當這種機會突然降臨時，他雖然覺得有些意外，卻已決定絕不放棄。

是以，他在最短的時間內爆發出所有的潛能，傾盡全力，對準無名所顯露的破綻出擊而去。

天變了，地變了，因范增的這一擊而變。然而，就在他傾盡全力出手的剎那，忽然發現無名的臉色也變了，不是變得鐵青，也不是因恐懼而扭曲，而是臉上泛出了一絲淡淡的笑意，笑得那麼詭異，那般讓人寒心，竟讓范增的心倏然一沈，彷彿意識到自己墜入一個縝密而有效的殺局。

他下意識地向後飛退，完全是出於一種本能。然而他只退了不過三尺的距離，驀感背肌一陣抽痛，一個如利刃般的物體竟然突破了他緊密無間的氣機，直插入他的體內，隨著這個物體湧入的是一股如潮水般的寒流，在瞬息之間凝固了他身上的所有經脈。

范增大驚之下，只感到自己所有的勁力在頃刻間流失，化為無形，那流瀉於體外的真氣也黯然消失。但他絕不甘心，意欲借著最後一口真氣作垂死掙扎，卻感到一把冰涼的劍鋒抵在了自己的咽喉之上。

劍，是無名的劍，此劍既然架在了范增的咽喉上，那麼刺入范增體內的那一劍，又是誰的？范增絕對沒有想到，如無名這樣的高手也只是一個幌子，而真正的殺招卻隱藏於後。這樣的殺局，實在讓人防不勝防，也就難怪范增會墜入局中。

那麼這位高手究竟是誰？這是范增此刻最想知道的答案。

可是當范增緩緩扭過頭來時，他吃了一驚，根本不敢相信自己的眼睛，因爲無論他的想像力多麼豐富，都不會想到刺出這致命一劍的人，竟是「五湖居」的老闆王二麻子。

他兩次光臨「五湖居」，以他的洞察力，當然知道王二麻子只是一個不會武功的生意人而已。是以，此刻他的眼中多了一絲疑惑，幾疑這只是一場惡夢。

王二麻子笑了，輕輕地笑了，然後才輕輕地道：「我不姓王，當然就不會是王二麻子，真正的王二麻子早在三天前就離開了楓葉店。」

范增的神情中多了一絲苦澀，望了一下無名，道：「你既是龍賡，他是誰？」

王二麻子淡淡一笑道：「這也許就是你最終失敗的原因吧。」頓了一下，與無名相對一眼，緩緩接道：「他並不是龍賡，而我才是！」

范增心裡一驚，搖了搖頭道：「不可能，老夫相信在漢王府中，將劍道修至如此境界的人，除了龍賡之外已再無他人！」

「對一個將死的人說謊，是一件非常殘酷的事情，我當然不會做。」龍賡悠然笑道：「我的確沒有騙你，他不是漢王府中的人，只是我的一個朋友，因爲這個殺局需要這樣一個角色，所以我才請他出手裏助。」

范增只感到自己的心肌一陣抽搐，生機正一點一點地流失出自己的體內，強撐一口氣，勉力道：「你們布下如此周密的一個殺局，目的就是要老夫死，既然這個目的已經達到，你能否答應老夫一個請求？」

「我本不想答應，可是面對一個將死的老者，我又怎能忍心不答應呢？」龍賡的心情不錯，看到自己這麼多天的努力最終沒有白費，誰的心情也會變得不錯的。

「多——謝！」范增淒然一笑道：「老夫所求，是想讓你們放過吳天。」

他雖然已不能動，卻能聽，知道以吳天之力，或許再過百招，可以勝過李世九等人，但一旦龍賡與無名加入戰團，吳天根本不可能全身而退，唯有戰死一途。

龍賡看了一眼長街上尚在進行的激戰，半晌才點了點頭道：「我答應你！這並非是因爲你的請求，而是因爲他曾經也是一個俠義之人。」

范增的嘴角已經滲出了一絲烏血，一張老臉顯得極爲猙獰，突然長歎一聲：「老夫今日落得如此下場，實是未遇明主之故，今日滅范增，明日呢……」

長歎聲未落，他已砰然倒地，一代名士范增，就此結束了自己的生命。

第十四章　人心渙散

范增之死，震驚了整條長街，無論是吳天，還是范同幾人，都被這樣的結局所驚呆。

龍賡緩緩地將劍入鞘，眼芒從每一個人的臉上緩緩劃過，這才似有幾分落寞地道：「今天死的人夠多了，你們請便吧！」

他的聲音雖輕，卻帶著一股不可抗拒的力量，就連倔傲不馴如吳天者也已看出，再戰只能是自取其辱，與其如此，不如君子報仇，十年不晚，日後再尋機會捲土重來。

於是，吳天去了，范同也走了，剩下的數十名侍衛在頃刻間消失得一乾二淨。長街上，除了那十數輛大車外，還有雙無常和連環五子瞪大著眼睛，心裡正兀自盤算著自己能否分得這一筆橫財。

龍賡轉過頭來望向他們，拱手道：「君子一言，駟馬難追，各位方才盡力襄助，理應得到這些錢財。」

他連馬車也未看一眼，與無名齊肩而行，向鎮外走去，李世九等人隨即跟上。

「今日若無阿兄相助，要殺范增未必容易。」龍賡一路前行，望著滿山如血一般赤紅的楓葉，想起剛才那驚心動魄的一戰，兀自有些餘悸地道。

無名淡淡一笑道：「龍兄過謙了，以龍兄之劍術，就算沒有我阿方卓相助，范增也難逃一死！」

此人竟然是當年在登高廳中的阿方卓，難怪他能使出大雪崩定式。當年他敗在扶滄海的槍下，從此遠走西域，在一個十分偶然的機會認識了龍賡，兩人以劍道為媒，結為朋友，並在龍賡的點撥下，回到大雪山，重新領悟大雪崩定式，將之融入劍道中，這才再入中原，尋扶滄海一戰。

中原一行，阿方卓沒有找到扶滄海，卻聽到了扶滄海的死訊，正感慨間，竟然又逢龍賡，得知龍賡的計劃之後，當下自告奮勇，非要助龍賡一臂之力不可，這才使得龍賡得此強援。

龍賡深深地看了阿方卓一眼，道：「范增的武功，與我在伯仲之間，如果兩人一對一決戰，勝負殊難預料，所以我絕不是與阿兄客套。若非今日有阿兄相助，只怕剛才死的人就不是范增了。」

阿方卓道：「我不過是盡朋友之誼罷了，再說這些，龍兄就是不把阿方卓當朋友了。」

龍賡笑了，「朋友」二字，的確是讓人備感親切的東西，對龍賡而言，尤其如此，因為他想到了紀空手。

其實，他此行行刺范增，最擔心的就是紀空手的傷勢。心脈之傷，對任何一個武者來說都是不容輕忽的，隨時都有可能致命。以紀空手此刻的身分與地位，完全有可能再遇上鳳孤秦事件的翻版。

對許多人來說，紀空手就是他們心中一個夢想的實現者，在紀空手的身上，寄託了太多人的期望。一旦紀空手有什麼不測，夢想自然隨之破滅，這種結局當然不是他們願意看到的。

所以一想到紀空手，龍賡頓有一種歸心似箭的感覺，望著阿方卓道：「剛才長街之上，看到阿兄的那一劍，顯然已經領悟到了劍道中的精髓，不知阿兄對今後有什麼打算？」

阿方卓長年漂泊江湖，一聽龍賡問起，不由有了幾分茫然：「如今正逢亂世，闖蕩江湖並非長久之計，我想再回雪山，希望於劍道之上再有寸進。」
「阿兄既把我當作朋友，有一句話不知當講不當講？」龍賡淡淡地道。
「但講無妨。」阿方卓道。
龍賡神色一肅，道：「所謂亂世出英雄，以阿兄的本性和劍法，完全可以創出一番大事，又何必蝸居於雪山一地，空耗歲月呢？如果阿兄信得過我，不如隨我同行，待我替你引見一位真正的英雄。」
阿方卓心中一動，問道：「龍兄所指是誰？」
龍賡聽過阿方卓在登高廳時的那段往事，壓低嗓音道：「你可知道當今漢王是誰？」
阿方卓見龍賡如此神秘，心生疑惑道：「難道不是劉邦嗎？」
「此劉邦絕非彼劉邦！」龍賡的聲音一沈：「他乃紀空手所扮，只要他在，這天下既不姓劉，也不姓項！」
阿方卓渾身一震，沒想到龍賡竟將這天大的秘密告訴自己，顯然不將自己視作外人，當下十分感動地道：「既然龍兄這般信得過我，我還有什麼話可說呢？這便隨你去吧！」
龍賡聞言大喜，他深知以阿方卓此時的功力以及對劍道獨樹一幟的理解，完全可以大有作爲。最難得的是，像阿方卓這種人，單看外表似乎是倔傲不馴之徒，然而卻最是重情重義，只要他把你當作朋友，可以一諾千金，甚至爲你付出生命。
龍賡之所以能夠讀懂阿方卓，是因爲他本身也正是這一種人。
一片楓葉隨風飄飛，翻舞在龍賡的眉間，看著這如蝴蝶翩然起舞的楓葉，看著這赤紅如血的楓葉，不知爲什麼，龍賡的心裡湧動出一股躁動不安的感覺，忍不住抬頭望向咸陽方向的那片天空。

◆

咸陽依然平靜，至少從表面上看，確是如此，雖然有關漢王劉邦已故的消息傳得沸沸揚揚，但誰都無法證實這一說法的可靠性。因爲，那一天發生在驪山北峰的一切情形，凡是當日在場者，都被張良下了戒口令，倘若有人膽敢洩漏一句，殺——無赦！

張良這麼做，也是迫不得已，因爲他深知，紀空手能夠借劉邦之名崛起天下，震懾群雄，很大程度上應該歸功於兩次「造神」事件，將劉邦之名神化，這樣做的利弊就在於榮辱繫於一人之身，一旦紀空手略有閃失，就有可能導致他們這些人多年來的努力付之東流。

因爲在人們看來，劉邦既是真命天子，就絕不會死，至少在大功未成之前不能死。他若死了，就不是真命天子，人心將在頃刻間渙散一空。

這樣的局面當然不是張良所希望看到的，是以他的心中雖然悲痛，卻殫精竭慮，希望能夠憑著自己的智慧和紅顏、呂雉的力量將目前這種局面支撐下去。他心裡清楚，到底能夠維持多久，已不是他可以決定的，他只能是盡人事而已。

驪山北峰已經全面封鎖，陳平親自率領三萬人馬著手準備。在沒有見到紀空手的屍體之前，無論是張良、陳平，還是紅顏、呂雉等人，心中都存在著最後的一絲僥倖。

紀空手生還的概率究竟會有多大？沒有人知道，大家都覺得實在渺茫。之所以每一個人的心中尚存在著一絲僥倖，是因爲紀空手這一生中創下過太多的奇蹟。

此刻張良一個人孤零零地坐在漢王府中的議事廳中，泡了一壺香茗。他需要靜心，讓自己胸中的那股悲傷慢慢淡去，可是他一閉上眼睛，那天發生在驪山北峰的一幕便如一幅幅畫般在眼前浮現。

他沒有想到紀空手會置自己的心脈之傷而不顧，孤身犯險，登上百葉廟。按照當時的情形，如果紀空手選擇後退，未必就不行，可是當時他們正在千步梯的中段，地勢險峻，一旦敵人趁勢襲擊，就會有全軍覆滅之虞。紀空手顯然看到了這一點，是以才會反其道而行之，置個人安危於不顧，希望能保住數百部屬的性命。

以當時的形勢，如果張良與陳平能夠組織衛隊跟進，紀空手未必就是這樣的結局。然而千步梯之險，可謂是一夫當關，萬夫莫開，就在張良與陳平跟進之時，卻遭到了一個無名高手的狙擊，從而使得他們與紀空手拉開了距離。

直到紅顏與呂雉率領數十高手匆匆趕到，那位無名高手才隱入山林。等到他們衝上百葉廟遺址時，觸目所見，正是紀空手墜崖時的揪心一幕，而敵人卻趁著眾人失神之際，以最快的速度消失在眾人的眼前。

事後想來，這無疑是敵人布下的一個精妙殺局，策劃者顯然料算到了紀空手當日的行程，考慮到了每一種可能，然後才利用幾名絕世高手實施這次行動。敵人在整個行動之中靜若處子，動如脫兔，來去如風，行事從容，絕不是尋常之輩可以爲之。那麼，這些敵人會是什麼來歷呢？

張良輕輕地歎息了一聲，突然心頭一沈：「敵人何以知道我們會在那個時間上山？難道在漢王府中還有內奸不成?!」

當時紀空手決定上山之時，除了自己，就只有陳平知道，但張良想都沒想就將陳平否定了，因爲他與陳平都是五音先生的弟子，深受師恩，奉師命襄助紀空手，盡力報答還唯恐不及，又怎會背叛於他？

既然不是陳平，那會是誰？

張良冥思苦想，始終沒有一個確切的答案。此際正值亂世，群雄並起，欲置紀空手於死地的人絕不會少，在無根無據的情況下，要張良從十數人間作出一個判斷，實在是勉爲其難了。

一陣腳步聲傳來，打斷了張良的沈思，抬頭一看，只見蕭何一臉肅然來到了自己身前，手上拿著一疊公函，眉間似有幾分焦急。

「此時已至二更，蕭相匆匆而來，不知所爲何事？」張良很少看到蕭何也有著急的時候，心中「咯噔」了一下。

蕭何冷冷地看了張良一眼，道：「本相此時前來，是想聽先生一句實話。」

張良有些詫異地道：「蕭相此言讓張良有些聽不懂了，難道在蕭相的眼中，張某竟是滿口謊言？」

「那好！」蕭何斷然問道：「我且問你，如今外傳有關漢王的消息，究竟是真是假？如果是假，又何以這七天來漢王竟然未露一面？」

張良深知以蕭何之精明，真相終究隱瞞不了，當下便將驪山北峰發生的一切悉數相告，聽得蕭何臉色大變，目瞪口呆，半晌說不出話來。

「此事暫時還需保密，不能有半點洩露，否則大漢王朝將傾於一夕之間，你我都將是千古罪人！」張良深深的看了蕭何一眼，正色道。

蕭何深深吸了口氣，將心中的震驚平復下去，顫聲道：「先生一向以智計聞名，照先生所見，我們該當如何行事？」

張良沒有說話，只是以茶水在桌面上寫了一個「拖」字，隨即緩緩而道：「當今首要事務，是要政局穩定，軍心穩定，要做到這一點，就必須隱瞞漢王已死的真相，然後再從長計議！」

蕭何這才明白張良的苦心，臉上不由露出一絲苦澀道：「一個『拖』字，未嘗不是我們此刻最佳的選擇，但問題在於有一件事已經無法再拖下去了。」

「什麼事這麼重要？」張良驚問道。

「先生這段時間真是忙糊塗了。」蕭何急道：「當日漢王與你我三人密議，約定明年三月在城父與韓信、彭越、周殷、英布四路人馬會盟，共同討伐項羽，難道先生忘了嗎？」

張良心生詫異道：「此事距明年三月還有大半年時間，何以拖不下去？」

蕭何將手上的公函一揚道：「但這四路人馬的信使已經到了咸陽，就會盟之事作出了回應，同時他們還要就行軍路線、糧草供需等問題與我們作進一步的協商。此事若無漢王主持，只怕難以取信天下，這才是本相感到頭痛的地方。」

張良一怔之下，問道：「這四路人馬的信使是幾時到達咸陽的？」

「就在今日，而且是同時到達。」蕭何苦笑道。

「來得這般齊整？這可有些奇了！」張良嘴上嘀咕了一句，突然腦中靈光一閃，問道：「這四個信使莫非一併提出要見漢王？」

蕭何驚奇地望了張良一眼，道：「正是，不過此乃人之常情，禮儀所需，難道還有什麼蹊蹺不成？」

張良冷笑一聲，淡淡地道：「這實在是太巧合了，有的時候，巧合一多，就現出了人爲的痕跡，如果我所料不錯，殺漢王者，這四人中必有其一！」

蕭何渾身一震，驚道：「先生敢如此斷言，莫非已經知道了真凶是誰？」

張良緩緩地道：「蕭相只要靜下心來，就不難從中看到對方的破綻。首先，這四個信使異口同聲要見漢王，必定是事先有人慫恿，是以話語才能如此一致；其次，他們提出要見漢王，是有人知道漢王已死的真相，故意給我們難堪。只要漢王不現，關中可在頃刻之間大亂。而最讓我感到不解的是，韓信地處江淮，彭越地處江北，周殷地處江南，英布地處九江，這四人天各一方，相距何止千里？何以他們的信使竟在同一天到達？這些問題連在一起，就只能說明一個事實：這一切都是有人在背後操縱，利用其他三路人馬，企圖趁機奪權！」

蕭何本是一個聰明之人，聽到這裡，心中已一片空明：「此人難道就是韓信?!」

張良點了點頭道：「唯有韓信，這一切才會變得合情合理。」

蕭何不禁咬牙切齒道：「此人背信棄義，如此狠毒，當真該殺，我這就帶人前往江淮，行刺於他！」

張良搖了搖頭，深深吸了口氣道：「韓信未必人在江淮，十之八九他的人已在咸陽，但就算我們知道了他的下落，無憑無據，也難以對他興師問罪，何況我們當務之急，是要應付這四大信使的晉見，一旦漢王不見，就必然會動搖軍心民心，到那時，別說隱瞞真相，就連我們自己都難獨善其身。」

蕭何心裡明白，張良所言的確不是危言聳聽，他所擔心的是一旦漢王已死的消息傳出，必然有人別有用心栽贓嫁禍，說是他們謀殺了漢王，到時他們縱是有千張嘴也難以說清。

「我倒想起了一件事來，或許可以助我們度過難關。」蕭何沈吟片刻，突然道。

「哦？」張良拱手道：「倒要請教！」

「先生飽讀詩書，博古通今，應該不會忘了前朝的一段往事吧？」蕭何提起的前朝，所指自然是大秦王朝，張良想了一想，卻不知蕭何指的是哪一件事。

「始皇嬴政登基之時，不過是個七八歲的孩童……」蕭何說到這裡，張良眼睛一亮，已然明白了蕭何的語意。

蕭何的構想是「子承父業」，劉邦與呂翥生有一子一女，其子已有十一、二歲，長得聰明伶俐，被紀空手安置於距漢王府不遠的長清宮讀書。張良既知劉邦已被紀空手所替代，也就沒有想到這一層，倒是蕭何的一句話提醒了他。

張良默然不語，兀自沈思，良久方道：「此計只怕不妥。」

蕭何問道：「何以見得？」

「我有三大理由。」張良一字一句地道：「一是如今正逢亂世，楚漢相爭剛剛開始，以漢王之威，或許可以震懾人心，號令三軍，但若是以一個孩童坐鎮咸陽，只怕令行不通，也是枉然；二是奉一個孩童爲主，無法安定民心，民心不安則生亂，一旦關中政局不穩，爭霸天下只是一句空談；三是韓信既然有心發難，當然是有備而來，一旦漢王的死訊傳開，他正可趁亂起事，我們恰恰是授人以柄，自食其果。」

蕭何細細一想，覺得張良的分析頗有道理，然而此計不通，又從何再想萬全之策？蕭何只感到自己頭大欲裂，已是無計可施。

張良咬了咬牙，狠聲道：「看來我們就只有一條路，找個人扮成漢王！不管韓信會怎樣，我們都一口咬定死者只是漢王的替身，真正的漢王其實安然無恙。」

蕭何吃了一驚道：「此計雖妙，但一時之間，從哪裡去找與漢王相像的人呢？」

張良拿定主意，臉上頓時多出了一絲淡淡的笑意：「這個你就不用操心了，我自有安排，你只要通知四大信使明日午時入漢王府晉見即可。總而言之，這是一場豪賭，是輸是贏，就看天意了。」

對張良來說，這的確是一場豪賭。既然是賭，就無法預料輸贏，而沒有把握的仗，在他這一生中幾乎沒有打過。

蕭何去時，夜已深了，但張良沒有絲毫的睡意，他的眼睛微閉，心中想的卻是明日的晉見儀式。他知道，只要出現一點紕漏或閃失，自己就將徹底前功盡棄，這種結局是任何人都不願看到的。

◆

韓信的信使住在咸陽北城的「暢水亭」，這裡是大漢王朝接待各國使節所用的官驛。建築宏大氣派，設施豪華，可以同時容納上千賓客，四大信使進駐其中，顯得寬綽有餘。

此時，在專供韓信的信使居住的紅樓裡，燭光飄搖，幾個人影正在燈下密議。除了韓信的信使之外，韓信、鳳陽、鳳棲山、鳳不敗赫然在列，韓信雙手背負，站於窗前，正在傾聽信使的彙報。

「小人帶著侯爺的親筆信，與其他三位信使在寧秦見面，然後才一併來到咸陽，他們並未起疑，後來見到蕭何，小人遵照侯爺吩咐，向他提出要晉見漢王，他也滿口答應。」

韓信的眉鋒一跳，冷然道：「他真的是滿口答應？沒有半點遲疑？」

「是的。」信使道：「小人當時還覺得有些奇怪，心中猜想蕭何未必知情，說不定連他也被人蒙在鼓裡，然而剛才蕭何又派人前來，說明日午時，漢王將在漢王府中接見四大信使，這豈不是活見鬼了？」

韓信的眼芒緩緩地從鳳陽等人臉上劃過，沈吟半晌道：「這可奇了，驪山北峰之上，本侯明明看到劉邦墜崖身亡，怎麼又鑽出一個活的劉邦來？通常出現這種情況，就只有兩種可能，一是死的是真劉邦，那麼明天出現的劉邦就是假的；反之，死的是劉邦的替身，那麼明天出現的就是劉邦本人。三位都是武學大師，以你們的目力，能否有一個準確的判斷？」

鳳陽身爲冥宗宗主，輩分遠在韓信之上，但此時韓信身爲數十萬江淮軍的統帥，又貴爲淮陰侯，他倒也不敢過分托大，當下微微一笑道：「虛實真假之間，本就只隔一線，是以要想辨明還須靜心。心靜下來，方可從一些蛛絲馬跡中識破玄機。君侯本是一個聰明之人，以君侯對劉邦的了解，應該不難作出判斷。」

鳳陽的聲音雖輕，卻自有一派宗師的威儀。韓信的心頭一震，隨即淡淡地笑了起來：「宗主所言極是，本侯當年棲身於問天樓時，的確對劉邦做過深入的了解，特別是他在劍道上的成就更是多方試探，從而對他的劍法並不陌生。不過，劉邦在驪山北峰出手時，似乎已經受了極重的傷，這就影響了本侯的判斷。如果真要本侯來下一次定論，本侯倒覺得他更像一個人，一個突然在江湖中消失的人。」

他的話頓時讓鳳陽等人吃了一驚，因爲他們都是宗師級人物，深知此時韓信的功力深不可測，似有超越鳳陽之勢，如果連韓信都不敢確定，那麼死者是否就是劉邦，看來還大有商榷的餘地。

「誰？如果那人不是劉邦，他會是誰？」鳳陽的眉間一緊，問道。

「紀空手！」韓信的眼芒顯得異常冰寒：「他更像是紀空手，因爲有一剎那，本侯感覺到自己的氣機似乎與他的氣機有過一觸的跡象，產生出一股莫名的水乳交融般的吸力。出現這樣的情況，只能說明一個問題，那就是他與本侯的內力同屬一脈，是以並不排斥。」

鳳陽等人的臉色無不一變，雖然他們歸隱江湖，但人不在江湖，心卻在江湖，是以他們對這些年來江湖上出現的人物並不陌生，當然知道紀空手的大名。

紀空手無疑是當今江湖中最神秘的人物，他功成名就於一夜之間，誰也不知他師出何門何派，誰也不曉他練過什麼武藝，然而他一踏足江湖，就敢與流雲齋叫板，與問天樓爲敵，戲弄入世閣閥主趙高於股掌之間，直面三大豪門的挑戰，風頭之勁，一時無兩。更讓人不可思議的是，像他這樣矚目的江湖名人，竟又在一夜之間突然消失得無影無蹤，宛如神仙般飄逸。

這是一個謎，是當今江湖上最大的一個懸案，非人力可以爲之，正因如此，江湖上的謠傳紛起，更有人說紀空手乃是武神下凡，是以才如神龍一般，見首不見尾。

鳳陽當然不相信這世上真有武神，以他的智慧和閱歷來洞察這樁懸案，得出的結論是：紀空手如此做，其背後一定隱藏著一個更大的目的！

什麼目的？鳳陽無法揣測，但他相信，這個目的一旦公諸於眾，必將驚天動地！

韓信的話引起了他的深思，沈吟半晌，若有所悟道：「如果此人真是紀空手，那就太可怕了。這至少說明，紀空手的歸隱只是將自己隱藏起來，暗中卻與劉邦聯手，組成當今江湖最強大組合。」

韓信看著鳳陽一臉緊張的表情，搖了搖頭道：「不！本侯絕不相信紀空手會與劉邦聯手。此人自幼孤苦，獨身一人活於世間，是以對朋友情誼看得甚重。他最憎恨的事情，就是被朋友出賣，一旦此事發生，就絕不輕易放棄，必殺此人雪恨，這也是本侯一定要將他置於死地的原因。」

鳳陽聽說過韓信與紀空手之間的恩怨，是以對韓信的話並不感到吃驚，只是默默地聽著韓信繼續說道：「劉邦曾經是他的朋友，也曾經將他出賣，他不殺劉邦已是讓本侯覺得奇怪，又怎會再與之聯手？所以，雖然本侯覺得他像紀空手，卻絕對不是，也許是本侯多疑罷了。」

韓信的思路非常縝密，更相信自己對紀、劉二人的了解，如果他再往深處去想，也許就能識破紀空手「龍藏虎相，李代桃僵」之計。然而，他沒有這麼想，這倒不是因為他的智慧不夠，實是紀空手這個計劃創前人所不敢想，亙古未有，也就難怪韓信料算不到了。

「可惜的是鳳孤秦已經死了，如果他在，這個問題也許會迎刃而解。」鳳陽的語氣中流露出一絲傷感。鳳孤秦臥底漢王府，是由鳳陽親手策劃的，這些日子來，鳳孤秦再無消息，鳳陽預感到已經出事了。

韓信的眼神中透出一股堅決，冷然道：「其實，死在驪山北峰之上的人是不是劉邦，已經顯得不那麼重要了，只要明日午時，我們能夠好好地把握住機會，這天下將牢牢掌握在我們手中！」

他說得如此自信，引得眾人無不注目而觀，韓信顯得非常冷靜地道：「從這幾日的咸陽來看，有關劉邦已死的消息鬧得滿城風雨，人心惶惶，就連漢王朝中的大臣將軍也在紛紛揣度，謠言四起，這無疑是我們動手的最佳時機。按理說市井中謠傳一起，劉邦如果真的無事，就應該站到人前，使謠言不攻自破，但漢王府中卻毫無動靜，這只能說明，即使劉邦未死，他的人也不在咸陽，我們正好可以借此發難！」

韓信的算計並非沒有道理，此時的漢王朝，正面臨著生死存亡的處境，楚漢爭霸已經開始，在武關、寧秦兩地，已有跡象表明數十萬西楚大軍完成集結，正在虎視眈眈，伺機而動。而關中一地兗賦政策才實施數月，百廢待興，正是內外交患之時，若非紀空手以個人的威望支撐著全局，只怕形勢已經不堪設想。

如果在接見四大信使時，當著滿朝文武之面，發現坐在王座之上的漢王只是一個替身，可想而知，這種亂局絕對是任何人都無法控制的，只要韓信登高一呼，鳳陽、鳳棲山、鳳不敗立時誅殺假劉邦，自然就可以取到震懾人心的效果。到那時，就算韓信不登上漢王寶座，只要隨便擁立一個人出來稱王，他就可以權柄在手，威鎮滿朝。

想到這裡，鳳陽與鳳棲山、鳳不敗相視一眼，興奮之情溢於臉上。在鳳陽的心中，有一個最大的心願，就是有朝一日，讓冥雪宗成爲凌駕於五閥之上的江湖第一豪門。要想實現這個目標，就必須襄助韓信奪得天下，是以當鳳陽聽了韓信的計劃之後，心中的確興奮異常。

「但是……」韓信頓了一頓，話鋒一轉，繼續說道：「劉邦身邊的張良、蕭何等人，絕非等閒之輩，只要我們的計劃稍有疏漏，就很有可能是另外一種結局。是以，明日晉見的事情我們必須從長計議，反覆斟酌，萬不得已時，還要先發制人，大開殺戒。」

「這麼說來，明日我們都要扮成信使的親從，前往漢王府？」鳳陽問道。

韓信的眼中寒光暴綻，殺氣頓現，冷然道：「不錯，本侯也將親自前往，成敗就在此一舉了！」

◆

九月十一，天上下起了綿綿細雨，偶爾有風吹過，天地頓現一片肅寒。

韓信、彭越、周殷、英布所派的四大信使各自帶領一隊親從駕車乘馬，在蕭何的帶領下，向漢王府馳去。

一路所過之處，戒備森嚴，三步一崗，五步一哨，顯示著今天並不是一個平靜的日子。

韓信在劉邦手下待過一段時間，爲了防止有人認出，特意裝扮成一名隨行軍士。他將一切看在眼中，心中只是冷笑，卻絲毫不懼。對他來說，沒有冒險，哪來成功？自己能夠登上今天的地位，正是險中求勝。

他在心裡再次將今天要實施的行動盤算了一遍，確認無誤之後，這才放鬆了一下緊繃的神經，開始打量起同路而來的幾個信使。

彭越派來的信使名爲彭超，原本是彭越手下的謀臣之一，個子不高，卻顯得精明強幹；周殷派來的信使名爲蔡元，此人乃周殷軍中的一名大將；而英布所派之人叫呂政，嗓門極大，手長腳粗，一看便知是一員猛將，卻被英布支來作信使，倒也出人意料。

韓信對這三人了解不深，只知他們此行都帶了一支上百人的隨從，前來咸陽會商明年三月在城父會盟一事，但對他們的主子，韓信卻並不陌生，知道這三路諸侯與自己一樣，或多或少與劉邦有些淵源，更是抗擊西楚的中堅人士，所以才會接到劉邦會盟的邀請，共商滅楚大計。

比之這三路諸侯，韓信的江淮軍無疑是實力最強、占地最廣的，他的軍力已經超出了這三路諸侯的總和，是以在無形之中，韓信的信使自然成了這三路諸侯所派信使的頭領。然而韓信更知道這三路諸侯都有一個共同的心理，就是害怕劉邦以會盟爲幌子，趁機兼併他們手中的軍隊。

當今這個亂世，誰都知道一個事實，那就是誰的手中擁有軍隊，誰就擁有真正的實力。無論是彭越、周殷，還是英布，對他們來說，雖然手中的兵力不過數萬，畢竟是一方諸侯，他們之所以親劉邦而遠項羽，就是想借助劉邦的力量防止項羽的兼併，如果此行咸陽反被劉邦兼併，那才真是剛出虎口，又入狼窩。

這當然不是彭越、周殷、英布三人願意看到的結果，是以他們更願意借助韓信的力量防範劉邦用上這麼一手，而韓信恰恰是利用了他們的這一心理，使事態的發展一步一步地進入他的掌握之中。

想到這裡，韓信禁不住想笑，頗爲自己的聰明而感到得意，然而他最終還是沒有笑出來，因爲他的心裡突然多出了一個影子，是鳳影的倩影！

「鳳兒，你在哪裡？」韓信在心裡問著，心中似乎生起一份絕望的情緒，他不敢繼續深思下去，生怕一個可怕的念頭浮出腦海，亂了自己的方寸。

自刑獄一別之後，兩人就再也沒有見面，三四年間，韓信雖然從種種跡象中分析，確認鳳影的確是在劉邦的手中，可就是無法尋到她的下落，致使營救一事無法談起。

這次潛入關中，韓信根據鳳孤秦的情報，幾乎認定鳳影就在漢王府中，因爲鳳孤秦說過：「漢王府中分內、外兩院，內院戒備之森嚴，令人不可想像，就連問天樓的一干高手，也不能逾雷池半步，是以我對內院的情形一概不知。」

韓信的推斷並沒有錯，在漢王府的內院中的確是另有玄機，然而他絕對沒有想到，裡面所藏的女人並不是鳳影，卻是紅顏和虞姬。

「各位信使請下車。」蕭何的喊聲驚醒了沈思中的韓信，抬頭看時，已到了漢王府的正門前。

正門兩側，列隊而立有上千軍士，刀槍如林，異常整齊，韓信本是帶兵的好手，一見之下，也無從挑剔，心中暗道：「看來漢軍能夠奪取關中，與西楚軍正面抗衡，靠的全是實力呀！」

面對如此陣仗，韓信心中一凜，不敢有任何大意。他心裡清楚從現在開始，容不得自己有半點閃失，漢王府如同龍潭虎穴，自己要想在龍嘴上捋鬚，虎口拔牙，就必須打起十二分精神。

四大信使紛紛下車，正要率隊魚貫而入，蕭何雙手一攔道：「漢王有令，讓四大信使入內晉見，其餘隨從可在偏院等候。」

這本在韓信的意料之中，是以絲毫不慌，只是給自己的信使韓立遞了個眼色，韓立頓時會意，站出來道：「本人此行咸陽，乃奉淮陰侯之命，同時帶來不少禮物要當面敬獻漢王，能否請蕭相代我通稟一聲，允許我帶十名人手入內，以成全淮陰侯對漢王的孝敬之心？」

他的要求合情合理，並不過分，引起其他三位信使的附和，蕭何找不出反駁的理由，如果硬要駁回，反而露出痕跡，當下微微一笑道：「淮陰侯與幾位將軍既然有此美意，蕭何豈有不成全之理？各位請稍候片刻，我這就入內通稟一聲！」

「有勞蕭相了。」韓立顯得十分客氣，拱手道。

蕭何進入正門，未行幾十步遠，正好遇上張良與陳平站在一株古槐樹下，往這邊張望，一見蕭何過來，兩人迎上幾步。

「一切是否準備就緒？」蕭何心急如焚，匆匆問道。

「我已經調集了三千精兵，佈防於漢王府外，同時命一百二十七名高手暗藏府中，加上漢王府原有的護衛，可以在頃刻間平息一切禍亂，蕭相大可放心。」陳平顯得十分沈穩，很是自信地道。

「如果情況到了萬不得已之時，我們還可以請呂王后出面坐鎮。」張良補充了一句。

蕭何點點頭，知道就是讓自己布署，也未必能如張、陳二人這般周全，於是輕緩了口氣，將韓立的要求說了出來。

「韓立此舉，無非是黃鼠狼給雞拜年，一看便知其動機。不過，他的話於情於理都讓人無法反駁，唯有允許，只是他僅帶區區十人就想興風作浪，未免也太小瞧了漢王府！」蕭何道。

張良與陳平卻心中一凜，他們都親身經歷過驪山北峰的那一戰，假如那一戰真的是韓信所爲，那麼在韓立隨行的十人中就必定有幾個非常恐怖的高手，一旦他們進入漢王府，就極有可能會給府中製造出更大的亂局。

然而正如蕭何所說，韓立的要求並不過分，一旦不准，反而更讓四大信使心生狐疑，暴露了形跡，事已至此，也只有走一步看一步了。

「讓他們來吧！」張良沈聲道：「命令所有護衛高手全神戒備，注意韓立及其隨從的動向，稍有不對勁，即可先發制人！」

蕭何點頭而去，張良與陳平回到了王府中的議事廳，巡視了一圈防衛之後，來到議事廳後的一間暗室之中。

裡面早有一人坐著，聽到腳步聲響，驀然回頭，打了一個照面後，陳平吃了一驚，臉色驟變。

「你，你……」陳平指著那人，激動得幾乎說不出話來。

「他只不過是一個替身。」張良見人思情，心中湧出一絲悲傷，緩緩道：「其實早在半年前，公子就感到自己的心脈之傷有加重的趨勢，為了不因他個人而影響大局，就開始尋找他的替身，加以整容之後，還專門進行了一系列的訓練。」

「這也太逼真了！」陳平仔細地打量著紀空手的替身，簡直不敢相信自己的眼睛，如果不是張良一語道破了玄機，他還以為站在自己面前的就是紀空手所扮的劉邦本人。

張良卻顯得憂心忡忡，因為他有一塊心病，暫時還不能對任何人說，那就是此人所扮的劉邦，雖然形神兼備，卻有一個致命的破綻，以韓信之精明，根本難以逃過他的眼睛。

「蔡胡，今日的晉見儀式上，不容你有半點閃失，你可準備妥當了？」張良深深地盯著那位名爲蔡胡的替身，一臉肅然道。

「小人已經準備好了。」蔡胡謹慎地道。

「這半年來，我對你如何？」張良問道。

「先生對小人恩重如山，小人縱是變牛作馬，也難以報答先生之萬一！」蔡胡甚是感激地道。

「所謂養兵千日，用在一時，我不求你爲我捨生忘死，但要你牢記，不管今日的晉見儀式上發生了什麼，你一定要鎮定，因爲你已不是蔡胡，而是堂堂的漢王劉邦！」張良再三叮囑，可見連他也無法預料事態的發展將會如何。

蔡胡望向張良，心中凜然。這半年來，在他的印象中，張良既有智者的從容，又有名士的大度，行事作風從來都是不急不徐，始終一副胸有成竹的模樣，然而今天的張良，雖然還是如往日般鎮定，但蔡胡仍是自其眉宇之間讀到了一絲緊張。

他深深地吸了口氣，昂頭與張良相對，一字一句道：「是的，我不再是蔡胡，而是叱吒天下的漢王！試問天下，還有誰能夠讓本王心慌？」

他的舉止語氣與劉邦如出一轍，就算紀空手在世，也未必能似他這般活靈活現。陳平一見之下，拍掌道：「你前生一定是唱戲的戲子，要不然也不會裝誰像誰！」

蔡胡剛要說話，卻聽得一聲鼓響，外面熱鬧喧嘩起來，竟是有上百人湧入了議事廳中。

蔡胡的臉色霍然一變，身子不經意地顫慄了一下，一隻大手穩穩地伸了過來，輕輕地在他的肩頭拍了一下：「別慌，一切有我！」說話之人正是張良。

一陣喧鬧之後，外面突然變得靜寂起來，靜得落針可聞，蔡胡雖然勉強使自己靜下心來，但是一想到外面竟有上百名地位顯赫的文武大臣期待著他一個人的出現，雙腿忍不住還是哆嗦了一下。

張良目睹著這一切，心不由一顫：「不管蔡胡的演技有多麼的出色，面對這樣的大場面終究不行，看來，今日的議事廳中，定是凶多吉少。」

以往有紀空手在，無論遇上多大的風險，張良的心裡總是非常踏實，堅信可以化險為夷。而這一次，張良心中卻第一次少了把握，總覺得一旦紀空手不在了，自己就像是抽去了主心骨一般，有一種茫然感。

一陣禮樂奏起，從議事廳中傳來，張良明白，躲是躲不過的，面對困境，唯有迎頭面對。

「走，該你出場了。」張良淡淡地笑道，似乎十分平靜。

蔡胡看著張良鎮定自若的表情，心中稍安了一些，咬咬牙道：「是騾子是馬，只有拉出去溜溜才知道，老子今天豁出去了！」

當下長袖一擺，率先而行。

此時的議事廳中，漢王朝中的大臣將軍分列兩班站立。在這些人中，既有追隨劉邦拚殺多年的戰將，亦有從巴、蜀、漢中各郡榮升的官員，隨便哪一個人，都是足以威鎮一方的重臣。然而今天，他們臉上固有的矜持與威儀已然不見，更多的卻是一種期待。

他們期待漢王劉邦的到來，因為他們已經將個人的榮辱與劉邦的安危緊緊地繫在了一起，更與漢王朝共存亡。劉邦在，則他們就是戰跡顯赫的開國功臣；劉邦亡，他們就將淪爲敗寇。是以，在劉邦沒有出現之前，他們的心情始終忐忑不安，就像是獲罪的重犯等待判決一般。

這些天來，他們中的每一個人都或多或少地聽到了一些有關劉邦的謠傳。最初的幾天，並沒有人相信這種謠傳的真實性，甚至認爲這只是一個無稽之談，畢竟這些年來，他們親眼目睹過劉邦所創下的種種奇蹟，更堅信劉邦是赤龍之子，乃真正的真命天子。然而接下來的幾天，漢王不僅沒有如人所願出現在眾人面前，就連例行的朝會也未參加，這使得這些大臣將軍們無不意識到，流傳於市井之中的謠言並非空穴來風，而是確有實據。

但在今天早晨，他們中的每一個人都無一例外地接到了朝會的通知，其中有一個重大的消息，那就是漢王劉邦將在今天的朝會上接見四大信使。

這無疑是一個極好的消息，讓這些大臣將軍們感到既興奮，又疑惑。當他們陸續來到漢王府門前，看到四大信使的車隊之時，才確定這不是玩笑，而是事實。

第十五章　魚腸再現

議事廳占地足有百畝，大臣將軍們按文武劃分兩班，垂手肅立。蕭何居文職之首，曹參居武職之首，自他們以下，大臣將軍依照職位高低排列。而文武兩班之間，設有四席，專供四大信使入座，每名信使之後，又站十人，每人手中捧有托盤，托盤上裝有敬獻漢王的禮物。而他們面對的一方，則是一個高高的平台，相距文武百官足有三十步之遙，平台上有一張以大理石所築的座椅，用紫鯊皮鋪就，顯得富麗堂皇，極具氣派，正是漢王劉邦所坐之位。

「漢王駕到！」隨著一陣喧天鼓樂響起，幾名侍衛整齊劃一地高喊道，此聲一出，眾人的目光全都聚焦在平台後的一道垂簾之上。

垂簾兩分，蔡胡踏步而出，舉手投足間，顯得雍容大氣，張良、陳平緊跟而出，護著蔡胡登上了漢王寶座。

就在這行進的剎那間，張良的目光極速向韓立身後十人的臉上劃過。他企圖認出韓信，可是卻失望了，因爲這十人看上去的確非常普通，普通得根本就不起眼。

張良的心陡然一沈，以韓信的身分地位，已很難掩飾他那身爲王者獨具的氣質，如果連自己也分辨不出，就只有兩個原因，一是韓信根本不在這十人之中，二是韓信武功之高已達到收放自如的境界。

張良相信韓信來了，而且就在這十人之中。正因爲如此，他才真正意識到了韓信的可怕。似是不經意間，他的目光劃過平台前的兩座香鼎，心神這才穩定了許多。

「這些日子來，漢王身體一直不適，今日親臨議事廳，一來是因爲四大信使不遠千里遠道而來，漢王理應盡地主之誼；二是想藉此機會澄清一些謠言，以便穩定軍心民心，不爲敵人所乘，所以希望今日的朝會簡潔明快，無須繁瑣。」張良深吸了一口氣，這才一字一句地道，他這一番話顯然是經過深思熟慮的，既言「漢王身體不適」，一旦蔡胡露出些許破綻，就可以此搪塞，不至於讓人生疑。

他的話音剛落，蕭何便站了出來道：「漢王既然身體不適，還是應該靜養才是，國中大事，有緩有急，也不是一日就可辦理妥當的。」

他與張良一唱一合，煞有其事，韓立看在眼中，豈會善罷甘休？當下站起身來，拱手行禮道：「微臣一到咸陽，就聽到了一些有關漢王的謠傳。今日一見，才知謠傳畢竟只是謠傳，此刻撥開雲霧，真相大白，漢王不過是身染微恙而已，微臣也就放心了。」頓了一下，隨即話鋒一轉道：「微臣此行奉我家侯爺之命，是來商談城父會盟事宜的。因爲此事關係重大，是以我家侯爺再三叮囑，要微臣向漢王轉達一句話，不知微臣能否上前一步敍說？」

張良的眉頭微微一皺，感到韓立的話雖然是以徵詢的口氣，卻有一種讓人不好拒絕的味道夾於其中，沈思片刻後，他微微一笑道：「在座的諸君都是我朝文武重臣，即使各位信使，既然是因會盟而來，一旦會盟之後，也就不是外人，所以韓信使大可不必擔心，儘管將淮陰侯的話說出來就是了。」

「張先生此言未免差矣，須知害人之心不可有，防人之心不可無。何況此事事關大體，微臣焉敢當作兒戲？」韓立不慌不忙地道：「此時正値多事之秋，我們共同的敵人並非別人，而是項羽。以項羽從來不敗的盛名，就足以證明他的厲害之處，微臣可不想為了一點疏忽而誤了我家侯爺與漢王之大計！」

韓立話意所指，不無道理，誰也不敢保證，在這滿朝文武之中，就沒有項羽的臥底，就算張良對這些大臣將軍們知根知底，在這亂世之中，人心便如風中的蘆葦，擅長見風使舵者亦是大有人在，誰能拍著胸脯說，其中就一定沒有變節者？

「既然事關機密，那就等漢王病體痊癒時再說也不遲。」張良所用的還是一個「拖」字訣，他已經意識到，雖然漢王府中高手如雲，但真正有實力與韓信等人抗衡的，恐怕只有龍賡，一旦龍賡回到咸陽，雖說不至於平息一切風波，但至少可以對穩定朝局起到十分關鍵的作用。

「嘿嘿……」韓立突然冷笑起來，冷冷地看了張良一眼，道：「張先生所言未嘗不可，但是微臣卻有一事不明：天下盡知，張先生雖然無官無爵，卻是漢王最為倚重的謀臣之一，身分極為顯赫，然而無論你身受多少榮寵，終究是為人臣者，今日漢王在上，你卻事事越俎代庖，莫非真是事出有因？」

他一句話就將所有人的目光聚集在張良的身上，引發出每一個人心中原有的猜疑。張良今日的舉止的確有些反常，換在平時，這似乎算不了什麼，也不會有人過多的留意，但有了謠傳在先，每一個人的心裡都禁不住「咯噔」了一下：「是呀，以張良一慣低調的個性，怎會在今日的朝議之上如此張揚？難道漢王真的不幸而亡，而眼前的這個漢王只是一個替身而已？」

滿場頓時一片寂然，彷彿在剎那間多出了一道沈沈的壓力，令所有人都有一種呼吸不暢的感覺。

張良在眾人的目光聚焦下有一種飽受煎熬的難受，恨不得一刀將韓立擊斃當場。然而，他心裡清楚，愈是在這個時候，自己就愈是不能衝動，只有冷靜下來，或許才是自己唯一的選擇。

「咳咳……」一陣咳嗽聲響起，驚破了這瞬間的沈寂，聽在張良耳中，更有一種解脫之感，蔡胡竟然在這最關鍵的時刻說話了。

「你算是什麼東西？竟敢在朝會之上以置疑的口吻對待我大漢的國之棟樑！淮陰侯治兵之嚴，天下聞名，哪裡容得下你這等放肆之徒！」蔡胡的聲音極低，像是一個積弱的病夫，但他的話出口，韓立禁不住打了個寒噤，幾欲跪地。

「微臣只不過是一時情急，以至於冒犯了張先生，還請漢王恕罪！」韓立這才意識到自己的確有些失禮，氣焰一滅，卻將餘光瞟向了身後的韓信。

「你冒犯的豈止是張先生？簡直就沒有將本王放在眼裡！」蔡胡故意喘了一口氣，將臉憋得通紅，停頓了一下道：「若非念在淮陰侯的面子上，今日本王必將你開刀問斬！」

韓立哆嗦了一下，已經難以辨明眼前的漢王究竟是真是假，當下磕頭道：「多謝漢王不殺之恩，微臣謹記了！」

張良這才舒緩了一口氣，將懸著的心放了下來，他沒有想到蔡胡竟會在自己最尷尬的時候出口講話，而且語氣犀利，充滿分量，活脫脫地顯示出一個王者獨有的霸道與專橫。

更讓張良沒有想到的是，蔡胡緩緩地站了起來，晃了一晃道：「本王近些日子一直在靜心調養，身體多有不適，只因四大信使的到來，這才勉強出來一見。這樣吧，傳本王的旨意，讓四大信使暫留咸陽，就會盟一事與張先生協商，至於今日的朝會，如果各位沒事的話，本王看就早點散了吧！」

張良心中叫道：「說得好！」當下站前一步，眼光盯向韓立道：「剛才漢王的旨意，想必各位已經聽明白了。韓信使，你還有什麼要問的嗎？」

韓立的神情呆了一呆，突然間又似來了精神般，拱手道：「微臣謹遵漢王旨意，已經無事可奏了，只是微臣此行受我家侯爺之託，獻上薄禮，還請漢王一一過目！」

「禮單何在？」張良眼見韓立耳根微動，心中一震，知道有人正以束氣傳音的方式指揮著韓立的一舉一動。

韓信果然在這隨行的十人當中，對於這樣的一個結果，張良並不感到意外，他更想知道韓信將會採取何種形式發難，在什麼時候發難，唯有如此，他才可以做到先發制人。

韓立沒有立即回答張良的問話，只是大手一擺，他身後的十人一字排開，托起手中的長盤，向前踏了一步。「這就是淮陰侯獻給漢王的全部禮物！」韓立微微一笑道：「漢王身體不適，不宜走動，微臣這就命他們上前，由漢王近觀。」

韓立話一出口，張良已知此人用的是「以退爲進」之計，借獻寶之機，企圖接近蔡胡。

「不必了！」蔡胡淡淡一笑道：「待會兒朝會散後，讓他們直接送進內院，留待本王慢慢賞玩。」

「漢王可知這些禮物中有何奇珍嗎？」韓立故作神秘地道：「有一件寶物，乃是我家侯爺費盡心思才從別人手中得到的，他在微臣臨行之前言道：此物乃是人間罕物，漢王見了，必定歡喜。是以，一定要微臣親自交到漢王手中。」

「哦，有這等事情麼？」蔡胡不禁好奇心起，抬眼與張良相望，卻見張良搖了搖頭，只好淡淡地道：「本王身體有些倦了，這些禮物還是待本王病體痊癒之後再一併觀玩吧。」

「難道漢王就不問問這是何等寶物嗎？」韓立道。

「那就說來聽聽。」蔡胡怎知是計？想來聽聽並無大礙，便一口答應了。

韓立等的就是蔡胡這句話，不慌不忙地道：「此物名魚腸，乃是天下絕世名器，列十大寶劍第五位。專諸能夠號稱天下第一刺客，此劍功不可沒，但凡劍客，無不覬覦已久，意欲占爲己有，如漢王這等絕世用劍高手，難道面對此物，還能忍心而不顧嗎？」

漢王用劍，滿朝文武無一不知。對於任何一個一流的劍客來說，若欲善其事，必先利其器。劍在有的時候，甚至超過了劍客的生命，所以真正的劍客總是嗜劍如命，一聽到有寶劍現世，哪還能按耐得住？

韓立顯然正是利用了這一點，是以才會獻出魚腸劍，以試探這個漢王的真僞：如果漢王見到魚腸而喜形於色，則證明韓信的判斷有所偏差。今日的朝會之上，就唯有按兵不動，以待時機；如果漢王見到魚腸劍而無動於衷，那麼，別說自己，就連滿朝文武也應該覺察到這其中必定另有玄機。

然而讓韓立感到奇怪的是，漢王聽了他的話後，竟然沒有任何的表示，只是淡淡地道：「魚腸劍得以揚名天下，在於專諸以此爲殺人之器，擊殺吳王僚於酒宴之上。自此之後數百年裡，各地都出現了魚腸劍，無一不是贗品，而真正的魚腸劍，反而音訊全無。是以，本王幾乎肯定，這魚腸劍只怕也是後人仿製的東西，不看也罷，免得讓本王又是一場空歡喜。」

他說起話來井井有條，拒人於千里之外而不留一絲痕跡，頓讓張良又驚又喜，不由對身旁這個「漢王」另眼相看。平心而論，張良讓蔡胡作爲漢王的替身，純粹是事急從權，迫不得已。即使蔡胡在

「形似」二字上下足了功夫，但若「神不似」，依然難逃韓信等人的法眼，這是張良一直擔心的原因之一，不曾想蔡胡應對得當，竟然超出了自己的想像，這對張良來說，無疑是意外之喜。

以張良對蔡胡的了解，蔡胡是不可能有這等機靈的。張良將這一切歸於天意，更相信是五音先生與紀空手的在天之靈在暗中保佑，爲的是讓好不容易開創出來的大好局面不至於崩塌於一時。

「也許漢王以前所見的魚腸劍的確都是贗品，但這一次卻有所不同，因爲它的確是專諸曾經用過的那把魚腸劍。」韓立似乎早算到了蔡胡會有這種說辭一般，雙手一拍，一名隨從踏前一步，高舉托盤，那托盤之上所蓋的紅綢十分鮮豔，襯得所遮之物更添神秘。

「呼……」韓立猛然一掀紅綢，紅綢飄飛間，一柄僅有八寸來長的短劍藏鋒於紫鯊皮鞘中，赫然出現在眾人眼前。韓立淡淡地笑了，帶著三分得意道：「請漢王允許微臣拔劍亮鋒，唯有如此，才可以證明微臣所言句句是真。」

呂政「嗤……」地一聲笑道：「我看大可不必了，如此短劍，如果用於殺雞宰鴨可勉強湊合，若是稱之爲神劍利器，恐怕也太牽強了些。」

他的話剛一出口，稍知歷史的人無不笑了，知道呂政是英布手下的一員名將，行軍作戰猶可，談到讀書識字倒不敢恭維，韓立更是冷笑道：「呂信使有所不知，當年專諸刺殺吳王僚，就是以此劍藏於魚腹之中，才得以成功。如果劍長一尺有三，要尋到這般大的魚兒豈不太難？」

眾人哄堂大笑起來。

「既然如此，那就不妨一試。」蔡胡咳了幾聲道。

「遵命！」韓立拱手作了個揖，突然雙手一分，手過處一道耀眼的寒光閃躍空中，頓讓廳中生出三分肅寒。寒氣如此逼人，可見其鋒芒銳利非常。眾人驚訝聲中，韓立左手揮動紅綢，右手握劍一振，只見紅綢翻舞，寒光隱現，頃刻間一截大好的紅綢被絞成碎片，猶如殘敗的楓葉灑落一地。

滿朝文武中，不乏有真正識貨者，自然認出此劍非神劍利器莫屬，因爲紅綢雖有形，卻是至輕之物，飄動中更是不黏力道。韓立能夠將之絞成寸斷，這固然與他擁有一定的內力有關，卻還在於魚腸劍之鋒，可以吹髮立斷。

「請漢王恩准微臣上前獻劍！」韓立雙手捧劍，高聲道，目光如電芒犀利。

張良冷冷地看著韓立，心中十分明白，如果此時再不讓韓立獻劍，只怕頃刻間就有亂子發生。

「好，本王就恩准你上前獻劍！」蔡胡說這句話時，眼睛竟沒有望向張良，好像心中已有把握。

張良與陳平交換了一個眼色，同時向蔡胡靠近了一步，以防不測。隨即將目光盯在了韓立身上，注視著他的一舉一動，不敢眨半下眼睛。

在不知情的人看來，這僅僅是獻劍而已，但對熟知內情的人來說，這是一場關係到大漢王朝氣數的生死較量，天下大勢的最終走向甚至就取決於這數十步間。

韓立心中清楚，在這數十步間，其實殺機重重，雖然他還無法確定這高台之上的機關，但他相信一定有高手暗藏其間，隨時應對一切驚變，而他必須成功地靠近漢王，在最短的時間內將其制服，唯有如此，方可把握住一切事態的進程。

韓立深深地吸了一口氣，平緩了一下自己略顯興奮的情緒，然後才雙手抬劍向前。

這無疑是漫長的三十步，至少對韓立而言，的確是一個漫長的距離。他的步履很穩，每跨出一步，不僅傳來了一聲略顯沈悶的回音，而且還感受到了那幾欲讓人窒息的壓力。

三十步、二十五步、二十步……

韓立並沒有細數自己跨出了多少步，只是覺得漢王那張清瘦而略顯病態的臉距自己愈來愈近。當他踏上高台之時，突然看到漢王的嘴動了，咳了幾聲之後，便開口了，聲音平緩得不起一點波折。

「你不是韓立！」這一句話傳入韓立的耳中，韓立的身體明顯一震，整個人頓時站定。

他感到自己的手心滲出了一股冷汗。

「因爲本王從來沒有見過韓立，是以，即使有人冒充他，本王也無法辨清。」蔡胡淡淡地笑了，就像是開了一個玩笑，接道：「但本王相信，還沒有人敢在本王的面前冒充，所以剛才的那句話不過是一句戲言罷了。」

韓立輕輕地舒緩了一口氣，笑了起來：「漢王的一句戲言，已足以讓微臣嚇得膽顫心驚，所以像這種玩笑還是少開一點爲好。」

「本王只不過是想試試你的膽量。」蔡胡盯著他道：「淮陰侯敢將信使一職交於你，可見你必有過人之處，如果連一句戲言也消受不起，那麼本王就看錯了淮陰侯，淮陰侯也看錯了你。」

「所幸微臣的膽子一向很大，沒有當場軟癱於地，否則漢王與淮陰侯的英名，就栽在了微臣身上。」韓立緩緩而道，隨即又繼續向前走動。

張良將這一切看在眼中，心中生出一絲訝異。他之所以訝異，不在於韓立的鎮定，而是蔡胡的冷靜。此時的蔡胡，竟然與剛才自密室中步入議事廳時的蔡胡完全判若兩人，那種從容不迫的氣度，便是與真正的王者相較也不遑多讓。

他的心中頓時湧出一股狐疑，不過並未深思下去，因爲韓立已踏入五步之內。

五步，只有五步，而驚變驟起於韓立踏入這五步之內的瞬間。

驚變不是來自於韓立，卻是來自於韓立帶來的隨從，兩條如鬼魅般的身影從人群中掠出，人在半空，兩道寒芒已若電閃般分擊向漢王身前的那兩座香鼎。

滿朝文武無不色變，震驚之餘，竟然無人上前攔阻。

「呼……」就在寒芒掠空之時，那兩座重逾千斤的香鼎也拔地而起，飛旋著向寒芒撞去。

「轟……」勁氣撞擊在用青銅鑄就的香鼎之上，傳來令人心驚的爆音，香灰彌漫空中，如霧般迷離，遮擋住了所有人的視線。

張良的臉色變了，陳平的臉色也變了，他們的臉色之所以變，不是因爲這兩人的劍氣之凌厲，而是因爲韓立出手了，就在眾人分神的刹那，他以又快又準的方式出手了。

韓立的劍的確很快，快得連陳平也來不及作出反應，冰寒的劍鋒就已經抵在了蔡胡的咽喉之上。

一切驚變都只在刹那間完成，完成的速度之快，讓人咋舌瞠目，更沒有留給對手任何反擊機會。

這種殺局堪稱完美，更是心理戰中的典範。它先以韓立獻劍爲名，將對方所有的注意力集中在韓立一人身上，然後兩名高手出擊，藉此引開對方的注意力，最後才由韓立擊出了這決定性的一劍。這種「聲東擊西」的戰術，原本也算不上什麼經典，但這三人拿捏得火候恰到好處，配合得又是天衣無縫，再加上一個「快」字，已足以讓這場殺局列入江湖刺殺篇之中。

韓立一招得手，迅即喝道：「漢王已在我的手中，任何妄動者，就是害死漢王的元兇！」議事廳中頓時一片寂然，無人敢再動半分，只是呆立當場，將目光全部投在了韓立與蔡胡身上。

「韓立，你想幹什麼？」彭超、蔡元、呂政三人顯然沒有料到韓立竟敢挾持漢王，同時驚怒道。他們身為各路諸侯的信使，眼見驚變發生，卻根本不想捲入這場是非圈中。

「我想幹什麼，你們耐著性子看下去就知道了。」韓立獰笑一聲，將手中的魚腸劍輕輕一送，立時在蔡胡的頸上留下一道淡淡的血痕。

「你若殺了漢王，今日這議事廳上，就是你的葬身之地！」張良的聲音極冷，但誰都聽出了話中帶出的一絲驚慌。在他的這一生中，這種現象殊為少見，可到了這種地步，他也已是無計可施了。

「張先生，你雖然精明，但也太低估我們了。你用一個假的漢王蒙蔽我們，以為我就不知道嗎？」韓立冷冷地看了張良一眼，不屑地道。

滿朝文武中除了蕭何、陳平等幾個知情者外，無不大吃一驚，同時將目光望了過去，不明所以。

「你如此大放厥詞，不過是想混淆視聽罷了，這點小人行徑，豈能瞞得過在座諸位的法眼？」張良心知愈到這個時候，就愈是需要鎮定，是以淡淡地一笑，從容說道。

「究竟是誰在瞞天過海，到時就可水落石出！」韓立冷笑一聲道：「眾所周知，漢王乃問天樓閥主，劍術之精，世間罕有，縱是抱有積弱之身，別人要想輕易近得他身亦是不能，然而今日何以我能得手？這只能用一個原因來解釋，那就是此人並不是真正的漢王！這幾日流傳於咸陽城中的謠言也許並不是謠言，而是事實！」

這的確是一個破綻，也是張良一直擔憂的心病，但事已至此，張良確實無話可說。

「我不是漢王，你猜對了。」有人卻說話了，此言一出，眾人一時譁然，因爲說話者竟是蔡胡，誰也沒有料到他會如此平靜，更沒有人想到他會直承其事。「但是，你同樣不是韓立。雖然我不知道你是誰，卻知道無論韓立的劍有多快，都絕對比不上你。」蔡胡淡淡而道，臉上竟然沒有一絲驚慌之色。

韓立的眉間一緊，不由重新打量了一眼蔡胡，似有刮目相看之意。

不錯，他的確不是韓立，而是鳳陽，那兩名出擊的高手，正是鳳棲山與鳳不敗。他們三人都是一流的劍客，加上多年來的默契，很少有人擋得住三人的聯手一擊，是以才能構成這個近乎完美的殺局。

在韓信原來的計劃裡，扮成韓立晉見漢王的人不是鳳陽，而是韓信自己。但不知出於什麼原因，韓信臨時改變了主意，而是讓鳳陽充當這次擊殺的主力，他自己卻與韓立留在了驛館。

但鳳陽確定韓信來了，而且就在議事廳中，只是其易容術十分高明，是以連鳳陽也無法認定到底誰才是韓信。以鳳陽之精明，雖然覺得韓信這麼做有些奇怪，卻始終無法堪破其深意。

「看來你的眼力不差。」鳳陽緩緩說道：「其實，我是誰已不是很重要，只要你不是漢王，那麼，今日犯下謀逆大罪的人就不是我，而是你與張先生了！」

張良的臉色如死灰一般黯然無光，不得不承認自己大勢已去，無論他如何辯白，今日議事廳中的每一個人見到這一幕，都會認定是他害死了漢王，以便有所圖謀。

「這麼說來，我豈非死定了？」蔡胡在這個時候還能笑得出來，簡直讓張良感到不可思議。

「是的，你的確死定了！」鳳陽得意一笑：「沒有人會讓一個亂臣賊子活著走出去，就連我手中的劍也不會答應！」

「那麼我只有恭喜你了，只要我一死，這除逆平叛之功就自然落在了你的頭上。然而我有一件事始終想不明白，你何以敢如此確定漢王已經死了？是你親眼所見，還是親手所爲？如果你既非親眼所見，又非親手所爲，何以敢當著滿朝文武的面貿然出手？」蔡胡一字一句地道。

鳳陽一怔之下道：「這就叫天網恢恢，疏而不漏。」

「還有一句話，叫欲加之罪，何患無辭！」蔡胡冷然道。

鳳陽大笑起來，橫掃了眾人一眼，道：「事實勝於雄辯，今日之事，在座的大臣將軍無不是親眼目睹，我倒想問上一句，似這等亂臣賊子，當殺不當殺？」

他的話音剛落，突然有一個聲音悠悠傳來：「殺與不殺，你應該問問本王。」

這個聲音來得非常突然，聽似極遠，又似極近，聲波飄忽不定，猶如幽靈一般，但每一個人都聽得異常清晰，心裡無不驚道：「這聲音何以這般熟悉？」

張良的眼睛一亮，幾乎不敢相信自己的耳朵，因爲這聲音像極了一個人，不！一個鬼！

鳳陽渾身一震，猛然回頭，卻未發現任何異樣，幾疑這是自己的錯覺，然而，在突然間，他感到自己背後平空多出一股驚人的壓力，如山嶽般緩緩推移，將他不疾不徐地捲入一股氣流漩渦之中。

「你是誰？」鳳陽的臉色驟變，情不自禁地高聲叫道。

鳳棲山與鳳不敗揮劍搶上，與鳳陽站成夾角之勢，隨時準備應付一切攻擊。他們心中其實已明白對方是誰，只是這樣的結果實在讓人匪夷所思，他們幾乎承受不起。

「你真笨，既然你手中的漢王是假的，我當然就是真正的漢王！」那聲音又起，卻或東或西，或南或北，根本讓人無法確定其方位。若非鳳陽知道內力深厚者可以氣馭音，不斷地改變聲波的方向，他幾乎要認爲自己真的撞見鬼了。

「你若是真的漢王，又何必裝神弄鬼？」鳳陽大聲喝道。

「裝神弄鬼的是你，而本王卻是勾魂的無常。」那聲音陡升八度，如驚雷滾地，聲過處，那兩尊不動的香鼎突然旋飛起來，快若疾電般衝向鳳陽等人構築的防禦圈中。

這絕對是一個意外，誰也想不到那兩尊香鼎會自行轉動起來，而且速度之快，角度之精，已達到極致。如果說這是人爲的，那麼來者的武功簡直到了駭人聽聞的地步；如果不是，那它就是神之手筆。

最先感到氣旋襲擊的是鳳不敗，鳳不敗無疑是三人中最弱的一個，但比起許多人來，他的劍招絕對不弱。「嗤……」長劍劃出了一個曼妙的弧跡，對著氣旋襲來的方向迎去。這一劍幾乎用盡了鳳不敗的全力，是以虛空中所充斥的不僅僅只有壓力，還有勢在必得的殺氣。

「轟……」讓鳳不敗感到詫異的是，當他的劍逼入香鼎三尺處時，香鼎旋動之力陡然消失，劍破鼎身，無數泛著異彩的銅碴碎片若萬千針刺爆散開來，透著一股莫名的詭異。

一劍竟能將青銅鑄成的香鼎擊得粉碎，這等功夫，如果不是親眼所見，誰能相信？

更讓人難以置信的是在那銅碴碎片中，一道形如彎月的弧跡冉冉升起，燦爛的弧光猶如劃過夜空的流星，不僅耀眼，而且輝煌，仿如宇宙中永不消逝的光芒。

伴著這道光芒而生的，是一連串形同爆竹的爆裂聲，每一寸虛空彷彿都在這一刻裂變，形成了一個巨大的磁場，或者是黑洞。

所有人都爲之色變，所有人都爲之驚呼，站在數十步外的大臣將軍們紛紛後退，卻依然能夠清晰地感受到那電芒帶來的如潮壓力，那瘋狂而具有毀滅性的殺意幾乎吞噬了所有人的靈魂與肉體。

鳳不敗絕對沒有想到自己這一劍帶來的竟是如斯可怕的結果，他唯有一退再退，退到鳳陽與鳳棲山中間的位置，劍芒再次振出，幻化成一道劍簾光幕，橫斷虛空。

他在這個位置上出手，依然不失犄角之勢，一旦沒有了後顧之憂，他將自己劍式中的意境演繹得淋漓盡致。

劍簾閃現，可以格風擋雨，亦能擋住那一道弧跡的光芒侵入，但恰在這一刻間，鳳不敗看到了一幕可怕的畫面，他怎麼也沒有想到，在這道弧跡的背後，竟然又衍生出另一道光弧。他的心中陡然一沈，似乎明白了什麼，又似什麼也不明白，唯一清楚的是自己已經不可能將這道光弧擋在劍簾之外。

「嗤……」他聽到了一串清脆的裂帛之音，空氣猶如一塊布帛一分爲二。

接著他便看到了一柄劍，一柄帶著凜凜寒芒的劍鋒沿著光弧的外沿爆閃而出，奇準無比地穿向自己的咽喉。

鳳陽與鳳棲山都非常清楚地看到了這一劍，臉色在剎那間變得煞白，就在鳳棲山躍出的同時，鳳陽扣住蔡胡的手一緊，另一隻手已劃劍而出。

劍一出手，鳳陽就猛然感到了一縷強勁的殺氣向他扣住蔡胡的手腕上傳來，這縷殺氣來得如此突然，又恰恰出現在他心神一分的刹那，一切都像是經過了周密計算一般，饒是鳳陽這等一等一的高手，也只有鬆手放人一途，否則就是刃鋒斷腕的結果。

驚懼之間，他不由意識到來人的心智與武功都非常可怕。

「難道他是真的漢王？」鳳陽心裡這麼想著，整個人向後飛退了十步，這才朝來人張望。

劍光盡斂，在蔡胡的身邊，的確站立著一個人，與蔡胡長得竟是一模一樣，唯一的不同，是兩人身上透發出來的那種氣質。如果說蔡胡像是一株生長在荒原上的小草的話，那麼這個人就像是挺立於高峰之巔的傲松，那種君臨天下的氣度，唯有王者才能擁有。

當此人現身之時，議事廳中所有的人都幾乎認定——他，才是真正的漢王！也只有真正的漢王，方可在一招之間從鳳陽的手中奪回蔡胡。

這實在是太不可思議了，紀空手明明已墜入了那深不可測的飛瀑潭中，又怎能站到今日的議事廳前？這除非又是一個奇蹟！

張良與陳平簡直不敢相信自己的眼睛，驚喜之中，更幾疑自己置身於夢境，正因爲他們確定此人正是紀空手，所以明白紀空手的確又用他自己的智慧和運道書寫了一段不可思議的神話。

而擊殺鳳不敗於劍下之人，正是龍賡，當他與紀空手同時出現時，鳳陽就感到了自己大勢已去，同時也明白了韓信何以要臨時改變主意。

「難道他早已料到漢王未死，是以才將我推出來當這個替罪羔羊？」鳳陽的腦海中出現一個可怕的念頭，隨即否定之後，已經感受到紀空手與龍賡對自己所施加的壓力。

他之所以要否定，是因爲如果韓信這麼做，並沒有任何的好處。唯一的解釋就是韓信的城府太深，沒有十足的把握從不輕易冒險；抑或是他事先靈光一現，預感到危機罷了。

不管出於什麼原因，鳳陽還是覺得自己並沒有身陷絕境，雖然這裡是漢王府的議事廳，雖然鳳不敗死在了龍賡劍下，但憑著他與鳳棲山的實力，加上韓信的劍法，三人聯手，這一戰未必就沒有勝算。

他確定韓信就在這議事廳中，儘管不能確定誰才是真正的韓信。現在他最大的疑問就是，假如動起手來，韓信會加入戰團嗎？

也許會，也許不會，對鳳陽來說，這是一件不由他來決定的事情。

所以他得靠自己！

當鳳陽的劍一點一點地橫於胸前時，空氣中的密度似乎陡增了十倍，彷彿在他的面前樹起了一堵形同實體的堅牆。

「你沒事吧？」紀空手似乎並沒有感受到空氣中愈來愈濃的殺氣，也沒有向張良、陳平望上一眼，只是拍了拍蔡胡有些慘白的臉，關切地問道。

「沒事是假的。」蔡胡苦笑道：「小人怕得要命，如果不是聽到了漢王的聲音，小人只怕早已嚇得尿褲子了。」

張良微微一笑，這才明白蔡胡剛才何以表現得如此鎮定。

紀空手眼芒橫掃全場，緩緩而道：「各位看了剛才的一幕，一定會覺得非常奇怪，爲什麼本王會用一個替身出現在各位面前，而自己卻隱身暗處？這個問題其實很簡單，因爲這些日子來有一些別有用心之徒到處散播有關本王身死的謠言，其用心之險惡，無非想在楚漢爭霸之際擾亂我大漢軍心民心，於是本王才和張先生制訂了這個引蛇出洞的計劃，使這些跳樑小丑自動現身。現在看來，這個計劃果然奏效，若非本王早有準備，只怕他們的陰謀就要得逞了。」

他的聲音徐緩而有力，聽在每一個人的耳中，都有一股信服之力，誰都確信這是漢王事先安排好的一個佈局，就連鳳陽也不例外。他唯一感到不可思議的是，當日在驪山北峰之上，自己明明看到這位漢王墜崖身亡，何以數日之後，他又活生生地出現在自己面前？而且，鳳陽感到，眼前此人的氣機之霸烈，似乎較之先前又有一次質的飛躍，難道說在這幾日之中，他又有奇遇不成？

但滿場人中，只有張良知道，這絕對不是一個事先安排好的佈局。這一切看上去的確像是一個完美的佈局，一環緊扣一環，按照一種節奏在進行。然而，它卻不是，這更多的是一種巧合，彷彿有一隻無形的大手，秉承上天的旨意在操縱著這一切，所以這更像是一種天意。

張良望著紀空手那剛毅的臉，不禁有些癡了：難道紀空手真的成了不死的神仙，總可讓一些不可能發生的事情成爲奇蹟？

◆

那一日的驪山北峰，就在紀空手墜崖的一刻，他渾沌的意識中的確聽到了一聲撕心裂肺的狼嗥，在銀色的閃電射出後，狼嗥聲更淒厲而高昂，猶如一首輓歌，迴盪於深不見底的飛瀑潭中。

紀空手只感到自己在飄，如柳絮般飄飛於空中，沒有了軀體，沒有了質體，只有一種淡淡若有若無的意識存在於這廣袤的天地之間，飄忽不定。

也不知過了多長時間，或者只是一瞬，他感到自己的軀體突然沈淪於冰寒的水中，那刺骨的寒冷刺激了一下那本已渾沌的靈覺，如將死之人的迴光返照一般，使他的意識出現了一剎那的清醒。

這一剎那的清醒，讓他感到自己正置於兩股撕扯的力量中，一上一下，彷彿欲將那本已散架的軀體分成兩半，那劇烈的痛感從神經傳至大腦，「轟……」地一聲，將他最後的意識也捲襲得杳然無跡。

又過了不知多長時間，紀空手只感到自己的靈魂正遊蕩於漫無邊際的黑暗中，很冷，冷得讓人近乎麻木，就彷彿進入了一個永無光明的涵洞中，陰森得讓人無法忍受。他唯一可以確定的，就是自己的靈魂在作不間斷的飄遊，從一個空間跳躍至另一個空間，每一個空間都是那麼恐怖。

靜與冷成爲這裡每一寸空間的基調，紀空手的心裡突然閃出一個非常可怕的念頭：難道這就是所謂的地獄？

他從墜崖的那一刻起，就十分清楚自己幾乎沒有任何生還的可能，懸崖之高並不是決定他必死的真正因素，其致命傷在於心脈既斷，生機也就消失殆盡，人無生機，與朽木無異。

「既然自己沒有生還的可能，那麼毫無疑問，自己此刻已經完成了生命的輪迴，就是一個孤魂野鬼了。」紀空手這麼想著，他忽然覺得做鬼也並非如想像中那麼糟糕，至少，做鬼可以思想。

他的確想了很多，想紅顏、呂雉、虞姬；紀無施、張良、龍賡……他甚至想到了五音先生。如果說自己置身之地就是地獄的話，那麼，自己應該可以見到五音先生、衛三公子這些人的亡魂，何以又是這般冷冷清清？

他不知道，他真的不知道這是怎麼回事，只覺得自己一個人行走在沒有盡頭的廣袤空間裡，漫無目的，永無方向……也不知走了多久，只感到很累，累得不想再走下去，可是在他的背後卻有一股無形的力量推著他，根本不讓他有任何停留的動機。當他的精神即將崩潰的刹那，那暗黑的虛空中突然多出了兩道光源，綠幽幽的，仿如地獄惡獸的眼芒，頓將他的靈魂打回了自身的軀體。

他的意識爲之一振，因爲就在這一刹那，他聽到了流水的聲音，清風的聲音，鳥雀的聲音……這聲音顯得那麼富有生氣，讓紀空手感到了一種活力又在自己的體內一點一點凝聚。

他緩緩地睜開了眼睛，第一眼看到的正是那綠幽幽的光源。他笑了，笑得十分開心，因爲，他明白，這不是地獄惡獸的眼睛，地獄惡獸的眼睛絕對不會這麼親切。

如果說自己能夠生還是一個奇蹟，那麼，創造這個奇蹟的，不是自己，而是狼兄。紀空手終於明白，自己墜崖時聽到的那一聲狼嗥，不是錯覺。

狼兄是他的朋友，是他絕對忠實的朋友。自從他與狼兄從洞殿相識以來，牠就一直伴隨在他的左近，從來沒有走出百里的範圍。在這個範圍之內，牠可以憑著野獸特有的敏銳與嗅覺洞察紀空手體內的氣機，感應補天石異力在紀空手體內的流動，一旦發現異樣，牠總是可以在最短的時間內出現在紀空手的身邊。

《滅秦⑧》完

請續看《滅秦⑨》

滅秦 8【珍藏限量版】

作　者：龍人
發行人：陳曉林
出版所：風雲時代出版股份有限公司
地址：10576台北市民生東路五段178號7樓之3
電話：(02) 2756-0949
傳真：(02) 2765-3799
執行主編：劉宇青
美術設計：許惠芳
業務總監：張瑋鳳
出版日期：2024年8月新版一刷
版權授權：蔡雷平
ISBN ：978-626-7369-96-8
風雲書網：http://www.eastbooks.com.tw
官方部落格：http://eastbooks.pixnet.net/blog
Facebook：http://www.facebook.com/h7560949
E-mail：h7560949@ms15.hinet.net
劃撥帳號：12043291
戶名：風雲時代出版股份有限公司

風雲發行所：33373桃園市龜山區公西村2鄰復興街304巷96號
電話：(03) 318-1378　　　傳真：(03) 318-1378
法律顧問：永然法律事務所 李永然律師
　　　　　北辰著作權事務所 蕭雄淋律師

行政院新聞局局版台業字第3595號 營利事業統一編號22759935

定價：340元　

國家圖書館出版品預行編目資料

滅秦／龍人 著. -- 二版 -- 臺北市：風雲時代出版股份有限公司, 2024.05 冊； 公分.
ISBN : 978-626-7369-96-8（第8冊：平裝）

857.7　　　　113002954